俄苏文学经典译著·长篇小说

阿·托尔斯泰（1882—1945）

　　苏联作家。1901年入读彼得堡工学院，中途离校，投身文学创作。第一次世界大战爆发后，他以战地记者身份上前线，到过英国和法国，写了一些有关战争的随笔、小说和戏剧。此后，他离开祖国，侨居巴黎和柏林，转向现实主义小说创作，代表作有长篇小说《彼得大帝》《苦难历程》《保卫察里津》等。

曹靖华（1897—1987）

　　著名作家、翻译家。原名联亚，河南卢氏人。20世纪20年代初曾在苏联莫斯科东方大学学习，回国后参加北伐。大革命失败后再次赴苏，执教于莫斯科中山大学、列宁格勒东方语言学院等校。1933年回国，先后在北平大学女子文理学院、东北大学任教。从1923年起开始翻译俄国和苏联文学作品，主要有《铁流》《保卫察里津》《城与年》等。1949年后任北京大学俄语系主任、中国作协书记处书记。

Оборона Царицына.

A – Tolstoy

保卫察里津

[苏]阿·托尔斯泰 著

曹靖华 译

俄苏文学经典译著·

长 篇 小 说

Russian

Literature

Classic.

NOVEL

三联书店

图书在版编目（CIP）数据

保卫察里津／（苏）阿·托尔斯泰著；曹靖华译. —北京：生活·读书·新知三联书店，2019.5
（俄苏文学经典译著·长篇小说）
ISBN 978 - 7 - 108 - 06480 - 6

Ⅰ. ①保… Ⅱ. ①阿…②曹… Ⅲ. ①长篇小说－苏联
Ⅳ. ①I512. 45

中国版本图书馆 CIP 数据核字（2019）第 030316 号

责任编辑　成　华　王　颖
封面设计　樱　桃
责任印制　黄雪明
出版发行　生活·讀書·新知 三联书店
　　　　　（北京市东城区美术馆东街 22 号）
邮　　编　100010
印　　刷　常熟市高专印刷有限公司
排　　版　南京前锦排版服务有限公司
版　　次　2019 年 5 月第 1 版
　　　　　2019 年 5 月第 1 次印刷
开　　本　650 毫米×900 毫米　1/16　印张　20.25
字　　数　266 千字
定　　价　65.00 元

俄苏文学经典译著

出版说明

    本丛书是对中国左翼作家所译俄苏文学经典一次系统的整理和展现，所辑各书均为名家名译，这不仅是文献和版本意义上的出版，更是对当时红色文化移植的重新激活。

    早在 1948 年生活书店、读书出版社、新知书店合并为生活·读书·新知三联书店前，三家出版社就以引介俄苏经典文学和社会理论图书等为己任。比如 1937 年生活书店出版托尔斯泰的《安娜·卡列尼娜》，1946 年新知书店出版《钢铁是怎样炼成的》。1949 年以后，虽然也有出版社对俄苏文学经典进行重译、重编，但难免失去了初始的本色，并且遗失了些许当时出版的有价值的译著；此外，左翼作家的译介因其"著译合一"的特点，在众多译本中，自有其价值；更重要的是，这些文学经典蕴含的对生活的热情、对信仰的坚守、对事业的激情在今天亦鼓动人心，能给每一位真诚活着的人以前行的动力。因此，系统地整理出版左翼作家翻译的俄苏文学经典是必要的。

    我们在对书稿进行加工时，主要遵循了以下原则：

    一、本丛书为重排本，由繁体字竖排版改为简体字横排版。

    二、忠实原作，保持原译语言风格及表现方式；对书中人物及相关译名除必要的规范外基本保留。

    三、原书注释如旧，编者所出的注释，均以"编者注"标明，以示与原书注释的区别。

四、对原书中各种错讹脱衍之处，直接订正。

五、数字只要统一、规范，基本沿用；对标点符号的用法，尽可能做到规范。

六、在不影响原译意的情况下，对个别表述可能有歧义的字句进行必要斟酌处理。

俄苏文学经典译著

总　序

　　生活·读书·新知三联书店推出"俄苏文学经典译著·长篇小说"丛书，意义重大，令人欣喜。

　　这套丛书撷取了1919至1949年介绍到中国的近50种著名的俄苏文学作品。1919年是中国历史和文化上的一个重要的分水岭，它对于中国俄苏文学译介同样如此，俄苏文学译介自此进入盛期并日益深刻地影响中国。从某种意义上来说，这套丛书的出版既是对"五四"百年的一种独特纪念，也是对中国俄苏文学译介的一个极佳的世纪回眸。

　　丛书收入了普希金、果戈理、屠格涅夫、陀思妥耶夫斯基、托尔斯泰、高尔基、肖洛霍夫、法捷耶夫、奥斯特洛夫斯基、格罗斯曼等著名作家的代表作，深刻反映了俄国社会不同历史时期的面貌，内容精彩纷呈，艺术精湛独到。

　　这些名著的译者名家云集，他们的翻译活动与时代相呼应。20世纪20年代以后，特别是"左联"成立后，中国的革命文学家和进步知识分子成了新文学运动中翻译的主将和领导者，如鲁迅、瞿秋白、耿济之、茅盾、郑振铎等。本丛书的主要译者多为"文学研究会"和"中国左翼作家联盟"的成员，如"左联"成员就有鲁迅、茅盾、沈端先（夏衍）、赵璜（柔石）、丽尼、周立波、周扬、蒋光慈、洪灵菲、姚蓬子、王季愚、杨骚、梅益等；其他译者也均为左翼作家或进步人士，如巴金、曹靖华、罗稷南、高植、陆蠡、李霁野、金人等。这些进步的翻译家不仅是优秀的译者、杰出的作家或学者，同时他们纠正以往译界的不良风气，将翻译事业与中国反帝反封建的斗争结合起来，成为中国新文学运动中的一支重要力量。

这些译者将目光更多地转向了俄苏文学。俄国文学的为社会为人生的主旨得到了同样具有强烈的危机意识和救亡意识，同样将文学看作疗救社会病痛和改造民族灵魂的药方的中国新文学先驱者的认同。茅盾对此这样描述道："我也是和我这一代人同样地被'五四'运动所惊醒了的。我，恐怕也有不少的人像我一样，从魏晋小品、齐梁词赋的梦游世界中，睁圆了眼睛大吃一惊的，是读到了苦苦追求人生意义的 19 世纪的俄罗斯古典文学。"[1]鲁迅写于 1932 年的《祝中俄文字之交》一文则高度评价了俄国古典文学和现代苏联文学所取得的成就："15 年前，被西欧的所谓文明国人看作未开化的俄国，那文学，在世界文坛上，是胜利的；15 年以来，被帝国主义看作恶魔的苏联，那文学，在世界文坛上，是胜利的。这里的所谓'胜利'，是说，以它的内容和技术的杰出，而得到广大的读者，并且给予了读者许多有益的东西。它在中国，也没有出于这例子之外。""那时就知道了俄国文学是我们的导师和朋友。因为从那里面，看见了被压迫者的善良的灵魂，的酸辛，的挣扎，还和 40 年代的作品一同烧起希望，和 60 年代的作品一同感到悲哀。""俄国的作品，渐渐地绍介进中国来了，同时也得到了一部分读者的共鸣，只是传布开去。"鲁迅先生的这些见解可以在中国翻译俄苏文学的历程中得到印证。

中国最初的俄国文学作品译介始于 1872 年，在《中西闻见录》的

---

[1] 茅盾：《契诃夫的时代意义》，载《世界文学》1960 年 1 月号。

创刊号上刊载有丁韪良（美国传教士）译的《俄人寓言》一则。[1] 但是从 1872 年至 1919 年将近半个世纪，俄国文学译介的数量甚少，在当时的外国文学译介总量中所占的比重很小。晚清至民国初年，中国的外国文学译介者的目光大都集中在英法等国文学上，直到"五四"时期才更多地移向了"自出新理"（茅盾语）的俄国文学上来。这一点从译介的数量和质量上可以见到。

首先译作数量大增。"五四"时期，俄国文学作品译介在中国"极一时之盛"的局面开始出现。据《中国新文学大系》（史料·索引卷）不完全统计，1919 年后的八年（1920 年至 1927 年），中国翻译外国文学作品，印成单行本的（不计综合性的集子和理论译著）有 190 种，其中俄国为 69 种（在此期间初版的俄国文学作品实为 83 种，另有许多重版书），大大超过任何一个国家，占总数近五分之二，译介之集中可见一斑。再纵向比较，1900 至 1916 年，俄国文学单行本初版数年均不到 0.9 部，1917 至 1919 年为年均 1.7 部，而此后八年则为年均约十部，虽还不能与其后的年代相比，但已显出大幅度跃升的态势。出版的小说单行本译著有：普希金的《甲必丹之女》（即《上尉的女儿》），陀思妥耶夫斯基的《穷人》、《主妇》（即《女房东》），屠格涅夫的《前夜》、《父与子》、《新时代》（即《处女地》），托尔斯泰的《婀娜小史》（即《安娜·卡列尼娜》）、《现身说法》（即《童年·少年·青年》）、《复活》，柯罗连科的《玛加尔的梦》和《盲乐师》，路卜洵的《灰色马》，阿尔志跋绥夫的《工人绥惠略夫》等。[2] 在许多综合性的集子中，俄国文学的译作也占重要位置，还有更多的作品散布在各种期刊上。

其次翻译质量提高。辛亥革命前后至"五四"高潮前，中国的俄国

---

[1] 可参见笔者在《二十世纪中俄文学关系》（学林出版社，1998；高等教育出版社，2002）中的相关考证。

[2] 这套丛书中收入了这一时期张亚权译的柯罗连科的《盲乐师》（商务印书馆，1926）。

文学译介均为转译本，且多为文言。即使一些"名家名译"，如戢翼翚译的普希罄《俄国情史》（即普希金《上尉的女儿》，1903）、马君武译的托尔斯泰的《心狱》（即《复活》，1914）、林纾和陈家麟合译的托尔斯泰的《罗刹因果录》（收八篇短篇，1915）等，也因受当时译风的影响，对原作进行改动或发挥之处颇多，有的译作几近于演述。1919年以后，译者队伍与译风发生了根本上的变化。一批才气横溢的通俄语的年轻人加入了俄国文学作品翻译的队伍，其中有瞿秋白、耿济之、沈颖、韦素园、曹靖华等。以本套丛书入选译本最多的译者耿济之为例。耿济之早年在俄文专修馆学习，1919年在《新中国》杂志上发表最初的译作，即托尔斯泰的《真幸福》（即《伊略斯》）和《旅客夜谭》（即《克莱采奏鸣曲》）等作品。20年代初期，耿济之又有果戈理的《马车》和《疯人日记》、赫尔岑的《鹊贼》、屠格涅夫的《村之月》、奥斯特洛夫斯基的《雷雨》、托尔斯泰的《家庭幸福》和《黑暗之势力》、契诃夫的《侯爵夫人》等重要译作。此后他一发不可收，数十年间译出了大量的俄国文学名著，是中国早期产量最多和态度最严肃的俄国文学译介者。当然，这时期仍有相当一部分翻译家依然利用其他语种的文字在转译俄国文学作品，如鲁迅、周作人、李霁野、郑振铎、赵景深、郭沫若等。这些译者大多学养深厚，译风严谨。鲁迅在20年代前期和中期译出了阿尔志跋绥夫的《工人绥惠略夫》《幸福》《医生》和《巴什唐之死》、安德列耶夫的《黯淡的烟霭里》和《书籍》、契诃夫的《连翘》、迦尔洵的《一篇很短的传奇》等不少俄国文学作品。尽管是转译，但翻译的水准受到学界好评。

20世纪二三十年代，中国文坛开始引进苏俄文学。1931年12月，瞿秋白在给鲁迅的信中谈到：有系统地译介苏联文学名著，"这是中国普罗文学者的重要任务之一"[1]。不少出版社在20年代末相继推出

---

[1] 瞿秋白：《论翻译》，见《瞿秋白文集》第2卷，人民文学出版社1954年版。

"新俄文学"作品专集。最早出现的是由曹靖华辑译、北平未名社1927年出版的《白茶（苏俄独幕剧集）》一书。而后，鲁迅、叶灵凤、曹靖华、蒋光慈、傅东华、冯雪峰和郭沫若等辑译的各种苏联文学作品集相继问世。这一时期，译出了不少活跃于十月革命前后的苏俄著名作家的作品。比较重要的有：拉夫列尼约夫的《第四十一》、革拉特珂夫的《士敏土》、绥拉菲莫维奇的《铁流》、法捷耶夫的《毁灭》、聂维罗夫的《不走正路的安得伦》、雅科夫列夫的《十月》、伊凡诺夫的《铁甲列车Nr. 14－6》、富曼诺夫的《夏伯阳》、肖洛霍夫的《静静的顿河》（前两部）和《被开垦的处女地》、奥斯特洛夫斯基的长篇小说《钢铁是怎样炼成的》、诺维科夫－普里波伊的《对马》、马雅可夫斯基的诗集《呐喊》、爱伦堡等人的报告文学集《在特鲁厄尔前线》和阿·托尔斯泰的剧本《丹东之死》等。

这一时期，作品被译得最多的作家是高尔基。最早出现的是宋桂煌从英文转译的《高尔基小说集》（上海民智书局，1928）。这部小说集中载有《二十六个男和一女》和《拆尔卡士》（即《切尔卡什》）等五篇作品。最早出现的单行本是沈端先（即夏衍）从日文转译的高尔基的《母亲》。[1] 30年代中国出版的有关高尔基的文集、选集和各种单行本更多，总数达57种，如鲁迅编的《戈里基文录》、瞿秋白译的《高尔基创作选集》、黄源编译的《高尔基代表作》、周天民等编选的《高尔基选集》（六卷）等。此外问世的还有：鲁迅等译的短篇集《恶魔》和《俄罗斯的童话》、史铁儿（即瞿秋白）译的《不平常的故事》、巴金译的短篇集《草原故事》、丽尼译的《天蓝的生活》、钱谦吾（即阿英）译的《劳动的音乐》、蓬子译的《我的童年》、王季愚译的《在人间》、杜畏之等译的《我的大学》、何素文译的《夏天》、何妨译的《忏悔》、罗稷南译的《四十年间》、赵璜（即柔石）译的《颓废》（即《阿尔达莫诺夫家

[1] 该书1929年由上海大江书铺出版第一部，次年出版第二部。

的事业》)、钟石韦译的《三人》、李谊译的《夜店》(即《底层》)和贺知远译的《太阳的孩子们》等。

进入20世纪40年代,由于苏德战争和太平洋战争的爆发,中国文坛把自己的目光转向了苏联卫国战争文学。1942年在上海创刊(1949年终刊)的《苏联文艺》发表的各类作品的总字数达六百多万字,其中大部分是反映苏联卫国战争的文学作品。此外,仅就单行本而言,各出版社出版或重版的此类书籍的数量有百余种之多。这些作品极大地鼓舞了中国人民反抗外族入侵和黑暗统治的斗志。也许今天的人们已经淡忘了它们,有些作品从艺术上看似乎也有些逊色。但是,其中经受住了历史检验的优秀之作,仍值得我们珍视。这一时期,苏联其他一些文学作品也有译介。值得一提的有:肖洛霍夫的《静静的顿河》(全译本)、叶赛宁、勃洛克和马雅可夫斯基合集的《苏联三大诗人代表作》、阿·托尔斯泰的《苦难的历程》和《彼得大帝》、费定的《城与年》、奥斯特洛夫斯基的《暴风雨所诞生的》、潘诺娃的《旅伴》、克雷莫夫的《油船德宾特号》、波列伏依的《真正的人》、卡达耶夫的《时间呀,前进!》、列昂诺夫的《索溪》、冈察尔的《旗手》(第一部)、包戈廷的剧本《带枪的人》《苏联名作家专集》(共五辑)等。其中不少名著在这一时期初次被译成中文。可以说,至20世纪40年代末,苏联重要的主流文学作品译介得已相当全面。

1919年以后的30年间,译介到中国的俄苏文学作品产生了巨大的影响。钱谷融教授曾经生动地描述过抗战时期他随学校迁至四川偏远小城,在那里迷上俄国文学的一些情景。他还表示自己"是喝着俄国文学的乳汁而成长的","俄国文学对我的影响不仅仅是在文学方面,它深入到我的血液和骨髓里,我观照万事万物的眼光识力,乃至我的整个心灵,都与俄国文学对我的陶冶薰育之功不可分。我已不记得最先接触到的俄国文学名著是哪一本了,总之是一接触到它就立即把我深深地吸引住了,使我如醉如痴,使我废寝忘食。尽管只要是真正的名著,不管它是英、美的，法国的，德国的，还是其他国家的，都能吸引我，都能使我迷醉。但是论其作品数量之多，吸引我的程度之深，则无论哪一国的文学，都比不上俄国文学"。这样的感受和评价在那一时代的知识分子中并不罕见。

由于社会的、历史的和文学的因素使然，中国知识分子（特别是左翼知识分子）强烈地认同俄苏文化中蕴含着的鲜明的民主意识、人道精神和历史使命感。红色中国对俄苏文化表现出空前的热情，俄罗斯优秀的音乐、绘画、舞蹈和文学作品曾风靡整个中国，深刻地影响了几代中国人精神上的成长。除了俄罗斯本土以外，中国读者和观众对俄苏文化的熟悉程度举世无双。在高举斗争旗帜的年代，这种外来文化不仅培育了人们的理想主义的情怀，而且也给予了我们当时的文化所缺乏的那种生活气息和人情味。因此，尽管中俄（苏）两国之间的国家关系几经曲折，但是俄苏文化的影响力却历久而不衰。

在中国译介俄苏文学的漫漫长途中，除了翻译家们所做出的杰出贡献外，还有无数的出版人为此付出了艰辛的努力，甚至冒了巨大的风险。在俄苏文学经典的译著中，我们常常可以看到商务印书馆、中华书局、开明书店、文化生活出版社等出版社的名字，也常常可以看到三联书店的前身生活书店、读书出版社、新知书店的名字。这套丛书中就有：生活书店1936年出版的、由周立波翻译的肖洛霍夫的小说《被开垦的处女地》，生活书店1936年出版的、由王季愚翻译的高尔基的小说《在人间》，生活书店1937年出版的、由周扬和罗稷南翻译的列夫·托尔斯泰的小说《安娜·卡列尼娜》，新知书店1937年出版的、由梅益翻译的普里波伊的小说《对马》，读书出版社1943年出版的、由王语今翻译的奥斯特洛夫斯基的小说《暴风雨所诞生的》，新知书店1946年出版的、由梅益翻译的奥斯特洛夫斯基的小说《钢铁是怎样炼成的》，生活书店1948年出版的、由罗稷南翻译的高尔基小说《克里·萨木金的一生》。熠熠生辉的名家名译，这是现代出版界在中国文化发展史上写就的不可磨灭的一笔。这套丛书的出版也是三联书店文脉传承的写照。

　　尽管由于时代的发展，文字的变迁，丛书中某些译本的表述方式或者人物译名会与当下有所差异，但是这些出自名家之手的早期译本有着独特的价值。名译与名著的辉映，使经典具有了恒久的魅力。相信如今的读者也能从那些原汁原味的译著中品味名著与译家的风采，汲取有益的养料。

陈建华

2018 年 7 月于沪上西郊夏州花园

阿·托尔斯泰

目　录

作者自传

　　我是在距沙麻拉九十里远的旷野里一个田庄里长大的[1]。我的母亲姓杜格涅瓦，是 N·G·杜洛涅夫[2]的孙女，她腹中怀了我，离开了我的父亲。她的第二个丈夫，我的继父 A·A·包斯特洛穆，是当时尼古拉耶夫斯克，即现在之普加乔夫斯克的地政局委员。

　　八十年代的沙麻拉社会（在被充军的马克斯主义者们未到沙麻拉来以前的时候），是人类压迫下最卑污的一幅情景，富有的面粉商人，占买贵族田园的投机商人，游手好闲、家业破落的住在旷野里的贵族们，以及一般地主们的背景，所有这些，都被高尔基怀着憎恨的心情，鲜艳地表现出来了。

　　在这周围环绕着市民村落的、可怕的、遍地灰尘而丑恶的城市里，人们都在沉默着，过着猪的生活。

　　我的母亲，在那时是一个有教养的人，是一个女作家（她写了一个长篇《不平的心》，两个中篇《荒僻》及几部儿童读物，其中最流行的是《女友》）。当拥有领地的小贵族地主 A·A·包斯特洛穆，这位青年美男子，自由主义者，求知欲很高的读书人，当他一来到沙麻拉的时

---

[1] 译者按：托氏于俄历一八八二年十二月二十九日，即公历一八八三年一月十日，生于沙麻拉的尼古拉耶夫斯克城。
[2] N·G·杜格涅夫，为著名的十二月当党员。

2

候，在我母亲面前，就摆着一个生死的问题：在这卑污的泥沼里腐烂下去呢，或者向高尚纯洁的路上去呢？于是她腹里怀着我，就跟新的丈夫去了，向新的生活走去了……

包斯特洛穆同那些旷野的地主们，在尼古拉耶夫斯克是住不来的，地政局改选，他落选之后，就回到梭斯诺夫迦的自己的田庄上去了。在那儿度过了我的童年。

一八九七年，我们离开了梭斯诺夫迦，迁到沙麻拉城内沙拉托夫街的私宅里，那所房子是继父赎了抵押和付了期票，剩下的钱买的。一九〇一年，我在沙麻拉实业学校毕了业，去到彼得堡，应了竞考，入到工业学校的机械系。

我最初的文学尝试，是在十六岁的时候。这是些诗，是对涅克拉梭夫与纳德逊的诗的和唱。我记不清什么东西当时鼓励我写这些东西，大概是没有找到形式的无端的空想，使我如此的。那些诗是毫无出色的，于是我马上就把它丢开了……可是，我总是对那每次尚未形成的创作过程，再一再二地酷爱着。我爱草本、墨水、笔……当我做了大学生的时候，我又屡次地试验写作了，而且这是那未成熟的创作的开端……

我过着一般大学生的生活。参加过学潮和罢课，加入过民主社会党的组织。一九〇三年，在游行示威的时候，在加桑大教堂附近，被扔出来的一块石头，几乎把我打死了。胸前大衣里边塞的一本书，算是把我的命救下了。一九〇五年，当大学校都被封了的时候，我就到得列兹金去了，在那里的工科大学住了一年。在那儿又写起诗来，这里有革命诗（耶时唐·包戈拉兹，甚至年轻的巴尔芒特，都写过这样的诗），有抒情诗。我回到沙麻拉以后，把这些作品给母亲看，她很发愁地说，这些作品都平凡得很。这些草稿都没有保存。

每一种形式，都是配合着自己的时代的，在这形式里，装入了思想、感触和热情。这种新形式我从前是没有的，我还不会创造它，而且也创造不了它。

　　一九〇六年，我母亲去世以后，又到了彼得堡，想在工业专门学校继续求学。反动时代开始了，象征派作家们上台了。在某部供职的一个怪人和空想家 K·S·冯·德·傅里特，首先介绍我认识了他们的——莆亚奇斯拉夫·伊凡诺夫、巴尔芒特、白雷的作品。他在自己的楼顶上，给我读着象征派的诗，带着不能形容的幻想的热情，谈论着他们。

　　那时，在一九〇七年春天，我写了第一部"颓废派"的诗集。这是一册模仿的、幼稚的、不好的小册子。可是我仗了这册东西，替自己开辟了一条认识诗的现代形式的道路。过了一年，写了第二部诗集《蓝河彼岸》，这部诗集，直到今天，我还没有把它摈弃了。《蓝河彼岸》——这是我认识俄国民俗学，认识俄国民国创作的第一次成及描绘的场面上，都更其宏大，从攻取纳福城到彼得第一之死的事变，都包括在内。什么东西推动着我来写彼得第一呢？有人以为选择这一个时代是要对现代做一个投影，这是不对的。这在我一方面看来，都是历史的虚伪和反艺术的手法。吸引我的是当那有着异常的犴暴，揭卉了俄国本质的那种"没有整理的"和生活创造力的丰满的感触。

　　根据同样的理由，有四个时代吸引我来描写他们：即伊凡·格洛兹遒，彼得第一，一九一八至一九二〇年的国内战争，以及在规模及意义上都空前宏大的我们的现今。可是关于这一层，将来再提吧。要想了解其中俄国人民的奥义与伟大，应当对于它的既往，有一个精辟而深刻的认识：认识咱们的历史，认识它的基本的交点，认识俄国本质所集结的悲剧和创造的时代。

　　在这时期，我写了几部中篇小说，其中较为重要的，有《古路》和《阴毒的人》。

　　中篇《粮食》（即《保卫察里津》），是长篇《十八年》及《阴暗的早晨》（三部曲《在苦难里行进》的第三部）之间的一个必需的转移点，这部中篇，我开始于一九三五年，一九三七年秋天完成。

　　关于这一个中篇，我听到了好多责难，责难这部作品干枯无味和事务气太重。我能声辩的只有一点:《粮食》是用艺术的手段,来处理精确的历史材料的尝试。因此,无疑的要受幻想的拘束。可是,这样的尝试,有时或许对人有用呢。有趣的是,《粮食》同《彼得第一》似的,甚而或许要比《彼得第一》更多译成几种外国文呢。

一九三八年春天,我写了剧本《到胜利之路》。在这剧本里,我取了咱们革命中的最艰苦的一个时期,即一九一九年的十月,这剧本中的主要角色列宁和斯大林,把国家和人民带到胜利上。这剧本在瓦荷丹戈夫剧场上演过。

同年我写了对法西斯主义的讽刺喜剧《鬼桥》,出演于小剧场及讽刺剧场。

与这些工作并行的,我给儿童出版局预备了五卷俄国民间文学(第一卷已出版,第二卷准备付印)。

在战争开始的那一天——一九四一年六月二十二日——我完成了长篇《阴暗的早晨》。在三部曲全部付印的时候,我把《在苦难里行进》的前两卷,完全校改了一遍,三部曲合装为完整的一卷,将于最近出版(译者按:本书合装本已于一九四三年苏联国家文艺出版局出版)。

《在苦难里行进》与《彼得第一》比较起来,国内和国外的读者,知道的比较少。三部曲写作的时间,前后达二十二年之久,读者至今还没有看见它的全部含义。它的主题是还乡,是到祖国之路。《阴暗的早晨》最后的几页,最后的几行,是我们的祖国处在炮火里的那一天写完的,这一点,使我相信这部作品的道路是正确的,在这儿,我是问心无愧的。

现在我从事于话剧三部曲《伊凡·格洛兹酒》第二部的写作(第一部写于一九四一年)。

一九四二年秋,我又改写了我的喜剧《恶魔》。

大战开始这十八个月以来,我写了好多小品文,论文和短篇小说,这些都收在《祖国》《我号召憎恨》《我们保卫什么》,以及短篇小说集

《苏达列夫的故事》等集里。我每日从祖国战争的事变里，吸取对于自己政论文章的材料，在这战争里，俄国人民表现了自己的刚勇，坚毅和奋斗的惊人的品质。

译者序

阿·托尔斯泰是苏联最优秀和最有声望的作家之一

———莫洛托夫

一

苏联作家蒲斯托甫斯基（K. Paustovsky）在一九三九年一月二十七日的莫斯科《文学报》上，写了一篇论阿·托尔斯泰的文章：

> 有好多著作，甚至是非常优秀的著作，对于我们，只不过是文学的现象而已。可是还有些别的著作，诚然，这样的著作不多，可是它们在我们的意识里，却作为我们生活的事变而存在着，它们同我们的生存是分不开的。它们或是我们本身的一部分，成了我们时代的一部分，成了我们的思想、愉快和悲哀的一部分。我们感觉到这些不是著作，而是人生巨大的真实现象，就如同我们感觉到爱情、离别，以及日常的劳作的。阿·托尔斯泰的著作，就是这样的。

从这些著作里所得的最初印象，和有力而锐敏的天才接触的情感，是不可磨灭的……

阿·托尔斯泰有锐敏的眼光、精确的听觉、生动而有吸引力的语言，以及人类早有的知识。这些都不断的丰富着他的同代人——我们，而且将来还要丰富着我们的后辈。……他对我们启示了巨大的世界，他那丰富的色泽、机敏的智慧，以及他所刻绘的形象，永远是活的，永远引起我们的不安、欢欣、悲哀和愤怒。

这里说明了阿·托尔斯泰不但是当代一位艺术巨匠，而且是一位渊博的学者，他被选为苏联科学院会员，是十分了然的事。

他的创作范围的宏大，很少有作家能同他相比的。在文学领域里，他是一个全才。他写有诗、历史小说、幻想小说、剧本、儿童小说，以及描绘彼得第一、世界大战及国内战争的规模宏大，手法精纯，意象豪迈的巨制——三部曲《在苦难里行进》《保卫察里津》和《彼得第一》。这些都证明着他是一个艺术家，而同时是一个学者。

阿·托尔斯泰在革命前就已经开始了创作生活。他是十九世纪以来，俄国现实主义传统的继承者，是普希金、果戈里，柴霍甫、高尔基以来的现实主义传统的继承者。他有卓越的天才、渊博的学识、艺术的手腕。在革命前的俄国文坛上，他已经占了显著的地位。可是使他成一个真正伟大艺术家的，却是十月革命。十月革命向他提出了关于祖国道路及民族命运等极复杂的历史问题，使作者对自己重新做一番检讨，使他放弃了已往的惑疑主义及对政治的冷淡态度。简言之，十月革命，在他的创作上，起了决定性的转进作用。

革命后，他的主要作品是三部曲《在苦难里行进》《彼得第一》和《保卫察里津》。在三部曲的前两部——《姊妹们》和《十八年》——里，还流露着惶惑和消极期待的色调，可是同时对于人民，却怀着微弱的信心。在《彼得第一》里，对俄国人民艰苦而光辉的历史，就强调的表现着胜利的乐观主义。而在《保卫察里津》里，他具有豪迈的乐观主义和对于人民的坚强信心，描绘了人民革命运动的伟大场面与改造世界的崇高理想。

《保卫察里津》在作者的创作历程上，划了一个新的阶段。这部著作，在主题上是同《在苦难里行进》里所描绘的国内战争的史诗，紧密的联系着。可是在哲学的论据上，它却与三部曲中的《十八年》迥然不同的。在《十八年》与《保卫察里津》之间，思想上有极重大的区别。作者在《十八年》中所写的革命的风暴里，对于事变的规律，对于它的组织力量与目的，都还不很了然。

在《保卫察里津》里，作者表现了那些自觉的，有规律性的，因此也是有决定性的历史力量，这些力量，在事变的过程里成熟起来，在这混乱错杂的事变里，在这老大帝国的废墟上，建起了新的生活。换一句话说，在这部作品里，居中心地位的是革命的组织力量，是历史舵手的天才力量，是党的力量。

《保卫察里津》，按它的性质说来，这是一部历史小说。它的主要任务，是要把俄国革命的历史，活生生地表现到文学里，把民众的斗争、愤怒和丰功伟业的场面，表现在文学作品里。这是苏联文学中写国内战争的一个纪念碑。这是写国内战争最生动的一个阶段——一九一八年春季和夏季，那时德国侵略者占领了乌克兰，暴动了的捷克军队，把西比利亚的产粮区和苏联革命的心藏——彼得堡和莫斯科隔断了，而反革命的哥萨克将领克拉斯诺夫，仗着德国军队的协助，占领了产粮区的顿河流域，威胁着全部沃瓦河下游，察里津的失守，可以使德国侵略者和白党军队联合起来，向莫斯科发动总攻。保卫察里津，就是封闭敌人向莫斯科进攻的道路，就是给陷于饥荒的两大都会开辟了补给线，把革命的心脏从饥荒的死神手中救出来。这是革命的生死关头，是决定苏联命运的一战。这一个名城的光辉英勇的保卫战，是阿·托尔斯泰这部著作的主题。

这部作品的第一个特点，是不像其他一般旧作品似的，描写单个人物运命的动态，而是描写历史本身的动态。作者把自己的注意力，集结到人民大众的动向上，集结到社会存在的问题上。这一点，把这部作品推到艺术的高峰上。

这部作品的第二个特点，是其中的主要人物都是大家所熟悉的历史上的人物。作者以艺术名匠的手腕，极深刻而活现地描绘了革命领袖的典型。这些典型，并不是浮光掠影的以插曲的姿态，嵌入到作品里，而是与作品的思想和创作的内容，有机地衔接着。作者刻绘这些形象的时候，不带一点做作的手法。他的艺术的色调，不但从来是历史的，而且是庄严伟大的。我们看伊凡·戈拉同列宁的谈话，作者把革命领袖显示得如何的高尚而质朴。

在这儿也有虚构的人物，有革命历程中生长起来的平平常常的人物——伊凡·戈拉和亚丽萍等。这部作品所写的时代，虽然和《在苦难里行进》是同一时代，但伊凡·戈拉和亚丽萍，却不是那里的克嘉和妲霞那些忧郁、惶惑、怯懦、患软骨病的人。这些都是处在另一种社会环境，另一种运命的人物，对于人生，以及他们在人生中所处的地位，都具有另一种看法的人物。革命对于他们，并不是"战争的可怕的夜里，突发的巨雷和冰雹"，使他们在人生中惶惑不知所措，而是相反，革命对于这些人物，如久旱的甘霖，给了繁荣滋长的新机。所以伊凡·戈拉和亚丽萍，充满着愉快的期望，去迎接革命，准备去受最严峻的考验。他们毫不踌躇地去投入到革命战争的熔炉里。

作者所写的这两个人物——伊凡·戈拉和亚丽萍，都是有声有色，具有坚强意志与革命热情的人，是人民大众的代表者，是创造历史的无名英雄。

阿·托尔斯泰的语言，是真正现实主义的语言。是光辉的、大众的，是简洁明快、充满了表现力的语言。我们随手引一段看：

> 伏罗希洛夫下令击溃敌人，并占领贡多罗夫村。卢加什的共产主义队和卢甘斯克第一队，沿着顿涅茨河左岸，穿过春天绿油油的

草原出动了。太阳已经开始晒他们的脊背和后脑勺。

在热浪滚滚的草原上，远远现出塔尖似的白杨、园圃和睡眼蒙眬地兀立在顿涅茨河岸上的贡多罗夫村的白色教堂。那些筋疲力尽的红马和斑马，拉着古里克炮兵连的四门炮，两边晃荡着，赶过了散兵线，爬上了白土坡。

散兵线急匆匆地推进着，士兵们边走边脱着上衣和短大衣。哥萨克的前哨，从岸上的密林里开枪了。亚丽萍像在做梦似的走着。装着子弹的沉重的帆布袋，磕着大腿，步枪皮带割着肩膀。她望着那些在草原的天空里飞翔的鸢鸟……后边不断有人喊："姑娘，别跑得太快了。"亚丽萍停下来，饱饱地吸了一肚子草原上的和风。

当古里克的大炮从白土坡上轰起来的时候，这强大的炮声，使士兵们的胆子壮起来。一团团烟球，在远远的白杨后边腾起。飞翔的鸢鸟，惊恐地冲入云霄……（本书第八章）。

《保卫察里津》中的风景的描写，也是服从于作品中主要事变的性质的。在革命的紧张时间中，作者写道：

斯莫尔尼宫像蜂房里伸进一只熊掌似的，整天整夜乱哄哄的……狂暴的西风！把雪花往挂着窗帘的居民住房的窗户上堆积着，家家都机警地等待着事变。（本书第二章）。

或是像本书的开场：

暴风雪疯狂地呼啸了两星期了，在火炉的烟筒里呼呼地吼着，在屋顶上响着，拥塞了城市，周围千百里都铺成了白茫茫的雪野。电线都被刮断。火车开不来了。电车都停在车场里。

《保卫察里津》在风格上，在构思上，不但是苏联文学中辉煌的巨制，而且是作者创作历程上一个显明的界标，一步巨大的跃进。革命的志向，以及对于革命理想的明确的了解，都是作者从前作品中所没有的。有一次作者接见新闻记者时说：

> 我已经写作了将近三十年，但我必须承认，最近的作品《保卫察里津》，才开始显示出我自己——我的方法，我的风格，以及我的生活概念。(V·O·K·S·通讯，见《时事杂编》第四十二期)。

作者的文学天才是巨大的，是多方面的。他善于有力而切实地描写生活的各方面。他的《保卫察里津》，是苏联文学史上添了光辉的一页。

二

一九一八年察里津的保卫战，是决定苏联命运的一战，当时保卫战的首脑和灵魂，是斯大林。这一个城后来更名为斯大林格勒——斯大林城，并不是偶然的。这成了胜利的象征。一九一八年的察里津，这是一九四二年斯大林格勒保卫战的光辉的原型。在二十五年之间，在那个同一的名城附近，在那同一的军略家策划之下，两次埋葬了那同一敌人，德国侵略者的命运，这不能不说是人类史上的巧遇。

在斯大林格勒战役之后，我们来重读阿·托尔斯泰的一书《保卫察里津》，不但对当年可泣可歌的史实，倍感亲切，而且由此更可以得到军队战略上的宝贵教训。在今日盟国反法西斯战争中，尤应记取。为读者更易了然起见，把这两次史实，做一个简略的对比叙述，想不算是多余的：

德国帝国主义者近数十年来，总存着一个征服世界的迷梦。他们认为"英国在西欧把他们闭死了"，他们要往东方开辟一条安全的道路，达到印度，好把"英国的心脏——印度——挖去"，从那儿威胁英国。澳大利亚有一位将军克拉乌斯，在一九一八年，写了一篇文章，论德国的侵略计划说："德国想永远掌握着一条经过巴库和波斯，到美索布达米亚和亚拉威的安全道路。"可是苏联在沃瓦河上和北高加索的军队，却威胁着德国的左翼。当苏联的国旗在这些地方飘扬的时候，德国想实现自己的迷梦，向波斯湾进发，是不可能的事。

德国人想要打通这条道路，首先要占领水陆交通的要道——沃瓦河上的察里津。这么以来，这一个不大的城市，就成了德国军事计划上争夺的要地。

德国帝国主义者当时就供给白党将领克拉斯诺夫了大批的军火，指使他攻打察里津。德军替白党军队防卫后方。当时在红白两方的军力比较上，白军的骑兵，几乎要多十倍，机枪要多两倍半，大炮要多两倍。

德军的计划是这样的，一九一八年六月六日，当斯大林到了察里津的时候，被敌人围困的苏联，起着严重的饥荒。在莫斯科和彼得堡，每人每日只发给八分之一磅的面包，就那还不是每日都能发的。人民委员会当时特任命斯大林为南俄粮食总监，并授以特权。

德国人的详细计划，是过了几年之后，在档案里和国际干涉者的口供里才知道的。可是当时敌人的计划，被斯大林猜着了：

> 今天的察里津，是革命的主要前哨……如果我们失掉了察里津，这就是让顿河流域的反革命势力同阿斯特拉罕和乌拉尔的哥萨克军队联合起来。察里津的丢失，即刻要造成从顿河流域到捷克的反革命的统一战线。我们将要丧失里海，我们将使北高加索的苏军陷于无可奈何的境地。(本书第九章)。

斯大林猜透了敌人的计划，就担任起保卫城市的任务来。他找了些忠于革命的果敢的人，把他们派到部队里，他团结了当地的党务组织，对他们提出一个任务，就是：把保卫城市看作拯救苏维埃国家一般的政治任务。他进行着整军工作。用铁的手腕，肃清了白党的阴谋奸细。保卫察里津就这样开始了：

> 停在东南车站的斯大林专车是一个核心，它顺着城市蜿蜒的道路，推动着一个有组织的意志，把它传达到各机关、工厂、码头，传达到整个前线，军事委员们在前线编组的团、旅、师的大会上，讲解广大的全区的革命任务，宣传员和粮食队在全区各城镇、各村庄召开大会，动员贫农和中农，摧毁富农的反抗。成千上万的运粮马车向察里津推进，大群的家畜在通往伏尔加河码头的路上走着……（本书第十二章）。

各工厂的警笛，在鸣鸣地响着，工人们从工厂里一直去到司令部里，在那儿领了枪，就上前线去了。工厂里，日夜都进行着保卫城市的工作，工人们身上带着子弹匣，站到机器跟前工作着。跟前就放着步枪。常常炮车载着大炮，从战场上一直拉到兵工厂里，炮身还是热的，工人们即刻就动手修理起来。常常炮兵还没来得及吃一点东西的时候，工人就喊道："修理好了！"大炮又开到战场上了。千千万万的妇女，全都参加了战斗。

察里津成了一座坚固的堡垒，敌人碰到这堡垒上粉碎了。苏军的第一批干部——著名的第十军，在这堡垒的墙下锻炼出来了。

察里津的保卫战，说明了它不是采取消极的、被动的防御战略。最高明的保卫战是积极的、主动的，为了完全消灭敌人而采取的攻势。

全部的苏联军队，在斯大林领导的察里津保卫战的经验上，得到了无限宝贵的教训。这经验成了苏联战术史上极珍贵的贡献。一九一九年五月，就是斯大林离开察里津八个月以后，新的敌人又开始向察里津进攻了，列宁在那年五月三十日，给第十军的革命军事委员会打了一个电报：

> 火速选派一批曾参加斯大林手定保卫察里津作战计划的最负责，最精干的察里津工作人员，委托他们以同样的精神来实行这些计划。

一九一九年列宁的这封电报就是说："你们照斯大林在一九一八年的方式做吧"，"你们仰仗着曾受过斯大林教养的干部吧，这就是胜利的秘诀。"

一九一八年在察里津附近实现了斯大林战略的基本原则，这就是善于推断敌人的计划，确定主攻的方向和选择进攻的时候。

从保卫察里津那时起，经过了一世纪的四分之一，德国侵略者又来企图占领察里津——斯大林格勒米丁。他们调动了步兵、坦克部队和摩托车部队，约二十多个师团来攻这一个城市。数千架飞机，日夜轰炸着城市。数千门大炮，向城市轰击着。斯大林格勒成了地狱。从开天辟地以来，没有过这样可怕的现象。大地在抖颤着，呻吟着，比地上更可怕的是天空。炮火，呼啸的钢铁，空气的波浪，爆裂的巨弹，人的肢体与钢骨水泥的飞舞……敌人不惜孤注一掷地来摧毁斯大林格勒的抵抗，打通沃瓦河，把苏联战线割裂成两部分，然后再进取莫斯科。好像在一九一八年似的，连占领城市的日期都已经宣布了。

可是斯大林格勒的保卫者，又把侵略者的全盘计划粉碎了。旧察里津的光荣，好像太阳似的，普照着斯大林格勒的保卫者。有好多当年保卫察里津的老战士，这次和保卫斯大林格勒的战士们并肩作战。他们所占的阵地，好多都是当年粉碎德军和白军的那些阵地。被察里津保卫者的光荣的战斗传统所鼓舞起来的斯大林格勒的保卫者们，果敢地同德军奋战着。千百架敌机，在市空里被打落，千百辆敌人的坦克车，变成了大堆的烂铁。每一尺斯大林格勒的土地，都堆积着敌人的尸体。

斯大林格勒又成了争夺的中心。全苏联都深切地注视着这一场英勇的战斗。志愿军、正规军、军火、军粮，都从莫斯科，从沃瓦河，从乌拉尔，从全国各角落里往这儿开拔着，输送着。全世界进步的人士，都深切地注视着斯大林格勒的保卫战。

敌人的力量消耗下去了。苏军的力量最强大起来了。保卫察里津的策划者——苏联最高统帅斯大林分析道："敌人伤亡到如此地步，对敌人作决定性的打击时机到了。"

一九四二年十一月十九日清晨，苏联最高统帅部下令反攻了。苏军摧毁了敌人的顽抗，三十三万德国的精锐部队，在斯大林格勒毁灭了。一九一八年在察里津城下打下了基础的斯大林战略的基本，一九四二年在斯大林城下，得到更广大的发扬。

斯大林格勒的胜利，做了苏军掌握主动，开始反攻的起点，也是希特勒走下坡路的开端。他的"常胜德军"的神话，永远埋葬到斯大林城下了。这一仗，彻底摧毁了德军胜利的信心。

军略家斯大林所策划的察里津、斯大林格勒的这两大战役，决定了苏联的命运。这一座名城上照射的胜利的巨星，它的万丈光芒，照耀着目前苏军胜利的前程，照耀着盟军反法西斯的前程，也照耀着人类解放的前程。

三

阿·托尔斯泰不但是苏联文坛的泰斗，而且是一位积极的社会活动者和显赫的政论家，是苏联文化上的伟大舵工和领港。只要熟悉他在文化革命发展中所负的惊人的组织和宣传任务，都会了解的。他对于社会主义祖国的热爱，对法西斯主义的痛恶，对世界人类解放斗争的忠诚，这些都流露在他的演讲、论文和通讯里。在这次世界大战以前，他就说：

> 世界上正进行着剧烈的斗争，一方面是理性、人道主义、文化和社会正义的势力，具体实现于苏联——一方面是野蛮地狂热，蒙昧主义，对于人类的憎恨，法西斯主义的势力。

他对祖国的爱，是火热的、极富于崇高灵感的：

> 我爱我的祖国！我高歌勇往直前，和敌人决死斗争。为了社会主义祖国的伟大，虽死犹生。我为了伟大的行为和伟大的光荣而奋斗，因为我的行为和我的光荣，就是祖国的行为和光荣。我无需多话就可以识出我的敌人，我看见他的狞视，就可以认出他来，因为我不是一个追求私利的什么人，而是我所爱的祖国之子，是它的血之血和肉之肉，因为对祖国的爱，我具有这非常的警觉。

写到这儿，在乱纸堆中，偶而检出一封幸未遗失的阿·托尔斯泰的短简，就在这儿也充分地表露着他的反法西斯的狂热及对于人类解放的信念：

> 最敬爱的曹靖华先生：
>
> 在我们的反希特勒法西斯的斗争里，你对苏联人民所表的同情，我代表苏联作家协会，向你表达热情的谢忱，在我们战场上，七个礼拜以来的不绝的战斗，疯狂的野蛮敌人被我们消灭着，至少有一百个师团之多。我们这次作战，不单是为了保卫我们的国家自由与独立，而且是为了解放被法西斯所损坏的人类的智慧而战的。我们毁灭敌人的意志是不可动摇的。我们对于胜利的信念，在同英

国的武装人民和全欧洲被奴役的人民的合作里坚定起来了。这些被奴役的欧洲人民，起来反对暴政，用怠工的新的进攻，以及游击战的斗争，证明着自己解放的意志：自由或是死亡。

你们，我们敬爱的朋友们，中国的作家们，同我们一致合作，这是我们深引为欣幸的。我们永远从血腥的法西斯主义侵略的手里解放的日子快到来了。

紧握你的手，并向你以及同我们一致合作的中国作家们，致真挚的敬意。

永远是你的阿·托尔斯泰

又及：九月里，我的新的长篇小说《阴暗的早晨》一出版，立即寄给你，并且热诚地请求你将它译为中文。

阿·托尔斯泰

一九四一年八月十四日，莫斯科

阿·托尔斯泰曾参加过作家反法西斯大会，被推为国际保卫文化及反法西斯大会主席团之一员，被选为苏联最高苏维埃代表及苏联科学院会员。一九三八年荣膺苏联政府所颁布的"列宁勋章"。一九三九年一月三十一日，又得苏联政府所颁布的"荣誉奖章"。一九四一年以《彼得第一》获得斯大林一等文艺奖金，一九四二年（一九四三年三月十五日颁布）以三部曲《在苦难里行进》，又获斯大林一等文艺奖金。最近苏联对外文化协会内，成立了一个文艺委员会，参加的有莫斯科、列宁格勒及苏联各地著名作家百余人，而阿·托尔斯泰被选为该委员会的主席。（见一九四四年七月二十四日，《莫斯科真理报》）。

《保卫察里津》的介绍，开始于一九三九年十月，译了三分之一，因故中止，不久，上海言行社的版本[1]出版，景宋女士听说我当时也

---

[1] 俞荻，叶函译，取名《面包》，一九四〇年六月出版。

在译这书，就远道为我购寄一本。稍后，大时代的版本[1]也出版了。当时深为欣幸：觉得可以不必再徒劳无益地把它继续下去了。可是 S 君仍时时催促，嘱将它译完。后来他离渝到香港以后，还再三来信说，不管这部书已经有了多少译本，仍望将它完成，在沿海区出版，同时还收到了作者由莫斯科寄来的自传及两幅大的作者像。这时深觉不把它完成，对各方都很难为情似的。前年夏天，又忙里偷闲，在近郊把原稿、原书及已有的两个译本，都检出来略略对了一下，似觉仍有继续译完的必要，因虽深知我的文笔拙劣，但所据原本，似较信实可靠，恐少删节脱漏之处，且所附作者自传、年表、插画等等，较已往版本，均似觉完备，对读者理解本书及作者创作过程上，都恐不无裨益。

已出两种版本，与原本各有出入之处甚多，不必一一列举，其与原书有共同整段删节之处亦多，现不妨略举一二，以见一般：

第二章，第四节里，删了这样的一段：

基辅被占领。德国第一军团，畅行无阻地渡过了第聂伯河，就向顿河流域的煤矿区和工厂区进攻了。（本书第二八页，言行版第四三页，大时代版三四页）。

第四章，第三节里，删了一段：

战士们都跑到他前边去了。部队愤激起来，跑步追击德国人，疯狂的骂声震撼着草原。好多人把步枪丢在自己前边，倒下了。（本书第六九页，言订版第一一三页，大时代版八七页）。

第五章，第一节里，删了一段：

---

[1] 蒋学模译，取名《粮食》，初版似在一九四一年。

他为强调这番话，打了一个手势，把手臂向坐在桌旁的人们伸过去，捏着拳头，仿佛勒着革命的缰绳一般……（本书第八〇页，言行版一三二页，大时代版一〇二页）。

第六章，第二节里，删了一段：

"苏维埃政权：'不劳动者不得食。'这是我们的第一条，也是最后一条信条……雇农、贫农、一匹马的农民，这是苏维埃政权……而你们给他做活，那安坐而食的人，这是苏维埃政权的敌人……"（本书第八六页，言行版一四三页，大时代版一一一页）。

第十一章，第四节删：

司机咬着牙关说：
"大概打死百十来万虾啊。"（本书第二二三页，言行版三八四页，大时代版三九五页）。

第十二章，第四节删：

"除克拉斯诺夫以外，我们又遇到了新的敌人：就是受协约国接济、训练有素、阶级仇恨极深的士官志愿军。这是危险的敌人。他威胁着我们南方最重要的粮食、煤油产地。"（本书第二五〇页，言行版四三四页，大时代版二三一页）。

以上所举，为已出两译本共同整段删节之示例，至其共同遗漏之单句，或此删彼存，彼删此存之大段，以及其他与原本出入之处，均无暇列举。

从这些地方看来，两书有很大可能是根据同一的外文本重译的，而大部的删节、脱漏及出入之处，恐均由于不可靠的原译本所致。这怕是译坛上常有的事，特别在今日恐并不足奇。

我这里所根据的是一九三七年莫斯科"内战史国家出版部"的精印插图本。地图四幅，插图十幅，均从那儿仿制。插图为名木刻家 V·柴格洛夫所作。

作者原来曾应译者之请，于一九四一年写了一篇自传，写就之后，除直寄译者一份外，同时以该稿交苏联对外文化协会，用英俄两种文字，作为通讯稿，发往各国。我收到之后，随手译出，发表于一九四一年十月八、九两日的《新副》。一九四三年一月，为作者六十寿辰，同时又是作者文学活动三十五周年纪念。作者又写了一篇传略，题为《我的道路》，发表于是年莫斯科出版的巨型文艺杂志《新世界》一月号上。比较起来，与一九四一年所写的不但又补充了两年，且关于已往的，其繁简及分段，均大有不同之处，于是把旧稿丢开，将作者这篇新的自传，重译出来，印在卷首。著作年表，为《新世界》杂志所编，亦从该期译出，附在卷末。至于作者像，我本藏有作者两大幅照片，因今日之印刷条件，复制不易，乃从一九三九年的《文学日历》上选出一幅来。

一九四四年十月五日
靖华记于渝郊

第一章

　　暴风雪疯狂地呼啸了两星期了，在火炉的烟筒里呼呼地吼着，在屋顶上响着，拥塞了城市，周围千百里都铺成了白茫茫的雪野。电线都被刮断了。火车开不来了。电车都停在车场里。

　　暴风雪平息了。从正月的浓雾里升起的月亮，在彼得格勒的高空里照耀着。时间并不算太晚，可是城市好像入睡了。有些笔直宽阔的街道的十字路口，篝火冒着白色的烟球。武装的人们腰里扎着机枪子弹带，戴着有护耳的帽子，一动不动地坐在火旁。微红的反光映到雪堆上，映到被子弹打裂的玻璃橱窗上，映到歪挂着的金字招牌上。

　　可是，城市并没有睡。在这些正月的夜里，彼得堡显得紧张，激动，愤怒，疯狂。

　　一个大胡子先生把披着霜花的领子竖起来，在涅瓦大街上，在松软的雪地里踏成的弯弯曲曲的通到横街的小路上走着。他左右张望了一下，就用指环敲着正门，一个惊恐的声音即刻问道："谁？谁?"门开了一道缝，放他进去，又砰的一声关上，钥匙哗啦一响……

那人进到一间小铁炉烧得很热，堆满东西的房间里。衰弱的女主人生着歇斯底里的嘴唇，起身迎着他喊道："到底来了！讲讲吧……"几个穿黑色常礼服的男人和几个穿毡靴的男人把进来的人包围起来。他把带着水蒸气的夹鼻眼镜擦了一下说：

"霍夫曼将军在布列斯特-里托夫斯克像教训小孩子似的，把我们的'亲爱的同志们'狠狠地教训了一顿……霍夫曼将军并没有吓得往桌子底下钻，却异常镇静地继续坐着，注意，他坐着说：'我满意地听取了全权代表先生的乌托邦的妄想，可是应当提请他注意，此刻我们在俄国领土上，而不是你们在我们的领土上……和约的内容要由我们来定，而不是由你们来定……'嘿——嘿……"

一个红光满面的白胡子老头，穿着常礼服和毡靴，打断了那人的话，说："喂，这可是最后通牒的口气啊……"

"一点不错，诸位……德国人大喊大叫对我们的'同志们'说……我是热心爱国的人，诸位，我是俄国人，见鬼。可是，老实说，我准备给霍夫曼将军喝彩呢……"

"落到这步田地了。"从无花果后边传来一个讽刺的声音说。另一个人从书橱后面说：

"唔，怎么呢？德国人过一星期就要到彼得格勒了。欢迎……"

歇斯底里的女房东又哭又笑说："反正我们是没有什么选择的；反正没有煤油，没有糖，也没有一根劈柴……"

"第二件新闻……我刚刚从《回声报》[1]编辑部来。卡列金向莫斯科进发了！（惊叹。）大批工人志愿军纷纷到他那里去，更不用提农民了，他们都是从几百里以外来的。卡列金的军队已经扩充到十万人了。"

一股闷气从十来个人的胸中吐出来，都愿意相信这个奇迹——愿意

---

[1]《回声报》是1906年6—7月在彼得堡由布尔什维克公开发行的日报，共出十四期，代替被沙皇查封的《前进报》，实际由列宁编辑。

相信来拯救被解散的立宪会议[1]，来拯救那非常高尚、宽大和善于辞令的俄国自由主义者们的具有光明精神的农民军……还愿意相信德国人就像仁慈的圣诞老人，来做完自己的事就会走的。

另一个步行的人沿着很深的雪径，绕过一座死寂的孤零零的房子，敲一道后门。他走进一个有雕饰天花板的房间。吊灯架上的电灯，隔着满是灰尘的纱罩照射着。地板上的小铁炉噼噼啪啪地响，一节炉子烟筒伸出小窗去。炉子两边的床铺上躺着一个二十岁的步兵上尉同一个二十二岁的中校，他们都穿着破毛袜和揉皱的制服。他俩都在读罗堪博尔[2]。这十七卷优秀的冒险小说，零乱地扔在地板上。

进来的人郑重地说："乔治和莫斯科。"步兵上尉和中校从打开的书后边望了他一眼，可是没有表示惊讶，什么话也没有回答。

"军官先生们，"进来的人说，"我们坦白地说吧，光荣的俄国军官精神堕落到这步田地，看着实在令人痛心。难道诸位不懂布尔什维克对不幸的俄国干了些什么事吗？他们公开瓦解军队，公开出卖俄罗斯，公开宣称要把俄罗斯这个名词从地球上勾掉。军官先生们，在这种严峻考验的时刻，每一个俄国人都应当拿起枪来。"

步兵上尉愁眉不展、懒洋洋地说：

"我们像恶鬼似的打了三年仗。我跟弟兄们被逼得走投无路，不干了。"进来的先生张着鼻孔；他举起手指，恶狠狠地说："放虎进山了。俄国的乡下佬要踏在你们的尸体上散步了，诸位……"

---

[1] 立宪会议，"人民"代表会议。于1918年1月5日在彼得格勒塔夫利宫召开。会议中资产阶级反动党派代表占大多数。在第一次会议上资产阶级代表即发言反对苏维埃政权和布尔什维克。全俄中央执行委员会于1月6日宣布解散立宪会议，工农一致赞同政府的这项决定。——原注

[2] 罗堪博尔，法国十八世纪作家彭·杜·特里尔所作长篇侦探小说中的主人公。罗堪博尔已成为令人难以置信的冒险家的通用代称。

于是诸位先生就添枝加叶地讲起《启示录》[1]里的那幅惨景来，步兵上尉和中校的眼睛，露出一副凶相。两个人的腿都由床上跳下来，用力整了一下衣服。

"好吧，"中校说，"你要我们到哪里去？"

"到顿州去，到俄罗斯的爱国志士——卡列金将军那里去。"

"好吧，我们知道他，他把一师人都葬送到喀尔巴阡山了。但是，实在说，是谁派我们去呢？"

"'保卫祖国与自由同盟'。诸位，我们晓得，理想是理想，而钱是钱……"那位先生掏出一个精致的钱包，把几张杜马的千元钞票掷到肮脏的床铺上。

"米什卡，"中校说着，把军官裤提了提，"去他的吧，我们去吧。用火红的通条把乡下佬狗东西好好揍一顿……"

在这些雪夜里，在彼得格勒已经顾不上睡觉了。一份份反革命晚报散布着耸人听闻的流言，说什么关于德国的最后通牒啦，关于饥荒啦，关于红军和中央会议[2]的"盖达马克"团[3]在乌克兰血战啦，关于卡列金将军向莫斯科的胜利进军啦，而说得尤其津津有味和淋漓尽致的，是描写抢劫和"令人毛骨悚然的凶杀"。如神出鬼没的匪徒柯托夫，或者"没有脖子的人"，在花园街的赌窟跟前每夜都宰人——用屠刀刺到腰子里。在一家以烧猪耳朵闻名的小食店的地窖里，发现七具剥了皮的

[1]《圣经·新约》中的一篇，内容大都推述世界末日的惨象。——原注
[2]中央会议即乌克兰中央会议，为乌克兰资产阶级民主主义者的组织。1917年4月在基辅由资产阶级和小资产阶级党派的联盟所建立。十月革命以后，中央会议是白匪势力聚集的中心之一。1918年1月中央会议的政权被基辅起义工人推翻。1918年3月德国占领者又将它恢复，到十月被沙皇将军斯科罗拔德斯基的盖特曼政权所代替，斯科罗拔德斯基于1918年末和德国武装干涉者一起被乌克兰人民和红军赶走。
[3]"盖达马克"为1917—1918年乌克兰中央议会头目斯科罗拔德斯基和资产阶级民族主义者所领导的执政团的反革命军队的士兵。

人尸。都在满城风雨地谈论电车上发生的事，说是在一个穿军大衣的来路不明的人怀里，掏出一只戴宝石戒指的女人的手。

彼得格勒的有产居民忧心忡忡。楼梯上装着警报器，大门口彻夜守卫。天啊，我的天啊！在这冬天的漫漫长夜里，是不是在做梦呢？首都啊，愤激了的国家的首都啊，庄严的、用廊柱和凯旋门点缀着的、被暗淡的落日映照着的大国的都会啊——落在贱民手里了，落在那些带着枪，无精打采地站在篝火旁的人们手里了。似乎来路不明的征服者，在首都屯营扎寨了。夜里，从小窗口探出头来，高喊：站岗的，抢人了！这跟他们不相干。这些扎着机枪子弹带的工人们，这些乡下穷光蛋出身的小兵们，他们对一切，对一切灾祸，都只有一个回答："让革命深入吧……"

有不少人幸灾乐祸地等待着：德国人来了也好。他们都穿灰绿色军大衣，戴着钢盔，威风凛凛。唔，如果他们在广场上当众把谁打一顿，对胡作非为的人稍稍用鞭子抽一顿，那对俄罗斯的居民，甚至有好处呢。十字街头一定会站上好心肠的德国警察："靠右边走！"肩上佩戴着金肩章的督军坐着汽车，一定会在打扫得干干净净的涅瓦大街上兜圈子，面包店、香肠店和啤酒店的窗子一定会金碧辉煌起来。彼得格勒的居民也会幸福得像从澡堂出来似的，在便道右边走着。这样粗野地宣告："不劳动者不得食"，德国人连想都没想到呢。

原来在各部、各机关、各银行和各企业里——按新的称呼，是在各委员会里供职的人们——都因为德国人马上就要来了，当然犯不上同布尔什维克发生关系。让他们自己去管理国家机器吧。这不是在大会上水兵们用大拳头擂着胸口说："瞧着吧，我们要用自己的双手，建设一个新世界……""建设吧，建设吧，亲爱的同志们！"于是大小官员们像耗子溜下船似的，都托病和无缘无故不上班，就一天比一天多起来了。怠工像流行病似的，一天天蔓延开来，政治斗争越来越深刻了。

官僚们用窗幔紧紧地遮住窗子，派一个带着勃朗宁手枪的黄口的中学生，站在大门口，于是聚在煤炭噼啪作响的小铁炉旁，恢复旧日可贵的彼得格勒的安适生活——打起官场的牌来，不时还讲上几句俏皮话：

"是的，诸位先生……尼古拉原来并不如此糊涂……嘿嘿……杀得还嫌少了，绞得还嫌少了……有什么话说呢，一切都不错……想要自由，想过好日子……可过上好日子了……可是，阁下，他们在斯莫尔尼宫[1]每夜都摆宴席，那些酒宴简直叫人怒发冲冠……"

两堆熊熊的篝火，冒着滚滚浓烟，把塔夫利宫[2]的廊柱都遮住了。

武装卫队跺着毡靴，拍着连指手套，在宫门口走来走去。灯光暗淡。门洞里冰冷，黑暗。

大厅里正在举行第三次全俄苏维埃大会。半圆形剧场周围的长凳上，拥挤而且喧闹——有穿军大衣的前方战士，有穿短皮祆的，有戴护耳帽和穿棉祆的工人。大厅的玻璃顶棚下一片蒸气，灯光半明半暗……鼎沸的人声，机警地沉寂下来。大家用拳头支着胡须，支着没刮过的面颊。深陷的眼睛放着光芒。演说人的话在一张张土色的瘦削的面孔上，唤起了热烈的表情。有些话激起一片有力的掌声，或者一片沉郁的抱怨声，被刺耳的啸声打断，于是主席的铃声就当啷当啷响好久……

辩论结束了。一位双颊丰满、穿着考究的人，从侧面的长凳跟前匆匆走到主席团的高桌前的讲台上，摘下帽子，解开珍珠毛小羔皮领，用浓重的哑嗓音说："……无论什么时候，无论什么暴力，无论苏维埃人民委员会的任何法令，都剥夺不了我们代表全俄国发言的权力。立宪会议被解散了，可是立宪会议依旧存在，你们还会听到它的呼声……"

---

[1] 斯莫尔尼宫为彼得堡之巨厦，原为贵族女子专门学校，1917年斯莫尔尼宫曾是伟大的十月革命之大本营，列宁曾在这里领导十月武装起义。
[2] 塔夫利宫，原为彼得堡贵族府邸，从1906年起为国会所在地，1917年春，为彼得堡工人和士兵苏维埃代表大会所在地。

这是社会革命党人在发言。主席沃洛达尔斯基[1]在他背后无声地摇着铃。

半圆形剧场的长凳上传来一阵吼声："滚开！打倒！滚蛋！"演说人用两只拳头支着身子，带着苦笑望着下边。会场稍微平静些以后，他又翻着厚嘴唇嚷起来：

"……十月革命以后，同志们，当你们执政的时候，大家自然期待着，想你们不会放德国人进来的……可是人民委员会的全部政策都是犯罪，纵容，使前线空虚起来……"

爆发出一阵喊声。一个穿军大衣的人顺着灯光照射的过道，从上边下来，往讲台跟前跑去。有人把他拉住，劝住了……

"……如果你们想要和平，"胖脸的人嚷着："那么，首先就不应该让人民委员会假借你们的名义，单独签订卖国和约……"

会场咆哮起来，大家都摇着头，挥着袖子。十来个穿军大衣的人冲下来。演说人匆匆戴上帽子，弯着腰，回到自己座位上去了。

主席一直摇铃，等会场安静下来，才请马尔托夫[2]发言。孟什维克中央委员会委员马尔托夫穿着掉了纽扣的大衣，细脖颈的喉核从围巾里鼓出来，他仰着胡子稀疏的肺病脸，想隔着溜到鼻尖上的、很脏的夹鼻眼镜望着听众，他低声，可是一清二楚地用可笑的口气说，他非常满意今天在布列斯特-里托夫斯克的和议代表团所宣称的，对德国帝国主义者，不再让步……

---

[1] 沃洛达尔斯基（1891—1918），十四岁起即从事革命工作。1911 年被放逐期满后，1913 年流亡美国，1917 年 5 月返回彼得格勒，参加社会民主党区组织，在俄国社会民主工党（布）第六次代表大会上被接受为布尔什维克党员，为著名宣传家。十月革命后被选为彼得堡苏维埃主席团成员及苏维埃全国中央执行委员会主席团委员，1918 年 6 月 20 日在彼得格勒被右派社会革命党人杀害。

[2] 马尔托夫（1873—1923），孟什维克首领之一，反动作家，政论家。共产党和苏维埃政权死敌，1920 年逃亡国外。

会场紧张地沉寂下来。主席团紧张地注意起来。马尔托夫用两个指头扶了扶眼镜。他那带肺病病容的双颊凹陷了。

"同志们,我说苏维埃政府的政策使俄国革命陷于没有出路和绝望的境地了……结论你们自己做吧……"

主席团里大声骂起来。从孟什维克和社会革命党人的席位上传来一阵掌声。在中间和左边的布尔什维克们跺着脚,喊道:"叛徒!"掀起一阵喧闹和叫骂声。一个戴芬兰帽、留小胡子的矮个子,带着哭腔反复说:"你们说吧,怎么办?我们怎么办,你们说吧。"

在纳尔瓦门外的大道左边,在沼泽地的荒原中星星点点散布着的工人小村里,在一座破旧的、东倒西歪的小屋里,住着普梯洛夫工厂的铁匠伊凡·戈拉。他是个大个子、大鼻子的二十二岁青年。他把枪栓的零件放到点着小油灯的桌上,擦着步枪。

两个小孩——十一岁的阿廖什卡和六岁的米什卡——聚精会神地看他擦枪。伊凡·戈拉寄居在寡妇玛丽亚家里。妈妈一早就出门了,一点吃的东西也没有留。伊凡·戈拉用碎木片烧茶壶,想叫孩子们喝点开水就不哭了。

"唔,现在擦干净了,"他用粗嗓子说,"瞧着,我要上枪栓了。上上了!好!照着工人阶级的敌人射击……"

他笑着朝阿廖什卡和米什卡望了一眼。大孩子的瘦脸上露出一丝微笑。伊凡·戈拉把枪皮带挎到肩上,把大氅纽子扣起来,把人造羔皮军帽拉到眉毛上。

"好,我走了,孩子们……瞧着吧,我不在家别淘气……"

白雪的青光映照着城郊的平原,一个惨淡的白圈环绕在月亮周围。伊凡·戈拉穿着毡靴来到大路上,踩着雪橇的车辙,向右拐,到工厂领通行证去了。工厂门口一个披着霜花的老头望了他一眼说:

"来开会的吗?到打铁间去吧……"

在被踩过的院子里一个人影也没有。军舰上用的大汽锅在雪堆下埋着。远处立着龙门桥式吊车。打铁间烟熏的窗子暗暗地发着黄色。

伊凡·戈拉用力推开打铁间的门。几十副激动的面孔向他转过来说："你轻一点！"狭长的打铁间里散发着一股锻冶炉里燃烧的煤气味。一百五十来个工人在听一个小个子，淡色头发，显得愉快，红光满面的人，激动地挥着手臂讲话。他穿着黑呢子衬衣，束着皮带。他那知识分子的细脖子上的衣领敞开着，明光发亮的圆眼睛的眼珠，贼头贼脑地在听众的面孔上扫来扫去：

"……我们的全部任务，就是对世界要保持革命的纯洁，不能把十月革命看作'自在之物'[1]，看作可以独立生长和发展的东西……如果我们的革命走上这样的发展道路，我们不可避免要开始堕落，我们将保持不住我们的纯洁，我们会头朝下滚到小资产阶级的泥潭里，滚到俄国农村的市侩利益里去，滚到乡下佬的怀抱里去了……"他连忙扮了个鬼脸，想装出一个永远一成不变的俄国乡下佬的样子，甚至捋了捋看不见的胡须。工人们没有笑，没有一个人赞同他这种嘲笑。这是近来攻击列宁和平政策的"左派共产主义者"的一个首脑在演说……

"我们革命往下滑，滚到泥潭里去了，第一步就是布列斯特的屈辱和平……为着一碗稀饭我们投降，我们出卖世界革命……无论对我们如何威胁，我们也决不能走布列斯特的和平道路。"

他的眼睛睁大到"极点"了，好像他要用这两只眼睛把整个打铁间和听众都吞掉……

"我们肯定说：就让德国帝国主义者甚至把我们绞死吧……让他来蹂躏我们的俄罗斯吧……这样甚至好得很。为什么呢？因为这样的毁灭，我们的毁灭，将燃起遍及世界的大火……所以我们不应该用布列斯

---

[1]"自在之物"，或译"物自体"，哲学用语，出自康德，谓物体本身独立存在于认识之外，是不可知的东西。

特的和平来回答德国的要求，而是应该用战争来回答它的要求！用刻不容缓的革命战争来回答它的要求。用禾叉来对付德国的大炮吗？……是的，用禾叉……"

伊凡·戈拉后脑上的头发都竖起来了。他本来还想再听一听演说者讲下去，可是离换班不到一个钟头了。他向门口挤去，冷空气使他咳嗽。他到办公室拿了去斯莫尔尼宫的通行证，带着口粮——一块甜蜜蜜的、散发着生活气息的黑面包，小心翼翼把它装到衣兜里，顺着大道，往纳尔瓦门的黑廊柱那边走去……

荒原上出现了一群野狗的影子，寂无声息地向大道走来二十来只各种毛色的狗，卧到大道旁边，望着带枪的走路人。

伊凡·戈拉走过的时候，狗都垂着头，在他后边跟着……

"你说得倒好：我们用禾叉打，而德国人用大炮照我们打，这'甚至好得很'，"伊凡·戈拉自言自语嘟囔着，望着寒冷的黑夜……"那么，照他的意思就是说：马上拿起禾叉作战……好叫把我们打垮了，结果了……这倒好得很……你明白吗，伊凡？把我枪毙了也敢说，这是挑拨啊……"

伊凡甚至热起来……他已经不是在走，而是在飞，毡靴吱吱地响……他哥哥在一九一五年后不久就阵亡了，他说过，他们的师长如何攻击敌人：当时要越过一道深沟，他派了四个骑兵连，用肉体填满了那道沟，好叫其余的人由这道人桥上通过……

"照他的意见，就是苏维埃俄罗斯只会叫别人搭人桥吗？……"

他即刻停下脚步，低头沉思。野狗走得很近了……他用肩抖了一下枪皮带，又朝前走去……

"不对！……"

他用冻得非常坚定的声音说，连他背后的野狗都把毛竖起来了：

"不对！是我们自己愿意亲手建设社会主义的……应当为着这个，从身上扒下七层皮，就扒下七层皮……可是我们希望活着看见社会主

义……而你，却叫拿起禾叉来！后来又说什么：乡下佬是泥潭，乡下佬
是敌人！……"

他在叶卡捷琳霍夫路中间又站住了，路旁高大的房子里有些上冻的
窗口，也有黄色的灯光从窗幔的缝隙里透出来。伊凡·戈拉从前也是乡
下佬，他是父亲的第八个儿子。除了最长的一个，就是现在还在下其尔
村种三俄亩[1]地的那一位，所有的儿子都当过雇农。三个作战阵亡了，
三个失踪了。

"唔，不对：所有的乡下佬一锅煮，所有的阶层……老兄，这是
瞎说……你不了解农村：那里的资产阶级，或许比城里的还厉害呢，十
来个无产者替他干活……至于愚昧，那是不假……"

凌晨三点，伊凡·戈拉在斯莫尔尼宫门口站岗。白天把雪都带到长
廊上了，顶棚下的电灯微微地照射着，空寂无人。他的手指冻得粘到步
枪上了。在列宁同志门口站岗，他可以尽情地遐想，放手做起伟业来
了：把这样的国家从愚昧中发动起来，全部政权、全部土地、一切工
厂、一切财富，交给劳动者。白天忙忙碌碌，当着大家是容易相信这个
的。夜间在寒冷的走廊里，仿佛疑惑起来了……道路长着呢，力量够不
够，生命够不够呢？

伊凡·戈拉的头脑里是相信的，可是，在他那单薄的衣服里发抖的
身子，却产生了矛盾。衣兜里散发出烤面包的气味，肚子里很想吃，可
是，伊凡·戈拉在站岗，却不好意思吃。

远远听见有人沿着石阶从三层楼上下来了。一个肩上披着皮大衣的
人的模糊身影，在走廊里出现了，那人匆匆地走着，低着戴珍珠毛皮帽
子的头，冻僵了的手插在裤袋里。当他走近时，伊凡·戈拉轻松地咧开
大嘴微笑了。看见这人时，疑团消失了。他转了一下门上的钥匙说：

---

[1] 一俄亩合 1.09 公顷。

"冻坏了吧，列宁同志，来烤火的吗?"

列宁皱着眉头，微斜着眼睛，淡淡地望了一下，后来温和了些，太阳穴上也堆起皱纹来了。

"是这么回事，"他握着门把手，"能不能现在去找一个电工把电话修一修?"

"现在找不来电工，列宁同志，让我瞧瞧吧。"

"好吧，好吧，你瞧瞧吧。"

伊凡·戈拉的枪托响了一下，他跟着列宁进到一个温暖而高大的白房间里，天花板下滑轮上的无罩灯泡闪着光。从前，当斯莫尔尼宫还是贵族女子专门学校的时候，这个房间是一位女级任教员住的，当年的一切，现在都还照旧：一个屋角里，放着一只粗劣的白杨木食橱，另一个屋角里，是一只小市上出售的那种带镜子的衣柜，旧沙发跟前放着一张旧安乐椅。里边是一道不高的白隔扇，隔扇后边有两张铁床，列宁和克鲁普斯卡娅在那儿睡。脱了漆皮的女用小桌上放着电话机。列宁在三层楼上办公，睡觉和烤火的时候才到这里来。可是近来常常夜里也待在楼上，坐在桌前的扶手椅里过夜。

伊凡·戈拉把枪靠起来，呵着手指。列宁坐在小圆桌后边的沙发上翻阅密密麻麻的手稿。他没有抬头，低声问：

"唔，电话怎么样了?"

"马上就修好，天下无难事。"

列宁沉默了一下，重复道："天下无难事。"然后笑了一声，站起来打开食橱的小门。架板上有两只脏碟子，两只杯子，连一块干面包皮也没有。他同克鲁普斯卡娅在二月的时候，才请一位老妈妈照料家务。在这以前，常常整天不吃东西：有时是没工夫，再不然就是没有东西吃。

列宁把橱门关起来，耸了耸肩，回到沙发上看手稿。伊凡·戈拉把头一摇："哎呀，哎呀，怎么能这样。领袖挨饿，这不应该。"他小心翼翼把一块黑面包掏出来，掰了一半，把另一半重又装到兜里，小心翼翼走到桌前，把面包放到桌子边上，又去修理电话机。

"谢谢你。"列宁心不在焉地说了一声，一边掰了一块面包，一边继续看手稿。

通向客厅的门开了，当年那里是小姐们的盥洗室，脸盆现在还装在那儿呢，进来一位黑发直竖的人，默默地坐到列宁旁边。他把双手按在膝盖上，穿着宽大的黑色短大衣，一定也是冻坏了。他发光的黑眼睛的下睫毛微张着，仿佛凝视着远方的人。胡子的阴影落到嘴上。

"托洛茨基的观点是：不继续作战，也不签订和约——不和，不战，"列宁用沉闷的低声说："不和，不战！这样的国际政治示威啊！可是这时德国人会把我们的咽喉咬住。因为我们还没有武装起来准备防卫……示威——不算坏东西，可是应该知道，为了示威，你拿什么去做牺牲……"他用铅笔敲着手稿，"你将牺牲革命。可是，现在世界上没有比我们的革命更重要的了……"

他的额头皱起来，两颊因为抑制着愤怒，都憋红了。他重复说：

"人类史上没有比这更重大、更重要的事件了……"

斯大林望着他的眼睛，看来他俩彼此都会意了。列宁舒展开额头，翻阅着文件说：

"第二种观点是：不要议和，而是要进行革命战争！……哼……哼……这是我们的'左派'……"他调皮地朝斯大林望了一眼，"'左派'像发了疯的资产阶级分子绝望地挥着纸剑要进行革命战争！签订这个和约的将不是社会主义政府，而是某个其他政府，如资产阶级拉达和切尔诺夫[1]派，因为被战争弄得疲惫不堪的农民军队最初受到几次挫折以后，可能甚至不需要经过几个月，而是经过几个星期，就会把社会

---

[1] 切尔诺夫是俄国社会革命党首领，在第一次资产阶级临时联合政府中任农业部长。1918 年捷克斯洛伐克军团反革命叛乱组织者之一，流亡白匪分子。

主义的工人政府推翻。"[1]

斯大林毅然决然地点了点头，光芒四射的眼睛凝视着列宁。

"同德国人作战！这恰恰合了帝国主义者的打算。美国人正打算对我们的每个士兵出一百卢布来收买……不，这是实实在在的话，并不是笑话……这里有克雷连柯[2]从司令部拍来的一封电报（列宁抬起眉毛，从衣兜里掏出一截电报纸带）：连骨带肉，一百卢布。乞乞科夫[3]出卖灵魂卖得更贵呢……（斯大林胡子下边浮出一丝微笑。）我们不但要靠无产阶级，而且要靠最贫穷的农民阶级……在现在的情况下，谁要继续战争，就会离开谁……真该死，我们从来没有不主张保卫的。（他用淡褐色的、愉快而机敏的、调皮而清澈的眼睛望了一下对方。）问题只是在于：我们应该如何来保卫我们的社会主义祖国……"

他找到一页手稿，读起来：

"……到现在，即到一九一八年一月七日，布列斯特-里托夫斯克的和平谈判已经充分说明，实质上已经向俄国提出最后通牒……的主战政党，在德国政府……内无疑占了上风。这个最后通牒就是或者继续进行战争，或者签订割地和约，即签订有条件的和约：我们放弃我们所占领的全部土地，德国人则继续保持他们占领的一切土地，并且要求我们赔款（以支付俘虏的给养费为名），其数目为三十亿卢布，分数年付清。现在俄国社会主义政府面临着一个必须立即解决的问题：是立刻接受这个割地和约呢，还是马上进行革命战争。在这个问题上，实际上不可能做任何中间路线的决定……[4]"

斯大林又坚决地点了点头。列宁拿起另一页手稿来：

[1] 见《列宁选集》第3卷第415页。
[2] 克雷连柯是法学家。1905—1907年为彼得堡布尔什维克主要组织者之一。二月革命时，在前方当准尉。1917年2月，被任命为总司令。
[3] 乞乞科夫为果戈理《死魂灵》中主人公。
[4] 见《列宁选集》第3卷第411页；第415—416页。

"我们缔结单独和约，就能在目前可能的最大程度上摆脱两个彼此敌对的帝国主义集团，利用它们相互之间的敌视和战争——这种敌视和战争阻碍它们勾结起来反对我们——取得一定时期的行动自由，来继续进行和巩固社会主义革命……"[1]他扔下那页纸，机敏而调皮地眯缝起眼睛，"为了拯救革命，三十亿卢布赔款代价不算太高……"

斯大林低声说：

"那所谓德国无产阶级将用立即暴动来回答布列斯特-里托夫斯克的示威运动，这个假设，就如同一切梦想一样，只是梦想而已……至于那所谓德国司令部将用立即全线进攻来回答布列斯特-里托夫斯克的示威运动，这却是无疑的事实……"

"完全正确……而且，如果我们签订和约，我们可以立刻交换俘虏，这样我就可以往德国遣送一大批实际上亲眼看见过我们革命的人……"

伊凡·戈拉谨慎小心地咳嗽了一声：

"列宁同志，电话修好了……"

"好极了！"列宁匆匆走到电话机前，要斯维尔德洛夫[2]，伊凡·戈拉走到门外，听到列宁愉快的说话声：

"……是的，是的……'左派'在会议上摔椅子了……可是，我得到消息说，他们有一只好斗的公鸡，在普梯洛夫工厂里为了拥护'革命'战争，差点挨了打呢……问题在于：工人们辨别得很清楚……斯维尔德洛夫同志，那么，明天准一点钟召开中央委员会……好，好，谈媾和问题……"

---

[1] 见《列宁选集》第3卷第411页；第415—416页。
[2] 雅·米·斯维尔德洛夫（1885—1919），苏联共产党和苏维埃国家杰出领导者和组织者之一，列宁的忠实学生和亲密战友。1901年参加革命，曾屡遭逮捕和流放。1912年当选为俄国社会民主工党（布）中央委员，1917年当选为党中央委员会书记，与列宁、斯大林一起共同领导了党中央委员会工作，参加准备和进行十月革命，1917年11月当选为苏维埃全俄中央执行委员会主席。

一个穿大氅、戴毛皮帽子的人，在静寂里，靴跟大声踩着地板，顺着走廊向伊凡·戈拉走过来。

"同志，我到上边去了，那边说，列宁同志到下边来了，"他匆匆说着，朝伊凡抬起脸来，冻得发红的结实的脸上长着短鼻子和栗色的愉快眼睛，"我有急事要跟他说两句话……"

伊凡·戈拉从他手里接过党证和通行证：

"我很难说，列宁同志现在没工夫，秘书睡了，克鲁普斯卡娅还没有回来。"几乎辨不出党证上的姓名来。"发电站里他们那些鬼东西没有煤，还是怎么的，一点也看不清……"

"我姓伏罗希洛夫[1]。"

"啊，"伊凡·戈拉咧开嘴笑了，"听说过您……老乡亲……我现在就去通报……"

---

[1] 伏罗希洛夫（1881—1969），早年为苏联党和国家卓越活动家。曾任苏联共产党中央委员会主席团委员，最高苏维埃主席团主席，苏联元帅，最高苏维埃代表，在英勇的察里津保卫战时期，任察里津战线司令、南方战线革命军事委员会委员和副总司令、第十军司令。

第二章

1

　　很晚的早晨，寡妇玛丽亚生着炉子，用铁锅煮马铃薯，马铃薯很少了。她饿着肚子坐在没有铺桌布的桌前，只是流泪，无声地哭着。是星期日，是漫长而无聊的一天。

　　伊凡·戈拉在隔扇后边的床上乱翻了一阵……披上大氅到过道屋里去了。他很快就转回来，咳嗽着，瑟缩着，看见玛丽亚把手放在桌上哭，他站住了，拿过一张一摇三晃的椅子坐到桌前，打起裹腿来。

　　"大概还要冷得更厉害，"他低声说，"小桶里的水都上冻了，凿都凿不开。堆房里的马铃薯都冻透了，真可怕……这么着吧，好玛丽亚……"

　　寡妇用无光的、模糊的泪眼向伊凡旁边望了一下。一切的苦衷早都诉说过了。

"这么着吧，我的好玛丽亚……革命——是英勇的事业。你的心是忠诚的，可是太软弱了。你听我说：你离开这里吧。"

伊凡·戈拉不止一次劝寡妇丢掉这所小破屋，到他的家乡——到顿河区，到其尔村去。那里不难找到工作。那里粮食很多，也没有这样严酷的冬天。寡妇很担心：如果是她一个人，她是不会犹豫的。可带着孩子们到这样远的异乡去，就太可怕了。今天他又劝起她来。

"伊凡，"寡妇微带着绝望的口气对他说，"你年轻力壮，对于你，不管多么远的地方也都很近。对于我，远方还是远呢。力气都用完了。"

寡妇带着非难的神情摇着头，仿佛十五年来谁把她的精力都糟蹋完了似的。她丈夫是普梯洛夫工厂的工人，战前被两次长期监禁。在一九一五年作为思想危险分子把他由工厂调到前线去了，拿着棍子当步枪。就这样带着棍子，把他赶去打冲锋送死去了。

"你不该这样想，"伊凡说，"亲爱的，你真不该想你就是没有力气了。你在这里是多余的一口，可是那里正需要有觉悟的人呢。"

"你说哪儿的话，伊凡……我只想能够养活他们……我觉得，要是他们现在死了，我倒不会多么心痛他们的……可是他们那么小，怎么活呢……这些孤儿还得去讨饭呢……"

她转过身去，揩了揩鼻子，然后又揩了揩眼睛。伊凡说：

"是呀……那里对孩子可是天堂：顿河区，你想一想吧，有面包、脂油、牛奶。你知道，那里的情况……"伊凡把臂肘放到桌上，伸出带着弯指甲的手指，"我，我的兄弟们，都生在其尔村，我的老子也生在那里。可是，都把我们当作外乡人，'好好儿'[1]，总而言之，是外人。哥萨克把持了土地，哥萨克选举了首领。现在我们这些'好好儿'们，要求土地，也要求权利，要求同哥萨克平等……哥萨克对我们不但怀着敌意，而且怀着刻骨仇恨。哥萨克有武装，骑着马，是勇敢的人。可是

[1]"好好儿"，称外乡人的绰号。——原注

我们的人，只有从前线带回来的步枪。这顿河区啊，这是火药啊。"

玛丽亚浮肿的眼睛微笑了一下：

"可你还说是天堂，叫我去呢……"

"顿河区大着呢。你到布尔什维克政权巩固了的地方去。他们会给你工作，你在顿河区做我们的联络员。彼得堡的粮食从哪儿来的呢？从顿河区来的……明白吗？至于孩子们，你会把他们喂得跟小猪崽一样……"

玛丽亚正从窗口把消瘦的、风韵犹存的面孔转过来，望着他背后上了冻的小窗口，冬天的阳光微微地透进来。

"在这里住了十五年了……"

"玛丽亚，这间小破屋不但不值得可惜，而且早就该烧掉了。我们将来要盖宫殿，你稍微忍耐一下吧……"

"我相信，伊凡……没有多少力气了……有什么可说的呢，要是你吩咐，我就去……"

"那么，我吩咐你，"伊凡笑起来，"反正你们这些妇女们呀，总是古里古怪……"

"你是因为年轻才这么说……可是我呢，你瞧，我坐着，倒没有什么，一站起来，眼就花了，头就晕了。"

"唔，我们派你去，我很快活……"

伊凡同寡妇谈了一阵话，就穿上衣服，束了腰带。

"今天我们要到有钱人家里去收剩余的粮食……那些鬼东西真会隐藏啊！上一次：有这么一个过道，我们已经要走了，什么也没找到，同伴偶然把我推了一下，我的胳膊肘碰到墙上：一瞧，过道尽头有一道夹墙刚刚糊上壁纸，我们即刻把夹墙打开，里边有五十来普特[1]糖。"

他把通到过道屋的门打开。玛丽亚随后低声说：

---

[1] 普特，俄重量单位，一普特约合 16.38 千克。

"面包大概都吃光了吧?"

"你瞧,是这么回事,我送人了,你知道,有一个挨饿的人……"

伊凡把手一摆,就出去了……

2

活命的粮食从国内黑土地带的腹心,向北方,向彼得堡和莫斯科愈流愈少,愈流愈慢了。办理征收和分配粮食的粮食部代表们,办得很糟,还有些是故意来阻碍这事情的:敌对政党的党员们——孟什维克和社会革命党人都混到粮食部里,以便用饥饿来同布尔什维克争夺政权。饥饿是最忠实、最凶猛的武器,这一点愈来愈明确地意识到了。

布尔什维克当时不多,也就三十来万人。他们的目标是非常远大的。在今天他们答应和平与土地,以及为未来而进行严峻的斗争。对未来,他们展示了富于幻想的前景,几乎是想象不到的自由,这吸引并陶醉了一亿五千万人民,对他们,任何其他社会制度,都不过是永久的奴役与绝望的劳动。

可是饥饿、寒冷以及驻扎在由黑海到波罗的海边境上,等待着和平或战争的德国的二十九个师团,现在却威胁着这种未来。

赶快同苏俄议和,这对德国人是有利的。德国统帅部不问情况如何险恶,希望在春季攻势里突破英法战线。鲁登道夫[1]准备了最后的后备队,可是,这支后备队只有同苏俄单独订立和约以后才能到手。

在布列斯特-里托夫斯克进行和谈的德国代表们甚至准备放宽勒索的条件了。粮食及同俄国议和,是他们对西欧作战所必需的。奥匈帝国

---

[1] 鲁登道夫(1865—1937),德国将军,德帝国主义军事思想家,是1918年武装干涉苏维埃俄罗斯的组织者之一。——原注

的饥荒已经逼近首都了，粮食部长下令抢劫沿多瑙河往德国运玉米的德国驳船。奥国部长齐尔宁伯爵歇斯底里地催促进行和平谈判，以便从乌克兰取得粮食和脂油。

列宁明白，而且估量到这一层，他为和平，为争取迫切得如同空气和面包似的休战喘息而斗争——即使几个月的喘息也好，那时，可以使这新生的产儿——年轻的苏维埃政权强壮起来。

在中央委员会和全俄苏维埃大会的布尔什维克联席会议上，列宁的提议得了十五票：叫嚣立刻对德作战的"左派共产主义者"获得了胜利。

三天后，召开了中央委员会。在大会上列宁宣读了自己的和平纲领。"左派"在这次会议上只占少数，托洛茨基派站在自己的"不和不战"的叛卖立场上反对列宁，列宁没有得到大多数。

于是他采取了一个战略步骤：为巩固阵地和继续争取和平，他退却了一步：提议把布列斯特-里托夫斯克的和平谈判拖延到德国人忍无可忍，准备下最后通牒的时候。尽一切可能，使德国拖延下最后通牒的时间，最后，当他们要下最后通牒的时候，那已经是要无条件同他们签订和约了。

列宁的提议，大多数通过了。托洛茨基当夜负责实施这项决议案的使命，同代表团起程到布列斯特-里托夫斯克去了。

"左派共产主义者"不顾中央委员会的决议，在工人大会上攻击列宁的"狭隘民族主义论"，他们以为在一个国家内建设社会主义是绝对不可能的，尤其是在如此落后的、农民的、市侩的国家里……他们疯狂要求即刻进行革命战争，暗地里却明白此刻这场战争是不可能的，是要招致覆灭的。可是他们当时要摧毁苏维埃俄罗斯，以便在这声惊人的爆炸中，摧毁世界。而且，连世界也成了他们进行个人冒险与政治赌博的场所。挑拨与叛卖是他们斗争的手段。

二月初，两个穿蓝色常礼服、戴羔皮帽的年轻人——刘宾斯基和谢甫留克到了布列斯特-里托夫斯克和平谈判的会议厅里。他们把中央会议所颁发的全权代表证书递给德国人，就提议即刻签订和约。虽然乌克兰独立政府的全部领土现在只有一个日托米尔城，但是德国人并不感到难为情：领土从来是可以扩张的。德国人就背着苏维埃代表团同中央会议签订了永久和约，并应允立即恢复乌克兰"秩序"。就在同一天，德皇威廉下令，对苏维埃代表团施加更大压力，并提出最后通牒。

二月十日，黯淡的早晨，政府平房的屋顶上滴着水珠，麻雀在布列斯特-里托夫斯克要塞的秃树上，入耳中听地唱着，苏维埃代表团穿过积雪的院子到军官会议去开会才知道德国人的奸猾手段。托洛茨基到电报局，拍直达电报把危急情势通知列宁，并问道："怎么办？"

电报机里飞泻出来的电报纸带回答道：

"我们的观点，您是知道的。列宁、斯大林。"

代表们紧紧挤成一堆，站在积雪的院子里焦躁地抽着烟，融雪的风把烟吹散了。他们看见托洛茨基出现在邮电局的廊台上，站着扣大衣领扣，然后顺着黄沙铺的小路走来。代表们都争着问弗拉基米尔·伊里奇回答些什么……

托洛茨基宽额的、微黑的脸僵化了，他沉默了一分钟，后来，他那像刀切的直线似的嘴张开了：

"中央委员会赞同我的观点。走吧……"

四十名德国、奥匈、保加利亚和土耳其代表，在铺着绿台布的桌旁开会。

在国务大臣冯·久里曼右边，坐着德国最高统帅部代表霍夫曼将军（他拥有已经装备好的二十九个师团），他身材魁梧，红光满面，脸刮得干干净净，带着吹毛求疵的神情抿着嘴唇。国务大臣左边，坐着奥国部长齐尔宁伯爵，他非常消瘦，因失眠而皱纹累累的面孔在抽搐。又黑又胖的保加利亚司法部长波波夫，仿佛在费力地领会发言似的喘息着。

显然，俄国的命运就要在这几分钟内决定了。苏维埃代表团主席，长着狼似的前额，蓄着鞑靼人的小胡子，窄窄的楔形黑须，穿着讲究的常礼服，侧身站在桌前，摆出无上权威的架势耸着肩，活像化装成魔鬼的演员。

托洛茨基用傲慢的目光，透过夹鼻眼镜镜片，注视着德国国务大臣冯·久里曼，他上衣袋里装着威廉关于最后通牒的电报，然后说：

"我们退出战争，可是我们拒绝签订和约……"

不和，不战！这恰恰是德国人所需要的，这种突如其来的欺骗手段，把他们的双手解开了。霍夫曼将军的脸色青紫，倒到椅背上。齐尔宁伯爵举起瘦手。冯·久里曼目空一切地笑起来。不和，不战！这就是战！

托洛茨基就这样违反了列宁和斯大林的指示，进行了巨大的叛卖：没有抵抗准备的苏俄所得到的不是和平与喘息，而是即刻作战。俄罗斯面临着深重的灾难。十一日苏维埃代表团启程回彼得堡。二月十六日，霍夫曼将军对人民委员会宣战，从二月十八日正午十二时起，德国与苏维埃俄罗斯重新开战了……

3

湿雪整夜往一扇扇窗户上堆着。电报机在微开的门后边嗒嗒地响。列宁从文件上抬起头来，问道："好了吗?"门后边低声回答说："好了。"他担心地走到电报机前。报务员被刺鼻的下等烟草熏得眯缝着眼，把电报纸带递给列宁。司令部的消息，在电报机里源源不绝的窄窄的纸带上奔泻——警报，警报，警报……德国战壕中开始活动。行军灶遍地冒着炊烟。穿着行军装束的大部队，顺交通壕行进着。出现了飞机。德国炮兵开进了直接瞄准的距离。探照灯探索着我方的阵地。

列宁读着，读着，他的鼻子上聚起讥讽的皱纹。什么希望也没有了：明天，二月十八日，德国人由波罗的海到黑海，将开始全线进攻……

昨天晚上，在列宁的办公室里又召开了中央委员会。列宁冷静地阐明不能等待德国军队行动起来，而必须赶在这一行动前面，立即往柏林发电报，重新和谈。

从布列斯特-里托夫斯克回来的托洛茨基，慷慨激昂地答复说，德国人当然不会进攻，无论如何，不应当露出歇斯底里的样子，而要怀着十分的信心，一直等到侵略的种种迹象都表露出来的时候，再提出建议……"左派共产主义者"纷纷支持他，列宁的提议没有通过。

列宁回到写字台前。在这些目不交睫的夜里，在夜风愁惨的乐声中，在电话铃声的间隙里，在直通电话谈话的间隙里，在看公文、信件、速记稿的间隙里，他都在思索一篇论文，在这篇论文里，他想把同志们的革命激情，集中到设想宏伟，但切实可行，非常艰巨，但能够实现的社会主义祖国建设的任务上来。

他把革命的胜利与成功，寄托在人民大众的创造力上，通过一切灾难、痛苦与忧患，引导到乐观主义的道路上来。他指出革命已经唤起典型俄罗斯人的坚强、刚毅和富于创造的精神。他满怀热情地预见说，俄罗斯的历史，是伟大人民的历史，如果能够理解并且希望如此，那么它的前途是远大的，不可限量的。"理解，期望，也就会实现。"社会主义在当时对他是如此真实和接近，就像台灯的灯光落到他振笔疾书的纸上似的……

深夜，他把额头放到掌上，臂肘支在写成的稿纸上，在桌边睡着了。刚刚八点，从下边给他送来用烟熏得很脏的茶壶装的一壶胡萝卜茶。列宁喝了一口带抹布气味的开水。"唔，怎么样？"他用愉快的声音低声问，"前线还有什么消息？"

"糟透了！"旁边房间有人回答，电报机在那边嗒嗒地响着。

九点钟的时候，在列宁的办公室里又召集了中央委员会。

十个人不脱帽，也不脱外衣，坐在桌前。列宁用冻僵的手指整理着乱纷纷的电报纸带，直截了当地讲起当夜司令部的报告：

"德国人露出了进攻的种种迹象……（他的声音很低，而且生气。只能看到他光秃的前额和手指中间乱纷纷的纸带。）剩下三小时了……在三小时内，我们还可以挽救一切……一分钟也不能延误……我们可以避免这场灾祸……我们还可以提出议和。"

他的话简洁了当，像要把这种想法钉死。说完就把电报纸带扔到一旁，纸带纠结在墨水瓶的周围。站在桌前的斯大林把手背在背后，即刻说：

"同志们，问题是这样摆着的：要么是我们的革命失败，欧洲革命遭到挫折，要么我们得到暂时的喘息而巩固起来……这并不妨碍西欧的革命……或者是得到暂时的喘息，或者是牺牲革命……别的出路是没有的……"

"左派共产主义者"首领——就是在普梯洛夫工厂几乎挨打的那一位，穿着敞开的小皮袄、戴着芬兰人护耳下垂的帽子，坐在窗台上，用讽刺的口吻拼命喊道：

"可是德国人不会进攻，这是人人都明白的……德国人的准备，不过是示威而已……当我们把前方的部队都复员的时候，他们还对什么鬼家伙进攻呢……"

斯大林从嘴里抽出烟斗，慢慢地朝他扭过头去，冷冷地说：

"军事机构是为战争而设的，不是为示威而设的。德国人准备了进攻，就是要进攻，因为我们没有向他们提出媾和，如果不提出媾和，那么每一个头脑清楚的人都明白要出战争。再过三小时，德国人就要发动战争了……这就是说，经过五分钟猛烈射击，在前线我们连一个士兵也不剩了……"

在德国进攻前两小时，中央委员会表决了列宁的提案，又以一票之差被否决了……

4

十二点整，德奥战线由列威尔至多瑙河口，都被重榴弹炮的黄褐色浓烟笼罩着，大地被炮声震得发颤，一团团爆炸的泥土冲天而起，机枪枪膛嗒嗒地响，机翼上画着黑十字的单翼飞机在前线上空飞行，香肠状的系留气球映着阳光高高地升到空中。德国戴着钢盔的散兵线从战壕里出来，向俄国坚固的钢筋混凝土炮垒发动进攻了。

防守炮垒的沙皇残部没有任何抵抗能力，他们立刻就开始"用脚表决和平了"，他们丢掉大炮、机枪、行军灶、军用物资，向后涌去，向铁路线和火车站涌去。

列宁所预见的事情发生了：处在准备挺进的敌人面前的，是赤手空拳、毫无掩蔽的苏俄。士兵们钻到火车里，爬到车顶上，抓住缓冲板和脚踏板，用死威吓司机……砸了装着物资的车厢，方糖、罐头、羊皮帽、保护色的服装，在肮脏的融雪中，一堆一堆越来越多了。不愿屠杀，不愿作战的百万大军，像碰到岩石上的波涛似的，不复汹涌狂暴，离开山岩涌去——变成泡沫和旋涡向后边，向无边无际的老家奔去了。

德国人正期待着这个。对于深入进攻，他们都深思熟虑过，都准备妥当了。他们迅速疏通了铁路枢纽上的障碍，就沿着铁道干线、沿着布列斯特-里托夫斯克—布良斯科耶一线，罗夫诺—基辅至波多里亚—敖德萨—叶卡捷琳诺斯拉夫一线挺进了……

托洛茨基在布列斯特-里托夫斯克的叛卖所付出的代价超出了任何的想象。苏俄损失了六十八万九千平方公里的领土，三千八百万居民，仅军需用品一项——大炮、枪械、军火、服装和给养——就值二十亿金卢布。

当天晚上——这是一天之内的第三次——召开了中央委员会。

列宁坐在桌旁，用指甲慢慢搔着额颅，开始说："现在不是给德国人送公文的时候了……事情弄到这样的绝路上，革命崩溃是不可避免的了……"他跳起来，手深深地插到衣袋里，由同志们中间挤过去，来到办公室中间，好像在笼子里似的，在两俄尺见方的地方踱起步来。他绷着脸，嘴唇发焦了。

"如果这种不置可否、不和也不战的折中主义政策再继续下去，革命的崩溃就不可避免了……这是一切可能采取的政策中最脆弱、最没有希望、最不正确的政策……德国人进攻了，可是我们不能对抗。等待，拖延签订和约，这就是置俄国革命于不顾。农民此刻不应进行革命战争，谁要把他推到这样的战争里，他就要把谁甩开……我们应该签订和约，即使今天德国人向我们提出更苛刻的条件，即使他们要求我们不干涉乌克兰、芬兰和爱沙尼亚……为挽救革命，就这也得接受……"

说完以后，烟气弥漫的房间里，掀起一阵波澜，一阵说话、惊叹、疯狂手势的波澜。斯大林和斯维尔德洛夫走到列宁跟前。于是，即刻寂静下来。的确刻不容缓。开始表决，这一次列宁突破了：中央委员会以一票的多数通过给德国政府拍无线电报，同意签订和约。

电报当夜发出了。

德国人断然继续沿铁道干线进攻。沙皇的旧军队，用更快的速度，在前边逃窜，在乡村里溃散了。德国士兵打开火车车窗，眉飞色舞地眺望着那些散布在山坡上光秃的花园中间的草顶的白房子，望着那些低矮的仓房，望着那些在旧巢上惊慌盘旋的白嘴鸦。这里有丰富的粮食，有脂油，有马铃薯，也有糖。据故事里说，在这里，牛奶在用普毕尔尼克里[1]做成两岸的河里流着……德国人无忧无虑了……

过了几天，侵略者的军车遭到红军袭击。可是苏维埃乌克兰的部队，总共有一万五千来人。他们被十倍于他们的敌军击退了。

基辅被占领。德国第一军团，畅行无阻地渡过了第聂伯河，就向顿河流域的煤矿区和工厂区进攻了。

与此同时，德国人用两师兵力向纳尔瓦和普斯科夫进攻。前线空虚。农民们并没有拿起禾叉，也没有骑到马上。

二月二十一日早晨，列宁宣布社会主义祖国处在危急之中，号召工农用自己的生命去保卫祖国。当天，德国政府的复电到了。德国人对于"不和不战"这一模棱两可的公式，做了明确的答复，要求即刻退出全部乌克兰、拉脱维亚、爱沙尼亚和芬兰，并永远放弃这些领土，此外，将巴库及巴统让给土耳其人，最后通牒的限期规定为四十八小时。

在四十八小时内，必须决定：俄罗斯将成为德国的殖民地，抑或俄罗斯走上独立的，任何人从未走过的道路。

斯莫尔尼宫像蜂房里伸进一只熊掌似的，整天整夜乱哄哄的。"左派共产主义者"、左派社会革命党、右派社会革命党、孟什维克，在各个工厂和作坊乱窜，召集大会。

狂暴的西风，把雪花往挂着窗帘的居民住房的窗户上堆积着，家家都机警地等待着事变。过一星期布尔什维克就要完了。可是，德国人就进彼得格勒了！……不管怎样说，德国警察站在涅瓦大街上：真有点丢脸啊！小市民的爱国主义就分崩离析了。于是大家都倒霉，布尔什维克、克伦斯基、顽固的白痴尼古拉二世，统统倒霉。

谁都从来还不曾见过列宁变成这样：他那凹陷的脸，仿佛被心火烧

---

[1] 普毕尔尼克里，德国的一种甜面包，形如姜饼。——作者注

焦了，额上现出条条皱纹，颧骨上全是斑点。他怀着极端厌恶的心情，用愤怒的嘶声，咬牙切齿地说：

"我连一秒钟也不再忍受了！空话已经够了！把戏已经够了！一秒钟也不能再耽误了！如果这种革命空谈政策再继续一秒钟，我就退出政府，退出中央委员会！……要么即刻议和，要么宣布苏维埃政府的死刑！……"

列宁用热情、坚毅、明白的逻辑说明，这时彼得堡所有工厂的工人们，开始登上讲台驱逐托洛茨基分子和"左派共产主义者"，高呼："我们拥护列宁，拥护和平！"列宁就这样摧毁了反对派。

二月二十四日夜里，在全俄执行委员会里展开了斗争。"左派共产主义者"和左派社会革命党人，在塔夫利宫半明半暗的大厅里，疯狂地扑上讲台。他们拿"打击神经中枢"，来同列宁的论点相对立，述说着令人头昏的农民暴动的情景。有几个"左派共产主义者"跳到板凳上，狂吠着说，他们要辞去党内和苏维埃的一切职务。

列宁没有戴帽子，穿着纽扣扣歪了的皮大衣，面带土色，离开巨大的廊柱，向愤怒的半圆形剧场，伸出一只手臂：

"可以喊叫，反对，疯狂地握紧拳头……除了接受这样的条件以外，我们没有别的出路。严酷的现实，真实的生活本身，不是想象出来的，也不是从书本里摘引出来的，而是具有可怕的真实性的现实生活，摆在我们面前了……"

将近早晨的时候，才通过了赞成议和的苛刻条件，全俄中央执行委员会往柏林拍了电报。二月二十四日，德国人以占领普斯科夫作为对这封电报的回答。第二天德国的骑兵侦察队，就可能到达纳尔瓦和莫斯科城下了。

5

　　暗淡的月色，透进小小的窗口。空碟子在桌上发着白光，房间里再看不见别的东西了。廉价的挂钟嘀嗒嘀嗒地响：嘀——声音很清楚，嗒——声音弱一点。阿廖什卡和米什卡盖着破被子，躺在微微有些暖意的火炉旁。阿廖什卡低声对小弟弟谈着勇敢的伊凡·戈拉。米什卡一面听，一面低声重复着：嘀嗒嘀嗒……阿廖什卡看到小弟弟没有好好听，便生气地用拳头照他理了发的后脑勺直撞，有时撞得厉害，米什卡的牙都响起来了。

　　"说真的，你好好给我听着，不然我起来打得你四脚朝天！"阿廖什卡就讲起来："伊凡·戈拉来到一个院子里。他晓得，这所房子有一个地窖，一个有钱人坐在地窖里剩余的粮食上……他那里要啥有啥……"

　　"他都有啥呢？嘀嗒……"

　　"你别作声，听我说……唔，他都有啥？有面粉，有马铃薯，有糖……伊凡在院里来回走。瞧见一道铁门。他用肩膀一撞，就到地窖里了……那个有钱人就坐在一把贴金椅子上。那里要啥有啥！有四十只火腿呢……"

　　"火腿是什么？"

　　"唔，告诉你，是一种吃的东西，甜的。那个有钱人一看见伊凡，就大叫起来。可是伊凡并不害怕：把口袋往外背……有钱人抓起手榴弹……可是伊凡当时就给了他一下……"

　　阿廖什卡突然不作声了。米什卡用嘴唇贴着他的耳朵说：

　　"这是什么？"

　　好像起风了。不，风不是这样吼的。在夜的静寂里，远远传来一种绝望的、凄惨的、在炉子旁边勉强可以听到的连续不断的叫声。连上了冻的小窗上的玻璃，都微微颤起来了……后来，狗已经在近处叫了，房子跟前的雪吱吱地响起来。门开了，沉沉雾夜的远远的吼声，充斥了整个房间。母亲什么话也没有说，解开小皮袄的纽扣，解下头巾，抱住头，像死人一样坐在窗口。孩子们从被窝里望着她。

有人把门冲开了。伊凡随着怒吼声冲进来，一直跑到隔扇后边。从墙上取下步枪，枪栓响了一下。

"谁动过枪了?"

阿廖什卡和米什卡躲起来，像甲虫似的，不敢出气。

"玛丽亚……你干吗坐着发呆? 德国人占领普斯科夫了……去吧……在斯莫尔尼宫集合。"

他的声音很严厉。玛丽亚睡意蒙眬地站起来，裹上头巾，扣上小皮袄的纽扣，转过头来对着床。阿廖什卡用一只眼睛从被窝里看见母亲的脸色发白。伊凡用脚踢开门走了。玛丽亚把早已被孩子甩在房间当中的扫帚拾起来，放门口，就跟在伊凡后边出去了。

"我害怕，阿廖什卡，我害怕。"隐约听到米什卡哭着说。

"别作声，讨厌鬼，不是哭的时候……"

伊凡·戈拉说:"德国人占领普斯科夫了……"这句话就像一块东西，堵在阿廖什卡的嗓子里。他想象着:普斯科夫离这里不远，在普斯科夫的黑色山冈那边，仿佛一堵石墙似的，大胡子的彪形大汉从墙那边钻过来……由于这场不可避免的灾祸，工厂的汽笛整夜都在吼叫。

6

普斯科夫沦陷两小时之后，遵照列宁的命令，警笛都响起来了。彼得格勒的工厂和作坊都吼叫起来，集拢来的工人们都发给了枪械和子弹，在斯莫尔尼宫人们开始集合。

整夜都有成群的武装的人们，从首都的各个区，从近郊的四面八方，

涌到斯莫尔尼宫宽广的庭院里，庭院里燃着篝火，火光映照着工人们严肃而阴沉的面容，映照着他们用破烂衣服，加上腰带、子弹带、机枪弹带匆忙做成的戎装，映照着前线战士们的军大衣和破毛皮帽，映照着单独站着的波罗的海海军军帽上的金字，仿佛这次不寻常的检阅，只不过是革命风暴初起时，许多紧急动员中的一次而已。

人群里许多妇女，有的围着披肩，有的裹着头巾，有的穿着小皮袄，有的带着步枪。黑压压的人丛中，大学生的铜纽扣不时在闪闪发光。骑着瘦马的骑兵，从被火光映照着的廊柱跟前跑出来。人们拖着机枪、马刀、步枪。沙哑的嗓音呼叫着工厂的名字。人们成群地跑来跑去，站着队，枪械互相碰撞着。

"立正！"有力的声音喊道，"看齐！带枪的，向前一步走！"

鼻子喷着气的毛蓬蓬的小马，又跑过去了。廊柱下的门一会儿开，一会儿关。军人们跑出来，隐没在动荡的人海中……有人拿来一把贴金椅子，摔到篝火里，火花高高地飞扬起来。雨云被光秃秃的树梢撕成了碎片，笼罩在斯莫尔尼宫的三角顶上。

彼得堡的工人队伍，由宽阔的苏沃洛夫大街暗处源源而来，这些都是被那不停的警笛声，从简陋的吊铺和床板上，从地窖和小屋里，发动起来的工人们……

在斯莫尔尼宫的走廊上，工人们仿佛一堵绵延不断的墙壁移动着：有些人沿着楼梯上楼，另一些人带着枪和匆忙写在纸片上的命令下楼，在严寒的夜里，到火车站去。

在列宁办公室所在的三层楼上，传令兵、通讯员、人民委员、党委书记、军人、全俄中央执行委员会和彼得格勒苏维埃的委员们，都在这拥挤不动的人丛里钻动。这里也能看到紧贴着走廊墙壁、不知所措的"左派共产主义者"们。伊凡·戈拉在这里亲耳听见一位戴着铁丝眼镜的普梯洛夫工厂的老工匠，挤到"左派共产主义者"首领面前对他说：

"笨蛋，人民战争一起来……你瞧着吧，并不像你说的那么轻松……"

列宁在自己的办公室里，紧张、神速，带着嘲讽意味，而又坚定地指挥着风暴：发出千百道命令，派出千百名人员。从电话机前到门口，叫人，询问，发命令，提出简短的问题来阐明形势，用锋利明快的方式，就好像用马刺策马似的，把人们在这可怕的混乱里涣散的意志激发起来。

斯大林也在这里，他在桌旁，从文件和书堆里清出一块地方，就办起公来。前线传来可怕的、可耻的消息。旧军队完全不听命令了。人们寄予很大希望的海军部队，突然间，甚至还没有同敌人接触，就放弃了纳尔瓦，退到加特奇纳了……休息时，列宁把臂肘放到桌上的文件堆上，凝视着斯大林的眼睛说：

"我们来得及吗？德国的龙骑兵，明天早晨可能就会到达纳尔瓦城下了。"

斯大林用他那平稳的、不高的、镇静的声调回答说：

"我想，来得及……步枪和机枪都发了……"他看完一份报告。

"关于工人的情绪，德国指挥部已经知道了……他们的间谍多着呢……德国人兵力不多，未必敢现在就入侵彼得格勒……"

在隔壁空房唯一的一张桌子上，铺着一幅一比十俄里的地图，参谋部在这里办公。列宁把已经结束了的旧司令部的军事专家们，从莫吉廖夫请来。列宁对他们说：

"我们没有军队，彼得格勒的工人们应该替代军队。"将军们制定了计划：即刻往纳尔瓦和普斯科夫方面派遣由三十至四十名战士组成的侦察小组，同时组织并派遣由五十至一百人组成的战斗队，去援助他们。列宁和斯大林赞同了这个计划。参谋部就即刻在这间放着一张桌子和一只板凳的房间里，着手组织侦察小组和战斗队，并把他们派往前线去。

火车整夜开往普斯科夫和纳尔瓦。许多工人都是第一次拿枪。这第一批的红军部队，在数量上和战斗力上，都还是不足道的。可是这些人却都咬着牙，绷紧每一根神经，绷紧每一条筋肉。火车在雪夜的平原上飞驰着。彼得堡的工人们，都明白要同强有力的敌人作战了，这个敌人叫作——世界帝国主义……对这一重大任务的认识，竟成了比德国大炮、机枪还厉害的武器。

德国人原希望不费特别的力气，就进入彼得格勒。他们有无数间谍，准备在彼得格勒大屠杀，发动内战。千百名德国俘虏奉命从北方、东方以及西伯利亚，向彼得格勒行进。彼得格勒的居民们，看见一群群德国人在街头闲逛时，就互相交头接耳。可是在一个黑夜里，彼得格勒按照列宁和斯大林的命令，一举就把德国的间谍肃清了。发动内战失败了。

当间谍们开始向德国人报告彼得格勒的愤激情绪，报告工人的总动员，当他们的先头部队开始接触新组织的无产阶级部队炮火的时候，占领北部的首都，竟成了冒险和没有希望的事了。

7

鲁登道夫将军的那副刻着清晰皱纹，生着钩鼻尖的硬鼻子的、红润老迈的面孔，呆板而严厉，眼睛明亮而冷酷，只有那衰老的下巴，慈祥地靠在灰军服的竖领上。

他时时拿起小金杆铅笔，在记事本里记上几个数字或几个字的时候，他那皮肤干瘪、指甲宽阔的手指就微微地颤抖，这是疲倦的唯一征兆。他的右手边，一个钢质炮弹壳里，放着一支冒着烟的雪茄。一尘不染的桌上，整整齐齐放着黑大理石制的文具和最好的硬纸公文夹。

在玻璃砖窗外的飞檐上，鸽子沐浴着三月的阳光。柏林黑红色的陡屋顶映入眼帘。

鲁登道夫将军对面的皮安乐椅上，稳稳地端坐着霍夫曼将军，他也同样一尘不染，略有点发胖，一副毕恭毕敬的神情，面孔上的汗珠闪闪发光。他还是留胡须好，现在因为剃过了，所以显得太光。阳光落到他的金肩章上。

他说：

"我担心在东部进行的战事，如果不进行到底，我们预期的结果，也许达不到。我的看法是：对于乌克兰和顿河流域煤矿区的占领，不能看作单纯为了德国资源的补充而已。我们把我们的军队，开进不可想象的政治混乱的国家。我在俄国的间谍，送来一些令人非常失望的消息，这些消息证实了最悲观的设想。对于知识分子和有产者的杀害、偷盗、抢劫、内讧，极端的混乱，甚至瘫痪的生活……所有这些，把我们同俄国一切正常通商关系的可能，都一笔勾销了，我再重复一句，如果我们对布尔什维克的这些极端危险和不堪入目的胡来，再袖手旁观的话……"

"是的，"鲁登道夫将军用有些沙哑的嗓音说，"这一切都是非常值得忧虑的。"

"是的，"霍夫曼将军同样也用有些沙哑的嗓音回答道，"非常值得忧虑……在干涉俄国事件的一切可行的办法中，我可以向阁下提出一个更积极的建议……"

"请提吧。"鲁登道夫将军温和而沙哑地说。

"要想把不幸的俄罗斯从不堪忍受的痛苦中拯救出来，据我估计，不必费过多的力量。如果我们把我们的左翼推进到彼得堡—斯摩棱斯克一线，组织一个体面的俄国政府，它就可以任命一个摄政王……我是指巴维尔·亚历山大罗维奇亲王，他还没有被处决，他住在皇村[1]……过两三个星期，俄罗斯的欧洲部分就会恢复秩序，我们也会得到一块安定的原料基地，我们可以毫无困难地把一半师团从乌克兰抽走……"

---

[1]皇村在彼得堡近郊，为沙皇夏宫。

鲁登道夫将军小心翼翼拿起雪茄烟，吸了一大口，又小心地放到弹壳上。这至少费了一分钟工夫，他考虑了回答。

"鼓舞着您的那些想法，我十分赞同，"他严肃地说，"我们不应该，而且也不能与共产党执政的国家为邻……可是，为了干涉大俄罗斯的内政，必须放开自己的手脚……当我们在西方还没有取得胜利以前……（他微颤的手指，又伸到雪茄烟上）在像大俄罗斯这样广阔的领土上，无论采取什么步骤，在各方面都是不妥当的……此外，在我们面前摆着更高的目标……无论战争如何结局，英国是要继续限制我们向西方扩张势力的。德国的历史使命是东进，是到美索不达米亚、波斯和印度，为此，我们应该牢固，而且永久保留最近而又最安全的道路：基辅—叶卡捷琳诺斯拉夫—塞瓦斯托波尔，经海路到巴统和特拉布宗。无论付出多大的代价，克里米亚半岛应该永远属于德国。为了东进，我们必须取得香槟、松姆和瓦兹的管辖权……此外，要供给如此巨大的东方干线，必须有大量的煤藏，因此，我们在顿河的煤矿区，应该立定脚跟。我认为，我军占领乌克兰，有一个最近的目的，就是供给我们粮食和原料，可是不能把占领乌克兰看作是无关紧要的事。我们应该牢固而且永久地占领乌克兰、顿河流域和克里米亚……莫斯科接受了我们的和平条件，代表团往布列斯特-里托夫斯克出发了，应该同他们签订和约……"

从嘴上和蹄上结冰柱的黑马站着的纳尔瓦门起，远远地沿着上冻的人行道，排着队——女人、老头、少年：他们都沉默不语，愁眉不展，有些人靠在屋墙上，有些人想避一避三月的寒风，因为长时间的等待，想保持一点温暖，就把整个脸都缩到破领子里了。所有的人背上、袖子上都用粉笔标着号码。

玛丽亚的号码是二三一。在她前边的二百三十个人，一步跟着一步，顺着冻结着兽尸的结冰的小土堆走着，向粮食局门口移动。

拉警笛的那夜，玛丽亚在救护队里报了名。那儿发了一磅面包和干鱼，每个儿童还发给四分之一磅面包。可是，那时身体很坏，头晕病还没有好，只得复员了。伊凡·戈拉当侦察队队长，往纳尔瓦附近出发了。没有伊凡·戈拉，简直糟极了。玛丽亚现在只好站五小时队，然后勉强回到家里，几乎像要死了一样。因此她靠墙站着，闭着眼睛。她旁边是一个老头，他气冲冲的，蓄着一把烟草色胡须，他用好像锥子似的弯手指的骨节捅着她："喂，你在打什么盹儿……"队伍动起来了，向前移动了一步，就又死死地站住了……

两小时后，玛丽亚终于看见粮食局门口带枪的人，他把人们一个个放进去。这个人生着瓦灰色的硬胡子，两颊凹陷，仿佛上面的肉都被他吃光了似的，钩鼻子被风刮得发青了，这大概是一个犹太人……

"同志们，"他重复说，"不要挤，要有组织一些……"

老头又在旁边捅了她一下，玛丽亚走到门跟前，嵌在门上替代玻璃的薄木板上，贴着一张纸，她读道：

"今日凭证配给半磅燕麦。明日停发。"

布告，剥落的门，双颊凹陷的、钩鼻子的面孔都晃荡起来，浮动起来……丽亚倒在人行道上，头碰到结冰的土堆上。

第三章

1

苏维埃大会作出决议，把首都迁至莫斯科，以便打消德国人和芬兰人一击而结束布尔什维克政府的企图。

在彼得格勒的尼古拉耶夫斯基车站上，停着三列车：一列是给列宁和中央委员们乘的，其余的两列是给全俄中央执行委员会和各重要机关乘的。

许多各色各样的人，在车站前边的广场上溜达，在翻起来的小石子地上，踏着春季的烂泥。天气很坏，有风。拉脱维亚士兵在火车站门口，严格检查通行证。可是，没有通行证的人也钻进去了，隔着栅栏跳到铁路上，破破烂烂的列车，乱七八糟地在那儿停着，调车的车头冒着烟，嗤嗤响着，绝望地吼叫着。

卫兵不多。有几个样子怪可笑、服装讲究的青年人，夹杂在车站上乱哄哄的人丛里。拉脱维亚人把一个戴着厚玻璃眼镜的人挡住了。

那人冷笑着掏出彼得格勒苏维埃委员证给他看，刚刚把那人放过去，那人就消失在单独站成一堆的"大裤腿"的水兵们中间了。

直到近午夜时分，一位近视、多虑、爱说话的人民委员会办公厅主任，列宁的私人卫队长才来到"皇家"月台上，同他一起来的有带着一厚捆文件的列宁，穿着军大衣、戴着有护耳的帽子的斯大林，黑胡须的、有病的、面色苍白的斯维尔德洛夫……

蓝色的列车旁站着满面红光、身材高大的拉脱维亚士兵。革命本身得救了，可是，他们的祖国被牺牲了。这是很难理解的。拉脱维亚人把祖国丧失了。要想收复它，得经过很大的迂回，得经过乌克兰平原，经过俄罗斯、西伯利亚，经过革命和各民族的胜利，就连这些民族的名字，拉脱维亚人也是初次听到呢。这样的道路，当时是很难想象，很难决定的。他们决定了。他们泰然自若，神态严肃，牢牢地握着枪，望着走过的列宁。这人的生命，就是他们的生命，他们的希望。

"为什么说工人们不明白呢？他们比我们更清楚，知道我们为什么走。"列宁对一位两手抱着格子布旅行袋的同志说，"为什么斯莫尔尼才是苏维埃政权的象征呢？我们迁到克里姆林宫里，克里姆林宫就成了这个象征了。这是多么感伤的荒唐话啊——象征！必要时我们还要迁往叶卡德琳堡呢。"

列宁说这话时，非常气愤，为了缓和一下，他无精打采地向抱着旅行袋的人微微一笑，就匆匆地进到车厢里去了。行车司令向迟到的人们摆着手：

"快些，快些，同志们！"

车厢轰轰响着。拉脱维亚人跳到脚踏板上。火车开动了。全俄中央执行委员会委员们和各机关乘坐的那辆列车，同时从别的月台上开出了。夜是黑漆漆的，冰冷的雨滴沙沙地打在车顶上。右边，在伊若尔工厂的轮廓依稀可辨的地方，隐隐约约可以看见火光闪闪，大概是炼钢炉在出钢。

列宁用指甲敲着玻璃：

"这就是象征，如果你愿意这样说的话……尽管饥荒，尽管德国人到了普斯科夫，还在炼钢……"

列宁所乘的列车，是三列车中的第二列。可是过了一小时，司机发现，前面不是一列车，而是两列。一列来路不明的货车，挂着两个车头，不知在什么地方滑到全俄中央执行委员会委员们乘坐的第一列车和列宁乘坐的第二列车之间的岔道上了。

司机的助手在列车行进的时候，在车顶上走着，从煤水车上跨过来，把这事情报告了办公厅主任。当时这种危险无论对谁也没有说，甚至对列宁也没有说。拉脱维亚人把通过台的小门一一打开，架上机枪。那时是夜里三点钟，雨停了，笼罩在稀疏松林上的云雾后边，露出半圆的月亮。前边半俄里远的地方，那神秘列车的红光，清晰可见，它放慢了速度。火车头通知说，就要到柳班了，前边那一列车，大概想停到那里的第一股道上。

事情果然如此。虽然扬旗没有放下来，虽然站长用旗杆拼命打着信号，那神秘的列车依然停到头等车小吃部的前面了。暖车门吱吱扭扭响起来。列宁乘的那列车的车头，呼呼地喷着气，碰到前边列车的缓冲板上，迫不得已，也停住了。

办公厅主任头一个跳到月台上，他的围巾迎风舞动。他敞着的皮大衣兜里，装满了手稿和公文。长满胡须的两颊、眼镜溜下来的大鼻子，都气得发红了。他手里只拿着一支铅笔。

"我下令赶快离开站台！"他喊着，用铅笔指着穿帆布海军服和军大衣、恶狠狠地大喊大叫的一伙人。他们从车里跳出来，好多人手里已经在摆弄武器。早就被放进来的那个戴厚玻璃眼镜的怪可笑的公民和几位衣冠楚楚的先生，已经在这儿了。

他们都认出办公厅主任来："干特务的，狗崽子，把他摔到车轮子下边去。"他们公然命令一百来个穿帆布海军服和军大衣的人，断然向列车的车跟前走去。可是，拉脱维亚人从通过台上跳下来，迎着他们，他们拖着机枪在柏油路上飞跑着。

办公厅主任举起铅笔，用压倒机枪轮子的隆隆声的嗓门大声喊着：

"回去，都回到车上去！"

穿帆布海军服和军大衣的人群，看见机枪就停住了。披着花头巾的妇女们，从暖车门里探出身来，叫着，挥着手。人群退去了，跑了，抓住女人们的手，钻到车里……车门关了起来。过了几分钟，月台净了，神秘的列车上又装满了人。

过后的处置简单而迅速。在机枪枪口瞄准下，暖车门的铁搭都用铁丝拴起来，死死封起来的神秘的列车，被拉到预备道上，所有的岔道上停满了空车皮。

通往莫斯科的道路，畅行无阻了。

2

现在，当布列斯特和约已经签订以后，列宁就竭尽全力开始组织国防力量。五花八门的各种革命部队，勉勉强强服从三个总指挥，在沙皇军队溃散了的地方，在同德国人接触的火线上作战。（一个是军事人民委员会所任命，一个是卡卢加联邦苏维埃所委任，第三个是在前线被推举出来的，像恺撒被军团推选出来那样。）部队都是由彼得堡和莫斯科的工人，最后一批应征入伍的前线兵士、当地的农民游击队、难民，以及由像百分之三十由土匪编成的"列姆涅夫特种军"，或团长崔布柯招募的各种各样的冒险分子组成的"死亡天使团"那样稀奇古怪的队伍组成的。当车头上插着黑旗的列车一到，车站的工作人员就都跑光了，站长也钻到月台下边，或躲到别的地方去了。

三个总指挥被免职了。好多部队都听命于军事指导员，被分配到北方和西方两道防线，去保卫彼得格勒和莫斯科去了。不成组织的部队，开始编成连和营，通过地方苏维埃的武装部，用志愿兵补充，按照登记和连环保，每名单身汉发五十卢布薪饷，有家属的发一百五十卢布。用同样的手续，从旧军官中募集了指挥干部。补充工作遇到很大困难。志愿兵有不少都是走投无路的人，他们只是想来混饭吃，而不是想来打仗的。军官们怕上前线，那里有些官长常常用武力来回避惩戒。

粮食问题，就更糟糕。地方苏维埃和粮食部门，不能稳定粮价，粮食都落到投机商手里，都被富农囤积起来了，部队挨着饿。师部没有办法，只得派出征收粮草人员带着盐和糖，到乡村里去换面粉和马铃薯，甚至连"军事指导员"，也都带着各种破烂，坐火车到乡下去向农民换面粉和脂油去了。

瘦骨嶙峋的军马，在农民的田边上放牧。皮靴、大炮、马鞍、辔头短缺。这些东西都放在什么地方的军用仓库里，可是鬼能找到这些仓库，即使找到，函件来往，也把腿累断了……

尽管供给机关无能怠工，尽管许多人认为用基层军官毫无道理，莫名其妙，尽管在战壕里蹲了四年的人们厌战，甚至尽管农村完全埋头于自己的事，埋头于贫农与富农的斗争，但是红军骨干的雏形，已经开始形成了。

3

"您是受保护的，将军。"

"两个大傻瓜……是他们保护我还是我保护他们……真是笑话！"

在从哈尔科夫开往莫斯科的火车里，在最后一节车厢的后车门口，有两个军人在谈话，一个穿着撕掉领钩的"战壕"大衣，戴着有红绫条的士兵帽子，人很瘦，窄窄的，以前保养得很好，如今好久没有刮过脸，被厌恶和忍气吞声的表情，弄得非常难看，这是诺索维奇少将。

另一个人，矮小，结实，满面红光，穿着质地很好的大氅，戴着圆帽子，他不管什么革命不革命，雄赳赳地歪戴着帽子，这是近卫军炮兵上校切贝绍夫。

诺索维奇痉挛地吸着纸烟，冷嘲热讽地说：

"我四号得到德拉戈米罗夫将军的训令，叫我到莫斯科找'保卫祖国与自由同盟'的首领萨文柯夫，通过他的关系去同志愿军取得联络。我五号骑马从哈尔科夫起身，八号在别尔哥罗德附近被红军截住了……长蝇子椒[1]——这个姓倒不错——他强压住自己，没有用手枪把我就地枪决。我要求红军，叫他们往莫斯科最高军事委员会给托洛茨基打电报。自然，这个蠢货即刻回答说：'要特别优待，把前少将诺索维奇押到莫斯科去……'报告您这段笑话。……"

"将军，您是不是也感觉到这种乌七八糟的情况还要存在很久……"

诺索维奇隔着破窗子，把烟头掷到飞奔的路轨上。阴云在三月泥泞的雪地上空浮动。小村落简陋的屋顶，在平原上恶劣的天气里发着黑色。

"祖国啊！让我来欣赏一下。神圣的俄罗斯啊！"诺索维奇说，"这个逍遥自在的俄罗斯民族，应该像成吉思汗征服它一样，好好征服它一下……各派社会民主党人的怠工和暗中的小破坏，不过是胆怯地咬几口而已。这些都不解决问题……需要军队，应当有一支小小的、装备优良、精心选择、机动灵活、善于闪击的军队……二十万军官团足够了……"

"军官老爷们宁愿在马路上给人擦皮鞋。"切贝绍夫说。

"不能怪他们，上校。没有旗帜，没有铁腕……为什么在三个月内，

---

[1] 蝇子椒——此处为意译。

德拉戈米罗夫将军从哈尔科夫给卡列金将军总共只派了一千名军官呢?卡列金不是一面旗帜……我认为他的自杀,倒是一件好事……应当善于把顿河区发动起来。卡列金总算旧派的将领,哥萨克们不信任他……动身前,我同克拉斯诺夫[1]将军谈过……"

"唔,这家伙,你晓得……"

"不错,带点冒险味道……可是年轻,好大喜功。"

"克拉斯诺夫将军拿德国人作为靠山,"切贝绍夫恶狠狠地微微张开嘴唇,露出小小的白牙说,"克拉斯诺夫秘密地到艾赫戈恩[2]将军那儿去过,到基辅去过……你知道这件事吗?"

诺索维奇沉吟了一下,皱着眉头,对飞奔的路轨望了片刻。他感到疲倦了,他那不平整的大衣下,两肩都下垂了,最近几个月来的混乱:诸如被贱民夺取了政权,军队的彻底毁灭,个人官运的绝望,仿佛都落在他这肩上似的。克拉斯诺夫这家伙是个机敏的雄辩家、风流才子、小说家,是个手腕灵活的政客,能比别人更快地领悟时代精神……克拉斯诺夫违背了对协约国的信义(在布列斯特和约以后,这种信义又得用血来证实),他认清了当前的形势,无疑地,这狗崽子要仗着德国人的刺刀,去做顿河区的哥萨克首领了。

"怎么呢,"诺索维奇愁眉不展地说,"如果他能把哥萨克的军队建立起来,这也并不算什么坏的事……军队,终究是军队啊……"

切贝绍夫严厉地回答道:

"唯一健全的组织,就是志愿军。阿列克谢耶夫将军、科尔尼洛夫将军——这是旗帜。可是哥萨克,再好也不过是次要材料……关于志愿

---

[1] 克拉斯诺夫(1869—1947),沙皇军队的将军,1917年10月曾派他去镇压彼得堡的革命,但他的部队在普尔科夫高地被击溃。1918年,克拉斯诺夫发动了顿河区哥萨克人的叛变,反对苏维埃共和国,1918年秋在察里津附近被粉碎。他逃往德国,成为法西斯的奸细。1947年根据苏联最高法院军事委员会决议判处绞刑。
[2] 艾赫戈恩为乌克兰德国占领军首领。

军，您有些什么消息?"

"最新的消息说，在列让卡附近取得了一次辉煌的胜利……自从那次步骑八千人，在库班草原上溃散以后，已经一个月了……我们当前的任务，是寻找志愿军并同他们取得联络。"

"将军，您应该进高等军事委员会……"

"这通过托洛茨基并不难做到……对不起，上校，只是我还不十分明白您的态度。"

切贝绍夫的小牙，又露出来了。

"我的态度吗? 诺索维奇少将，在任何别种情况下，我一定认为您的问题是失当的。我同您一样，正式应托洛茨基的电召，到莫斯科去……大概叫我去视察炮兵。"

4

诺索维奇一到，就从车站上一直去找托洛茨基的司令部。当时在莫斯科找一个机关，真是难得要命。仿佛人们都存心扯谎，捣乱，叫人找错地址似的。

他觉得莫斯科没有计划，没有秩序，一团糟。从十月革命起，虽然已经过了五个月，可是莫斯科的居民，对于苏维埃政权的结构，仍旧不甚了了。他们称所有的布尔什维克为委员，并且坚信从彼得堡入侵的这些带着汽车、训令，以及挤得紧紧的、肩并肩用特别慢的步伐在特维尔大街上走着的赤卫军部队——这一切不顺眼的现象，都是暂时的。并且坚信：具有亚洲风味的莫斯科，在弯弯曲曲的胡同里，有商人，有美丽的女学生，有巨大的纺织工厂，有自由思想的官吏、老练的马车夫，有流言，有全世界著名的戏子和饭店。所以，只要把凶横的委员们消灭，莫斯科怎样生存过，还是要照样生存下去，照样做生意、欺骗、吹牛，把黑暗的农村的村民，在纺织机旁磨炼成工厂的工人大众，大群乌鸦住惯了的旧教堂的钟，还要照样地鸣下去。

晚上很迟的时候，他终于领到一张通行证，来到亚历山德罗夫斯克车站，那里的轨道上，停着托洛茨基的专车。午夜时分，放他进去同托洛茨基谈话。

5

当诺索维奇在特维尔大街附近一条很脏很黑的胡同里，在院子深处的一座不大的房子里找到密室的时候，已经划了一盒火柴了。他用暗号敲了门，隔着门问道："乔治在家吗？"门微微开了，一个戴着厚玻璃眼镜的年轻人，遮着烛光走出来。"不知道，好像出去了。"他用暗语回答说。于是诺索维奇就从裤袋里抽出半张斜对角裁开的名片。戴眼镜的年轻人从衣袋里掏出另外半张名片，于是客气地微笑说：

"请吧，将军，都等着您呢。"

他把诺索维奇带到一间不透风的、被台灯微微照亮的房间里。一个朴素的中等身材的人，从沙发上起来迎着他，这人略有点秃顶，一绺稀稀的卷发垂到额上，穿着黄色的皮裹腿，瘦削，温和，这是鲍里斯·维克多罗维奇·萨文柯夫，从前是社会革命党党员，曾得过恐怖主义者和作家的荣名，现在却头脑空空，心里空空，为了权势的幻影，把自己出卖了。

他住在这儿，住在莫斯科，秘密地做志愿军的代表，虽然他很明白在取得重大胜利时，志愿军第一个就要绞死他。经年累月的失败，在他心里积下了好多对于人们的轻视。他以为列宁是滑头，对他的话连一个字都不相信。他一看见工人示威游行，就要作呕。在驴头狮子科尔尼洛夫指挥下用心狠毒、准备孤注一掷的八千志愿军，在他看来，并不算坏的开端。权势、金钱又处在他的支配之下,尤其是对自己美满幸福的欣赏,这是比什么东西都要紧的。

"您见到托洛茨基了吗?"他省去了一切见面时的客套,问道。(这样开门见山地发问,还是他在组织战斗的时候,考验青年恐怖主义分子时采用的。)诺索维奇好奇地望着他褐色的眼睛和额上一绺拿破仑式的头发。

"让我坐下吧。我累了……让我吸一支烟吧……"他在沙发上心满意足地伸着懒腰,吸着上等纸烟,"事情大大地单纯化了,萨文柯夫。大概上帝来帮助我们来了。我刚刚同托洛茨基谈过了……他给我一种很好的印象:谈话的时候,他有几次都说错了。称我为'将军先生'……我也不负他,回敬了他一次'大人'……我们很容易同他合作……唔,最后……"

诺索维奇顿住了。萨文柯夫蜷着腿,不住地用探索的目光望着他……

"……他提议把北高加索军区参谋长一职让给我,司令部设在察里津……我表示感谢并接受了……"

"托洛茨基很欣赏我的想法,"萨文柯夫说,他绷紧苍白的眼角微笑了,"这就更好了。那么,我可以让您高兴,将军……日内您将听到志愿军占领叶卡捷琳诺达尔的消息。科尔尼洛夫将获得坚固的根据地和大批枪械。"

(诺索维奇想画十字祝福,可是在瘦骨嶙峋的恐怖主义者一眼不眨的视线下,觉得不好意思,只好心里祝福了。)

"明天我在志愿军莫斯科参谋部里,把您的问题提出来。我们打算把您改派到邓尼金那里去,可是,现在我们有更有趣的计划,就是利用您去当红色的参谋长(两人都笑起来)。你的任务是:在察里津组织暴动中心。您别忘记,如果德国人占领了全部乌克兰和顿河流域,察里津将成为布尔什维克同伏尔加河流域产粮区的唯一联络点了。如果我们把它夺过来，这对莫斯科将是一个致命的打击。"

诺索维奇赞成地点着头。他开始喜欢这个耍笔杆的人，他具有组织者的弹性，对于一切暗中破坏的事情，大概有很丰富的经验呢……

"对不起，萨文柯夫先生，我想对您提一个问题……当年您为什么要谋刺谢尔盖·亚历山大罗维奇亲王，谋刺普列夫[1]……可是对列宁的各派人物……大概是缺乏决心吧。或是怎么的？对不起……"

萨文柯夫皱起眉头，慢吞吞地从沙发上站起来，从桌上拿过一支纸烟，在指甲上顿了一下，点燃，慢悠悠地吹灭了火柴。

"关于这类事，通常是不问的……可是，我要回答您……在一星期以前，人民委员会在柳班车站本应该呜呼哀哉了的。他们只不过幸免罢了……"

他眯缝着眼睛，谨慎小心地把纸烟送到嘴边，吐出细细的一缕青烟。

"将军，您晓得，无论谁，无论什么，都不能制止这双讨伐的手。"

他的口气和手势，近乎文学中夜郎自大的人物了。诺索维奇发觉自己却很欣赏呢……

"想喝点酒吗?"萨文柯夫问，"有人送我一些最好的葡萄酒。"

---

[1]普列夫（1846—1904），俄国政客，反动分子，1902—1904年任内务部长兼宪兵司令。普列夫曾残酷镇压革命志士，1904年7月15日被社会革命党人萨宗诺夫刺杀。

第四章

1

玛丽亚出了火车站，对蒸发着春季湿润雾气的草原，对飞翔的鸱鹰环顾了一下。阳光灿烂，一片晴空。玛丽亚坐到草地上，把米什卡的头放到自己的膝盖上，他瘦得头都耷拉下来了。火车开走了。现在只听见风在草地上轻轻地呼啸着，云雀在歌唱。

玛丽亚和运粮队一起从彼得格勒出发。为了这一队人，在工厂里引起不少争论。共产党员都嚷着："空话装不饱肚皮。当你们建设社会主义的时候，所有的人都饿死了。"他们捐了些钱，找了些士兵穿的棉织物、盐和各种废铁——铁钉、螺丝钉、门铰链，派了六个可靠的弟兄带着这些东西，到顿河区换面粉去了⋯⋯

都劝伊凡·戈拉去。他拒绝了："可是我还有什么脸去见列宁呢？在大会上要有人说闲话的，比如爱吵闹的人会说，一旦肚子饿慌了，就把小铺装到车上派走了。这太丢人了。"可是对玛丽亚，他还是坚决吩咐她带着孩子到南方去。他亲自把她送上车，给每个孩子五个煮熟的马铃薯在路上吃，"玛丽亚，到了其尔村以后，你就一直去找我哥哥斯捷潘，他会收留你。你休息两个星期，然后给你找个事情做……"

阿廖什卡用罐头盒子舀些水来了。在路上他学会了用粗嗓门说话。

"妈妈，我们走着到村里去吧。"

"等一等，好儿子，我坐一会儿。"

"米什卡，"他心满意足地用光脚在草地上踏着说，"我们去捉蚱蜢吧。"

米什卡的眼睛热情地放着光芒，没有把头从妈妈的膝上抬起来，他脸上堆起细微的皱纹，微笑了一下：

"唔，我们去吧……"

"有的是时间让你捉，"玛丽亚说，"这里的蚱蜢多着呢。还是赶快先到那辆马车跟前去，也许善心的人会带我们走。"

一个包着褪色头巾的宽肩膀的姑娘，站在马车上，驾着吃得饱饱的栗色马，在沙路上走，风吹着她打补丁的裙子。阿廖什卡追着她："姑姑，请等一等。"姑娘把缰绳一勒，把眉毛乌黑的晒黑的脸朝阿廖什卡转过来，冷冷地看着他。

"姑姑，我们在火车上站了六天六夜，没睡觉，没吃东西，妈妈的腿都肿了……"

"你到村里找谁?"她严厉地问。

"找斯捷潘·戈拉，找伊凡的哥哥。"

姑娘一听到伊凡·戈拉的名字，吃惊地扬起眉毛。她宽宽的脸膛上现出温柔可爱的神情，对阿廖什卡点了点头，叫他坐上车，勒转马头往火车站走去。她来到玛丽亚身边跳下马车，把打褶的裙子放下来盖到光脚上。

"东西在哪里?"

玛丽亚使劲站起来，低声道了谢，姑娘把行李票接过来，跑去就把一只沉甸甸的箱子和两个包袱从车站搬来了，像抱小孩似的，把玛丽亚抱到马车上，叫她坐到包袱上，把米什卡放到她手里，二话不说就赶着吃饱的马，往村里去了。玛丽亚问"亲爱的，你叫什么名字"时，她才带着懊恼的神情回答道：

"亚丽萍……"

经过草原、丘陵，走了好久，才到其尔村。过了掩映在茂密的灌木丛中的弯弯曲曲的其尔河桥，出现了高高的白杨、大门很坚固的泥垒的黄房子。宽阔的街道上，老母鸡在粪堆跟前干自己的事。村公所上边插着褪色的红旗，一个人把步枪夹在两腿中间，用军帽盖着脸，坐在门廊里打盹。一只猪弓着背走着，脏耳朵垂到脸上，同样肮脏的、弓背的小猪匆匆地在大猪后边跟着。太阳晒着，在起泡的玻璃上反着光。燕子从白色的钟楼上飞起来……

玛丽亚说：

"多么清静、安宁啊……"

亚丽萍听了这话并没有扭过身来，只倔强地耸了耸肩。她在一座白色的砖房跟前停住，那所房子有三个小窗子，带着坚固的雨搭[1]。亚丽萍从马车上跳下来，打开赭红色的大门。

"走吧，"她说，"到那所房子跟前去吧，那所东倒西歪的房子就是斯捷潘的家。我给你把包袱提来。"

她把马车赶到院子里。院子里一个粗嗓门喊道：

"亚丽萍……你领来的是什么人？"

"斯捷潘的亲戚。"

"可是我叫你去折磨马的吗？"

一个黑胡须、大嘴巴的中年哥萨克，穿着衬衫，旧裤子上镶着红色

---

[1] 雨搭即护窗板，多为防雨之用，有整板者，亦有多叶者，后者又名百叶窗。

的立正线，他把大门关起来，站在门口。他恶意地由前额上的黑发下，望着从街上走过的玛丽亚的背影，望着她穿的那件彼得格勒的脱了毛的褐色皮袄，望着枯瘦的阿廖什卡羸弱的、凸起的后脑勺和用毛头巾十字交叉裹着的小米什卡……

"彼得格勒人啊！哈！"哥萨克张开满嘴白牙的大嘴说……

2

就在那一天，在下其尔村西边二百来俄里的地方，在草原小城卢甘斯克，那里的郊区和工人村也有三个小窗的泥垒的小房子，可是，开阔的菜园里，已经没有禾垛了，同样的大猪和小猪，在街上逍遥着，樱桃树也同样可爱地开着花，白嘴鸦也同样在巢里叫着，在加尔特曼机器制造厂里召开了大会。

人多极了，高窗台上、机床上都坐着人，人们从桥式起重机上低下头来。担任主席的是卢甘斯克赤卫军组织者和队长巴尔霍明科，这是一个身材魁梧、垂着胡须的男人，羊皮帽推到后脑勺上。

没有刨过的木板匆匆搭成的讲台上，用柏油直接在木板上写着"我们绝不把顿河流域交给帝国主义者"。一个身材不高的人站着，兴奋得两颊绯红。他脱了大氅，军衬衫紧紧地箍在他结实的胸上，领口被汗浸得发黄了。

他急迫地大声说着。当他向听众的面孔望一下时，他快活的眼睛就睁大了，那一张张面孔忽而忧郁，忽而阴沉而坚决。这不是，他们都开口说："哈——哈！"响亮的笑声在烟熏的房顶下滚动，他的眼睛就眯缝起来。于是，他弯着手臂，用手掌边向两个世界的交界线上，向我们以及正用千百万大军无情地向我们进攻的两个世界的交界线上砍着……

"……我们应当明白，决定我们命运的，只有我们自己。严峻的时刻来到了。俄国的资产阶级向德国资产阶级求援，他们要无产阶级革命流血……他们要夺取我们的工厂、我们的矿井……同志们，他们甚至要用铁链子把你们也都锁到这些机器上呢……"

人们都全神贯注地倾听着，当他讲到某些话的时候，你可以听见千百人咬牙切齿的声音。大家都相信他，都很了解他——老秘密工作者，本地人伏罗希洛夫。在世界大战的时候，他在察里津做秘密工作，在那里建立了布尔什维克小组。后来被警察注意了，逃到彼得格勒，就在那里的苏盖洛工厂工作。二月革命[1]后，回到卢甘斯克，办报，写文章，被选为工农兵代表苏维埃主席。被任命为立宪会议议员，到了彼得格勒。十月革命后，就在那儿担任公安委员。在德国人进攻的时候，又回到顿河流域，担任顿涅茨-克里沃罗日共和国人民委员会委员，现在他在对他的同乡们，对加尔特曼工厂的五金工人们演讲。

"……我们应当在顿河流域给德国走狗以坚决的抵抗，同志们，他们首先给你们准备了血腥的奴役……德国人已经把哈尔科夫包围了。革命的红军为数不多，而且都分散在各处。中央会议出卖了乌克兰，而且也要出卖顿河流域。谁甘心俯首帖耳当奴隶呢？（伏罗希洛夫向那些铁石似的面孔望了一遍。）这样的人这里是没有的……"

一个生铁般的嗓音，跟着他说：

"这样的人这里是没有的……不错。"

好多人都对站在生铁车床后边，用生铁般的嗓音说话的人转过身去。这是铸铁工人包孔。（当不便用起重机的时候，他双手能举起四十普特重的铸件。）

"好哇，包孔！"伏罗希洛夫喊道，"那么，同志们，学习他的榜样，我们由空谈而见诸行动吧……让德国人在顿河流域同二十万无产阶级武

---

[1] 二月革命，即俄历 1917 年 2 月 27 日（公历为 3 月 12 日）推翻帝制，建立资产阶级临时政府政权之革命。

力相遇吧。从卢甘斯克开始吧……我们应该立刻编制六七百名战斗员的部队……我们去迎击武装干涉者。每个工厂，每个矿井，都会继我们之后派部队去的。留下的人，应当制造装甲汽车和铁甲列车。枪械我们有，要是不够，我们将在战斗中去夺取，为革命目标所鼓舞，被阶级仇恨所武装的千千万万的无产者，需要帝国主义走狗的大军做代价……"

"把我写上吧——塔拉斯·包孔！"他那生铁般的声音，又从机床后边喊起来。

主席巴尔霍明科咳嗽着，声音不比包孔低，抖动着胡子，把他写到纸上。一只只沉重的手臂，迎着他的目光，举起来，"把我写上吧——马特维……"

"伊凡·普罗赫瓦契洛夫，写上吧……"

"齐布列茨……"

巴尔霍明科又抖动了一下胡子：

"什么，再说一遍……"

"唔，米柯拉·齐布列茨……你不认识我吗？"

"写上吧，歪鼻子瓦西里和另一个歪鼻子瓦西里……"

主席不慌不忙地思索着，写着。人们都挤到讲台跟前，眨着眼，看着主席把他的名字写到纸上，然后叹一口气，转过身来：

"这么说……"

有的回到同志们跟前，一边摇着头。

"我们去打仗吧，弟兄们！"

有的说大话，玩笑开的都不是地方。有的仿佛被震聋了，茫然地望着前方。大家都明白，这可不是开玩笑，一旦应承下来，就应当好好干。当时在场的人都是很认真的……

3

　　德国第一军团的部队，由基辅向东南方面罗莫丹—波尔塔瓦进发，向东北方面巴赫马奇—科诺托普进发，纵深包围哈尔科夫和北部顿巴斯的全部。

　　乌克兰红军总指挥部的作战部，同分散在哈尔科夫附近的好多部队，不能建立巩固的联系。部队的行动，完全依据自己对革命的理解，他们退却和集中的地方，都是他们认为应该防守的地方。

　　大部分没有电报联络，也没有电话联络。判定了方向，往最近的火车站叫电话，如果话筒里传来听不懂的话，就判定这个车站被德国人占领了。

　　德国人向罗莫丹逼近，占领它以后，退却的红军开始在巴赫马奇和科诺托普一带集中，保卫着产糖区和弹药工厂。开到巴赫马奇一带来的有基辅兵工厂的工人沙罗夫、列姆涅夫的队伍。往同一方向开来的有从哈尔科夫来的"卢甘斯克社会主义第一队"，指挥他们的是准尉格里申，党代表是伏罗希洛夫。加尔特曼工厂的工人，是这支部队的核心，其余的都是其他工厂的工人和铁路工人。还在路上的时候，就把五十名匪徒从部队里清洗出去了。

　　这些集团、纵队和支队，除了卢甘斯克队以外，都配置在巴赫马奇附近的战线上，这是向西南的马蹄形阵地，没有弄清俄军所在地和军力的德国人，突然和他们遭遇：第一列车的车头，滚到山坡下去了。子弹对着火车打起来。德国人下了火车，队伍集结完毕，就按照现代战争的常规转入进攻。

　　红军寡不敌众地战斗着。在去柯尼琴酒厂仓库的半路上被击垮了的列姆涅夫连队，在炮火下退到草原上，进入峡谷开起大会来。战士们登到马车上，鼓着光脖子，喊着：

"……由于我们指挥糊涂,在前线陷入最混乱的状态,我们以列姆涅夫同志的名字命名的游击队的战士们,反对进攻德国人,因为用这种装备进攻的结果,我们将受到致命的打击……"

"你表决吧!"愤怒的人们都乱挤在马车跟前,大声喊道,"用这样的装备我们无法作战……都滚回老家去吧!"

最坚决的是基辅"兵工厂的工人"和卡普斯塔的红色游击队,这一队人曾杀过匪首彼得留拉的整整一个军团的"盖达马克"。德国人像驱牛入栏似的,把"盖达马克"赶到前边去。穿蓝上衣和大红灯笼裤的"盖达马克"无人收殓,久久地被遗弃在平原上腐烂。

当德国人在红军右翼发现纪律严明的部队时,愤怒得不可形容了:这是捷克军团的后卫团(由从前的俘虏组成),这一团人在布列斯特和约以后,开始向东方,向大俄罗斯退却。

德国人的愤怒,在捷克后卫团镇静沉着的精神面前粉碎了。可是夜间这一团人突然自动由前线撤下来,坐上火车,去同自己的军团汇合去了。德国骑兵穿过这一缺口,进入红军后方,于是红军只得退却,将巴赫马奇和科诺托普放弃给德国人了。

还不了解这些事件的卢甘斯克队,从东方开到了。三月十八日,卢甘斯克队的列车,不等扬旗,就冲进沃罗日布车站,从这里到科诺托普只有一站路程。在沃罗日布车站上,所有的线路都有载着大炮的平车和货车,过不去了,各部队的战士们在开着的货车门里,垂腿坐着,到处都是篝火、喧哗的人堆、饭锅的响声、在车厢下蹲着大便的白屁股、人喊声、马叫声,到处都是迎风飘展的包脚布和衬衣。

伏罗希洛夫和格里申到车站的站长室去了,去报告部队的到来,并用直达电话同总指挥取得联络。五光十色的人们,穿着拖到脚跟的棉大衣、乡下的短皮衣,或军大衣,都拥挤在这里。战斗力是由武器,尤其是身上挂的手榴弹的数量决定的。车站的门被毁坏了,地下乱躺着睡觉的人。

站长室里一股下等烟草气，人们愁眉不展，都自顾自地站着。他们的两颊都愤怒得发颤，他们到这里来是想得到他们所要的东西，或是立刻把狗崽子站长枪决掉。自然，他躲起来了。

他们在等候他，相互间甚至连看一眼都不敢，因为他们的眼里都没有宽恕的表情。

"走吧，我们去找站长吧。"伏罗希洛夫镇静地说。他知道车站的规矩，就一直到空荡荡的行李房去了。站长连头都裹在短皮衣里，睡在放行李的长凳上。伏罗希洛夫摇着他，直到他从短皮衣里露出铅灰色的浮肿的脸。

"唔?"站长说，斜眼瞟着，看他们手里带枪没有。

"你干吗呢?"伏罗希洛夫问道。

"您要干什么?"

"我应该向你报告部队已经到了。"

"呵，报告你的吧。"

"我们到站长室去吧。"

"我不去，去也没有用，我七天七夜没有睡觉了。"

于是，他又钻到短皮衣下边，可是伏罗希洛夫把他的腿从长凳上推下来，清清楚楚地说，有五百支枪的卢甘斯克队到了。

站长眨了眨眼。无论怎么厉害的话，都打动不了他。

"唔，到了，"他说，"到了就下车吧。"

"我们要求放我们的列车到科诺托普，到前线去。"

"不可能。所有的线路都有列车。"

"我们要求用直达电话，同总指挥取得联系。"

"不可能，我的天啊……"

"为什么? 总指挥在哪里? 在科诺托普吗?"

"鬼晓得总指挥在什么地方……电话不通了……总之，一团糟……"

"好吧……那我们晓得该怎么办。"

"你们没有权利随便干！"站长有气无力地威吓说，又对伏罗希洛夫的手枪匣里露出来的手枪柄瞟了一眼。

在这里再没有办法了。伏罗希洛夫和格里申回到车上，格里申气得像一只鹅，咕咕地嚷着。从前的准尉，医士的儿子格里申，是个不错的小伙子，可是做指挥官显然不合适。他撇着没有小腿肚的长腿，站着说：

"我们怎么办呢，伏罗希洛夫同志，我们简直是落到陷阱里了……这里简直被一些无能的人弄得一塌糊涂了，停到这里，我们的弟兄简直要瓦解了。"

他说话的时候，他的小下巴钻到呢衬衣的领子里去了。一个指挥员要得到战士们的爱戴，应该有坚毅明确的口才，必要时——愉快而光芒四射的眼睛，应该勇敢，有风度。格里申不喝酒，不吸烟，洁身自好得有些迂腐了。可是，伏罗希洛夫明白，在这样的指挥员指挥下，不会有什么战绩的。

"派上岗，不许任何人下车，违者处死，"他对格里申说，"到我的车厢里来，我们开个会吧。"

会上，伏罗希洛夫叫来侦察队长邱盖。他是黑海沿岸人，是水兵。当时决定，首先查明情况：德国人在什么地方？依照这一点去设防，在同总指挥未取得联络以前，独立作战。

邱盖要了一杯酒精，像水兵那样笨手笨脚爬出车厢，喊着谁愿意自告奋勇。格里申在未得到侦察的情报以前，应当给战士们弄饭吃，并防备他们听到流言瓦解军心。伏罗希洛夫担任了一件最困难的工作，找车头、敞车，把志愿兵开到通行无阻的线路上。

起初，人们都不愿意搭理他。

"你是什么人？"各部队的首领都带着恐吓的口气问，"从火车跟前走开。走得远一点……"

铁路工人都扭过身去："我们什么也不知道，什么车头，什么敞车也没有。"

他穿着草绿色羊皮大衣，坚决而愉快地顺着铁道跑着，钻到火车里，登到车头上，他已经晓得谁叫什么名字，谁是什么脾气，他说服这一个，恐吓那一个，对第三个人，慷慨激昂地讲述德国的侵略行径，讲得那人把袖子都挽起来了。

于是，乱七八糟聚成一堆的人和列车，慢慢地动起来：有些地方的列车向前推进了，有些向后退去，肮脏的、咝咝响的车头和两辆敞车开到第一股道上了。架上了大炮、机枪，装上了炮弹。七十五名带着手榴弹的志愿兵上到敞车上，伏罗希洛夫、邱盖和队里的宣传员，都站在车头上。火车向科诺托普开去了。

在西方，在铁轨通向那儿的地方，静穆的草原一片翠绿。像雪山似的一块云，从草原尽头腾起来（那时是不可能有云的）。电线上落着鸟和带着电线落下来的电杆，飞快地奔来，又飞跑过去了。

火车加快了速度，铁路的岗楼、马车载的桶、恐怖地拉紧系橛的绳子的白羊，都飞驰过去了。路警恐慌地挥着没有展开的旗子，喊着。

肮脏的司机喊着：

"开过去危险！……"

邱盖懒洋洋地咬着牙说：

"上气，快开，你睡着了吗？"

邱盖侧着身子，靠着车门口的栏杆，把粗脖子和充满力量的胸膛对着风。他总是觉得很热。世界上的一切，他都觉得行进得太慢了。风刮着他凝然不动的宽脸膛，脸上长着卷胡子和明光发亮的好像鸟眼似的圆眼睛。

伏罗希洛夫用压倒隆隆车轮声的声音问："为慎重起见，在没有到达科诺托普以前，要不要先派侦察兵去侦察一下？"

邱盖没有转过身来，开口说：

"用不着过分小心……我们用全速开到地方。到那里再瞧吧……"

他从车门口探出半截身子，向弟兄们摆着手，叫他们准备起来。驶过了距科诺托普十一俄里的铁路岗楼，在前边，在雪山似的白云的背景上，喷出一股火车头的烟。伏罗希洛夫推了推司机的肩膀：

"开慢些……"

制动器响着，火车头喷着气。蒸气散开以后，在前边约莫两俄里的地方，清清楚楚地看到德国的铁甲车，看到炮塔的圆顶和装甲车的车头。

车向后倒起来，可是，已经迟了。赤褐色的烟，从炮塔里冒出来。炮弹在蓝天里呼啸。一片轰轰隆隆的响声，鬃毛似的泥土、烟、火，在火车头跟前和敞车的右边腾起来。两声炸雷似的炮击，震撼了草原。飞舞的弹片在呼啸。伏罗希洛夫从车头上摔到路堤上，他顺斜坡滚下去，跳起来，落了一身土，耳朵也震聋了。又是炮弹在呼啸，爆炸，炫目的火光……火车头的脊背，带着刺耳的爆炸声裂开了，仿佛在绝望中把自己的灵魂，高高地送到天上，送到蒸气弥漫的云雾里。

第二次的第二发炮弹，同时落到后边的敞车上。没赶得及跳下来的人们，同木片和土块一齐飞起来，他们的残肢断体，裹在冒烟的衣片里，散落在草原上。

侦察队的战士，剩下的不到一半了，翻了的车头和燃烧着的敞车、马口铁的子弹匣，都在火中爆炸着。

邱盖受了震伤，顺着路堤滚下来，竭力想站起来。宣传员不知所措地从大衣襟上抖着尘土。战士们有的卧倒向德国人开枪，有的呆视着燃烧的列车残骸。从发第一炮起，已经过去几分钟了。

应当即刻采取措施。（赤褐色的烟，又从铁甲列车的炮塔里冒出来。）伏罗希洛夫向战士跟前跑去：

"离开火线。把枪拾起来……"

他被爆炸的烟和尘土笼罩着，越过了路基，在路基那边喊着，骂着，用手枪推着发呆的战士们，命令把受伤的人抬起来，撤退："镇定些，弟兄们……没什么可怕的……"

他带着残部退却了，用军大衣把七个受伤的人抬着。德国人跟着又发了一炮，可是，看来大概不愿为这一小堆人糟蹋炮弹。铁甲列车停在地平线上，在雪白的云雾的背景上，冒着浓烟。

伏罗希洛夫退到铁道路沟里掩蔽起来，下令拆除路轨。战士们把伤员放到草地上，望着路轨，摇着头。邱盖鼓了鼓劲，想要说什么话，可是，只把发青的嘴唇歪了歪就算了，拔螺钉的钳子谁也没有带。

"不行，"伏罗希洛夫说，"应当到火车跟前去。钳子多的是。"

他蹲着，飞快地望了望人们的面孔。他们有的愁眉不展，背过身去，有的喘着气，不去看他……

"自告奋勇。谁去？"

"好吧。我去！"包孔说。

他没戴帽子，头发烧焦了，穿着绿色细棉布做的衲过的棉背心。

"我马上脱掉鞋，伏罗希洛夫同志。"

他坐到路轨上，开始解细绳子，他是用绳子把胶皮套鞋绑在光脚上的。

"弟兄们，看着点，把胶皮套鞋给我保管好……"

他朝伏罗希洛夫瞟了一眼就走了，仿佛在滚烫的地上走着似的，光脚在路堤的碎石上走着，然后到草地上，呵哈，这儿才柔软呢！于是就闪动着黑黑的脚，跑开了。

沃罗日布车站上，人们惊慌起来：谁也没有料到德国的铁甲列车会停在这一站上。人们都爬到水塔上，眺望着春意盎然的蔚蓝的远方，因为地平线上什么也看不见，就觉得危险性更厉害了。

像刮来一阵草原的风，突然卷起路上的灰尘似的，乱糟糟的会议，也这样在整个车站纷纷召开起来。指挥员们精疲力竭地喊叫着，用手枪从车门口威吓着。一辆辆火车头冒着烟，车顶上都载着战士的列车晃动着，哗啦啦地响着。一部分坐火车撤退了，一部分步行撤退了。到晚上，空荡荡的车站上，只剩下卢甘斯克队了。指挥员格里申，勇敢地执行了党代表的命令：战士们没有一个人离开列车，离火车十步以内，没有一个闲人走近。

格里申不知道伏罗希洛夫是否活着。地平线上每一分钟都可能出现铁甲列车的烟，他应当毫不犹豫地独自做出决定：下车占领阵地或者撤退。可是，格里申像往常一样，犹豫不决。

他左手握着手枪，右手拿着手榴弹，仿佛拴着链子的狗似的，在火车跟前走来走去。他决定等到早晨再说。夕阳大得出奇了，落了下去。格里申坐在火车的脚踏板上。霞光宽宽地泄下来，橙色的、淡绿色的，预示着无风的天气……"豁出自己的命去冒险，这没什么……可是我要对五百名战士负责……这可不是开玩笑！有什么可犹豫不决呢……"

繁星在很快黑下来的淡紫色的高空闪烁起来，送来一阵打着跛脚的马蹄声。格里申厉声喊道：

"什么人？"

那人跳下马，拉着马缰绳，走到跟前。

"自己人，自己……"

格里申快活得毫无道理地挥起手来：原来是伏罗希洛夫。他把手放到农民的、没有备鞍的、垂着头的小马脖子上说：

"派二十来个人，把伤员从马车上弄回来，给战士们弄饭吃。有些地方的路轨被我们拆除了，小桥我们炸不了，派一队人坐火车头去把五俄里和十四俄里地方的小桥炸掉……"

"德国人到科诺托普了吗？"

"明天早上你就见到德国人了。"

"那么，我们怎么办呢，党代表同志？一方面……"

"你做决定吧，别来你那一套一方面、两方面的啦。"

他的声音里带着嘲笑。可是，因为党代表活着，格里申快活得不得了，把小下巴藏到衣领里，只顾不出声地嘻嘻笑着。

"怎么办呢?"伏罗希洛夫已经带着威吓的神情问，"你是打呢，还是撤退?"

"你瞧，我是这样考虑的：我们的人在科诺托普被击溃了，失去了联系……可是，德国人在什么地方，不知道，情况就是这样。如果我们撤退，我们就不能完成任务……那么，我们就要在不明敌情的条件下和敌人打交道……"

"唉，你呀!"伏罗希洛夫摇了摇头（低着头的小马，也把头摆了一下），"你从哪里学来的这一套辩证法? 叫他们即刻下车，开个大会……"

"这就是我的决定，伏罗希洛夫同志。"

"对了。"

"别忙，你大概饿了吧?"

"是闹着玩的吗? 饿了! 快，快，叫他们下车。"

格里申从车厢门口弯着身子，拿着烟熏的车长的灯。伏罗希洛夫站在最下一级脚踏板上，对挤在车厢跟前的战士们说：

"……在这样严重的时候，只有土匪和叛徒才会狂吠，才会说仿佛我们对付不了德国人似的。这是谁在嚷呢? ……我们对付不了德国人吗? 指挥员，把灯提起来，我要认一认叛徒的面孔……"

在号志灯暗淡的灯光下，看不清人们的面孔，只见生满髭胡的塌陷的双颊，或者深锁的双眉下发亮的眼睛……伏罗希洛夫激励的声音，在挤得紧紧的、离得很近的战士们中间回荡：

"……我们应当用劳动者自己的革命意志，来建立铁的纪律……指挥员下令叫占领阵地，宁可死也不能让敌人到顿河流域来……这是不容讨论的……要讨论的是我们如何巩固纪律。张皇失措和涣散军心的分子，在我们队伍里是不容许的……谁叫嚷说我们对付不了德国人，我命令他到灯跟前来！……"

他带着挑战的神气伸着手。号志灯在他头上摆动着，灯影在他坚定的面孔上拂动，他浑身处于紧张状态。战士们沉寂了片刻。满天繁星，无边无际地撒向人们的头顶上、车顶上，撒向高耸的白杨尖顶的黑轮廓上……一阵越来越高的抱怨声，好像风似的，在战士们中间传开。后边什么地方，突然传来一阵粗野的喊声："这不是我！"人们喊道："撒谎！拉住他！……"人群喧哗起来，一阵殴打声，哭喊声，"把他交出来，交出来！……"

战士们都让开路，一个穿着城市大衣的人，从人丛中被摔到火车车厢的脚踏板跟前，狠狠地碰了一下，想用力爬起来，又侧身倒下去了。

伏罗希洛夫从格里申手中夺过号志灯，弯下腰，照着那人打出血的脸。

"明白了，"他说，"这个青年，我今天早晨在车站上就已经注意到了。"

他很快用号志灯把那些冲上来打他的战士们挡住，把那人拉起来；那人扭过头倒下去，不愿站起来。几只手伸到他的衣袋里，掏出证件来。凑着灯看了之后，都不禁惊慌失措：这人竟是基辅机务段的工人，是从列姆涅夫队里来的。他的鼻子呼哧呼哧响着，含着泪，重复道：

"不该揍我，弟兄们……哎，不该……"

战士们脸上都露出不该发火的神色，有人甚至恶意地斜着眼睛瞪着党代表。包孔用臂肘推开战士们，往那人跟前走去，仔细把那人看了一眼，把一只大手放到他肩上。

"弟兄们，我认识他，他姓另外一个姓。"包孔突然火起来，用生铁般的嗓音喊道，"去年冬天不是你嚷着拥护立宪会议吗？癞蛤蟆！……"

卢甘斯克队还在黎明以前，就在距车站五俄里的地方，在铁道路基两旁，布置了防线。伏罗希洛夫留在沃罗日布车站，以便把早已撤退的部队召回来，并组织起来，即使组织一部分也好。

一个无云无风的早晨，云雀在绿色的原野上热闹地歌唱着。战士们把步枪放在土堆上，背着太阳。有人脱掉衬衫，心满意足地活动着肩胛骨，搔着痒。起伏的草原，寂无声息。格里申像一根杆子似的，站在铁道岗楼顶上，用望远镜向地平线张望……铁道路基的右边，沿着小丘，骑兵隐隐约约在行动，这是带着侦察兵的邱盖。

"真叫泄气的环境呵，"格里申放下望远镜说，"该死的云雀……"

的确，在这样风光明媚的早晨，没有比杀人、赴死更令人不快的了。这里应该是驱着银灰色的、吐着唾沫的牛犁地。这里应该是到茅屋门口，向乳房丰满、笑眼迎人的姑娘要一瓦罐冷牛奶，在云雀的歌声下，喝着牛奶，瞟着那被娇艳的春阳晒得微黑的姑娘的双颊……

"喂，司务长，"格里申愤愤地从岗楼顶上喊道，"给战士们预备午饭吧。今天有什么东西吃?"

"稀饭。"司务长回答说，用小木片在一只瘦小的狗肚子上刮着。

在小丘那边，不是从指挥员时时望着的那个方向，而是从西北方，一挺机枪断然地响起来。格里申甚至坐下了，望远镜在他手里抖动。从左边，也是在小丘后边，另一挺机枪也响起来。炮声从草原上滚过。

格里申从岗楼顶上下来，扶着军用图囊，向前方的战壕跑去。

在德国的机枪打响前一分钟，战士普罗赫瓦契洛夫同战士米柯拉骂了架。匆匆挖成的战壕里挤得很，战士马特维、两个歪鼻子瓦西里和米柯拉，都躺在一起，有的啃着苦草茎，有的用手掌托着后脑打盹，鼻子伸到艾丛中。普罗赫瓦契洛夫穿着胸前破了的小衫，照着鞑靼人的样子盘着光脚，坐着。他长着一张小口的圆圆的哥萨克面孔，显得凶狠、可笑。

"你别拿我同你自己相比，'好好儿'，"普罗赫瓦契洛夫一清二楚地说，他有力的尖肩膀，在小衫下抖动着，"我们在工厂里是平等的。可是在顿河我们可不平等了……"

"你是傻瓜，"米柯拉啃着草，回答说，"你是哥萨克，你的血就热些吗?"

"你别来尝我的血……德国的马刀尝过它……可是谁无耻地喝过你的血呢? 涅戈金喝了你的血,'好好儿'……"

米柯拉故意慢条斯理,慢得不能再慢地回答说:

"你这个目中无人的家伙……你们这些哥萨克,从前都是无赖汉和小偷,将来永远还是无赖汉和小偷……"

普罗赫瓦契洛夫没有即刻回答,他微张着小嘴,紧咬着结实的白牙,带着嘲笑伊凡的神情凝视着,晒黑了的脚趾,插在灼热的土里:

"少废话,少废话,你休想欺负我,米柯拉……"

老工人马特维眼看他们要打架,庄重地咳嗽了一声,很理智地说:

"你们别再发火吧,弟兄们! 有什么可争吵的? 你们俩都是工人,两个人都是为苏维埃政权流血。我们来吸烟吧……"

他们争吵,原来是因为米柯拉的妹妹亚丽萍姑娘而起的。他们俩都是下其尔村人:不过伊凡是哥萨克,米柯拉是外乡人。他俩都挨过饿。他们都到工厂做工去了。普罗赫瓦契洛夫骂米柯拉,说他妹妹给富农哥萨克涅戈金当雇农,这是全顿河区都晓得的扒灰头和无赖种。

"要是我,我亲手把我妹妹安纽特卡揍一顿,也比叫她去丢这样的丑强……啊哈,你这'好好儿'啊,总而言之……"

米柯拉生气了,回答说,外乡人的姑娘和哥萨克姑娘,都是一个样,要是普罗赫瓦契洛夫家的安纽特卡,什么说的也没有,她也会跑到那些人家里讨饭吃。这么一来,已经忘了姑娘,你一句,我一句算起旧账来了。普罗赫瓦契洛夫的一腔哥萨克血沸腾起来,米柯拉乡下佬的执拗劲也上来了。

"等到把一切争论解决了的时候,你们的拳头也挥累了。"马特维从裤袋里掏下等烟的烟荷包,更沉着地说,"弟兄们,应当来解决主要的争端——拥护苏维埃政权。"

就在这时,机关枪就响起来了。普罗赫瓦契洛夫像被火烧着了似的，抓起步枪，咬着牙，转动着眼珠，寻找尚未发现的敌人。战士们都躺到战壕里了。前线打着乱枪，冒出铁锈色的烟朵。

指挥员格里申一路跑过来，喊着什么。部队里剩下的唯一的一门炮，从沃罗日布方面轰隆隆地响起来，炮弹在头顶上呼啸。格里申站住，伸开两肘，用望远镜向地平线来回眺望。机枪声越来越顽强，越来越厉害，仿佛从右边，从左边，朝跟前逼近了……子弹在战壕前边扬起灰尘……这完全出乎格里申的预料：德国人隐蔽着用枪火对着红军稀疏的散兵线，扫射起来。

一发重炮弹呼啸而来，落到附近的地方爆炸了，把一百来吨泥土掀起来，盖到战壕里。格里申继续站在田野里，叉开腿，做出勇敢的样子：此外他再也没有别的办法了。整个草原发出一声巨响，然后是枪声，草原震动着。前边的坟山后面，戴钢盔的人们站起来，德国的散兵线出现了。

有两个人弓着腰，从战壕里跑掉。格里申喊道："回来！"战士们卧倒。一炮又一炮地轰起来，掀起一阵阵夹着呼啸弹片的泥土的旋风……三个人从格里申跟前跑过去。这是退却。他向他们跑过去："回来！丢脸！"有一个人匍匐着，血红的骨头，从撕破的袖子里伸出来……格里申跑到战壕前："同志们，坚持住！……"普罗赫瓦契洛夫把米柯拉夹到腋下，拖着……"你没有瞧见吗，鬼东西！"他喘着气，嚷着，"敌人包抄过来了……骑兵啊！……"

骑兵从北方的小丘上下来，这是德国的龙骑兵，数目不在一个骑兵连之下，骑马小跑着从右翼插入后方了。

伏罗希洛夫骑着龙毛的小马，冲到溃散的人丛中。他样子很可怕，紧张地瞪圆了眼，没戴帽子，他从马背上抓住战士们的肩，用马推着他们，喊着，挥着手枪：

"站住！你们这批孬种！回来！包孔！马特维！普罗赫瓦契洛夫！

歪鼻子！"

他像鬼似的，在战士们中间乱钻：圆圆的眼睛……叫喊着的口……扬起的马鬃……有力地撕着衬衫的手……咬着牙的马嘴……用手枪照直瞄准人的眼睛……他骂着，抓着，推着……

"站住！我毙了你！前进……跟我来！"

他集中的意志，控制了严峻、勇敢、不知所措的人群。他把他们的注意力都集中到自己身上，转瞬间，他成了比那些使战士们溃散的东西更有力的核心了……他的声势浩大起来，他坚强而有力地骑在呼呼喷着鼻子的马背上。

大汉包孔头一个醒悟过来，他朝德国人转身过去，把一排子弹下到枪里……在伏罗希洛夫周围，在他的龙毛小马周围，集合了几十名战士，他命令他们去做当时唯一要紧的一件事：成散兵线卧倒，向龙骑兵射击……

德国人伏到马鬃上，总共离半俄里远，飞驰着向后方抄来了：当时清清楚楚看见他们的直马刀，刀光闪闪。

伏罗希洛夫向前驰去，召集那些溃散的人，现在已经不难把他们召回到卧倒的、射击着的散兵线上来了……战士们跑到卧倒的士兵们跟前，射击着。只见有一个龙骑兵从马上滚下来，马跳起来，把他挂到马镫上拉着。

现在差不多全队人都散开来，卧倒，很快向龙骑兵射击。骑兵纷纷倒下。前边的人开始回过头来，用马刀打着马屁股，退到小丘后边去了……

龙骑兵被击退了。伏罗希洛夫派了一部分人，带着两挺机枪，到北边的小丘上去掩护侧翼，防备重新包抄的企图，他带着其余的全部人马，约三百名战士去迎击德国的散兵线。

他吩咐包孔展开红旗，打在前边，同自己并排走。他拾起一支步枪走着，几乎跑起来，在嗖嗖的弹雨中连腰都不弯。

战士们都跑到他前边去了。部队愤激起来，跑步追击德国人，疯狂的骂声震撼着草原。好多人把步枪丢在自己前边，倒下了。德国人没料到这样的袭击，他们的火力越来越急迫，越来越慌张了……

"乌拉！"伏罗希洛夫喊着，向前冲去。

"乌拉……乌拉！……""乌拉！"包孔吼着，挥着旗子。普罗赫瓦契洛夫、两个歪鼻子、马特维，都瞪着眼睛，放开嗓子喊着，向前扑去，掷着手榴弹……

德国人没有展开白刃战，他们爬起来，一面射击，一面后退……逃跑了……

"跟着这样的指挥员，我们会像绵羊一样牺牲的……同志们，我们宝贵的鲜血会白流……我们的家庭会白白地悲伤。"

"说得对……把格里申摔出去……我们不要格里申。"人声喧嚷起来。

战士们追击德国人，追击了好久以后……在黑暗的草原上，掘了壕沟，在繁星下，围成一个圆圈。他们讨论说，在这样危急的事态中，需要有聪明、机警、勇敢的指挥员。对格里申并没有恶意，让他去顶替阵亡的司务长，担任总务吧。可是，都不愿意要他做指挥员，大家都一致推举伏罗希洛夫做指挥员。

包孔去请他，把他领到圈子里。伏罗希洛夫感谢战士们对他的信赖，然后推辞了……

"我们不同意。我们要你做指挥员！"战士们喧嚷着。

伏罗希洛夫等他们吵完以后说：

"咱们的纪律真好，处在战争状态，却开大会赶起指挥员来了……格里申是我们的首长，我们的命运都操在他手里。亲爱的同志们，我如果处在他的地位，现在谁吵嚷，我会毫不留情，把他们都交到军事法庭去。"

他严厉地说完这话，就中断了。顿时静寂得能听见附近潮湿的凹地里秧鸡的鸣声。格里申挤到圈子里。焦躁地口吃起来，结结巴巴地说：

"我是你们的指挥员……我要求你们服从……由于情况特殊，我同意开这次会……我指挥不了大家，今天混乱的退却就说明了这一点……考虑到我们共同事业的重要性……我决定解除我自己指挥员的职务……我做一名普通战士……我推举伏罗希洛夫同志……而且我要求他服从大家的决议。"

4

亚丽萍提着湿渔网和装着鲈鱼的水桶。涅戈金穿着钉着蹄铁的皮靴，咯噔咯噔地跟在后边。他翘着黑胡须，从哥萨克军帽的帽檐下，带着怅惘的神情，瞟着亚丽萍的湿裙边抽着的光腿，瞟着她挺直、结实的脊背。他们沿着其尔河岸走着，这是一条秀丽的、绿树掩映的小河，下游不远就汇入晶莹的顿河了。

是涅戈金的年纪已经不是当年了呢，还是时代不同了？这样倔强、凶狠的姑娘，他生来还没有见过呢。从前，他驯服过好几匹草原上的野马！当年有一个年轻的哥萨克女子，瞒着熟睡的丈夫，夜里出来藏到禾草堆跟前等着他，他那时一高兴就游过了洪水泛滥的顿河。

有一天晚上，亚丽萍抱了一捆干草，涅戈金搂住她结实的腰。她猛然转过身来，他的手松开了，她说：

"撒手，我不爱这一套。"

"唔，唔，小声点，女人……"

"我最后一次告诉你，撒手……"

于是，她由黑眉毛下凝视了一下……（值得把黄金送给这样的女人啊）。

"我不去告你，我要用刀子捅了你。我有机会教你试试，你记住吧，涅戈金。"

他嚷着,对她跺着脚。她摆着裙子边,到马棚里去了。早该把这畜生赶走的,可还是留下了。

在其尔河对岸,鹅闪着白光,长犄角的白脸红牛卧着。这边岸上,在小路边,坐着生病的玛丽亚,亚丽萍在小路上走着,涅戈金跟在她后边。

玛丽亚的小儿子,在下边的沙地上同孩子们玩耍,大儿子在齐腰深的、还是冰冷的春水里,同光身子的孩子们,用筛子捞小鱼。其尔河上,水浸的草原上的天空,静寂而晴朗。

涅戈金走过玛丽亚身旁时,突然停下来。

"彼得堡的女人……为什么你的孩子们要同哥萨克的孩子们一块玩呢?"

玛丽亚仰起苍白的脸,害怕地问:

"为什么他们不兴玩呢?"

"为什么,为什么!"涅戈金嘲弄着,指着蹲在沙地上的小狗说,"你的孩子们会吃狗奶的……"

钉着蹄铁的靴子响起来,他走了。玛丽亚一点也不明白,眨着眼睛,望着他的背影。亚丽萍大概很明白,可是她并不作声,只悄悄对玛丽亚说:"我晚上来……"

一个健壮的哥萨克人,骑着一匹小矮马,徐徐地由其尔河木桥上经过。涅戈金把指甲伸到胡须里,等着哥萨克过桥。小马艰难地驮着他七普特重的身子:他的身干,他的双肩,差不多都比涅戈金结实两倍,壮实的颈脖上长着圆滚滚的头和脸。他穿着解开扣子的短皮衣、劣等皮靴,戴着旧军帽,红帽圈脏得发黑了。

"你好啊,涅戈金,"他没有下马,低声说,只挥了挥帽子,向亚丽萍手里提的水桶瞟了一眼,"唔,捞鱼捞得怎么样?"

"你好,安尼克,"涅戈金又闪着白牙回答说,"那算什么捞鱼啊!

小鲈鱼。现在有什么好消息……"

"我看你们下其尔村的哥萨克要倒霉了，"安尼克说着，眼角堆起了快乐的皱纹，"去告诉老太婆吧，公山羊，母山羊夹着尾巴了……"

涅戈金转过眼去，等着安尼克走过来。可是他站着，也带着冷笑，从马背上望着涅戈金。还在沙皇时代，他就是一个最难缠、最阴险的哥萨克，可是现在把哥萨克的荣誉都丧尽了：当上顿河高岸上五家村的苏维埃委员。

"你的马大概差两俄寸[1]，这马叫哥萨克人骑着是不相称的。"涅戈金说。

"这有什么呢，涅戈金，因为穷才骑矮马。前年为着这匹小马遭了哥萨克区长一顿抢白……在苏维埃政权下，我骑着这马，倒没有什么。"

"只有现在才能骑它……"

"马力不在乎高矮，我们还要骑着它作战呢。"

"我说，五家村的哥萨克，你们要跟谁作战呢？"

"跟苏维埃政权的敌人……"

涅戈金明白安尼克扯起危险的话题来了。当然，他是为了这才到这里，到下其尔村来的。（这里从前是区中心所在地，那时是哥萨克头领坐镇的地方，现在代替哥萨克头领的是革命委员会。）

"我们这里好像没有什么敌人。"

"好运气，"安尼克已经严肃地回答说，"可是我们已经有所闻了。"

涅戈金警觉起来："您听到什么了？"

"前天，好像加甫柳什卡·波波夫喝醉酒在你院子里嚷嚷了些什么……"

"加甫柳什卡是个出名的糊涂虫。"

"他正是糊涂虫……他嚷道：'你们都等着吧，在二十号夜里，我们

---

[1] 一俄寸合 4.446 厘米。

要备鞍，不是发生事情，就是我们到德国人那里去……'"

"我不知道加甫柳什卡嚷的什么事情……"

"不知道吗?"

涅戈金又把目光从安尼克睁着的、闪闪放光的眼睛上移开。

"唔，你不知道——那我们就自己去打听……"

安尼克·鲍里索维奇用靴踵把马一踢，就飞跑上斜坡，进到村里的街上不见了，街上有两层楼的白色砖房的铺面，灰尘满地的广场上，有一座白色的教室。这时涅戈金才看见亚丽萍肩上背着渔网，听到了他们的全部谈话，他狂怒地嚷道：

"你睁眼瞧着吧，狗东西! 你去挨家挨户瞎说，去散布谣言吧! 我要搡死你。滚回家去!"

斯捷潘同他的弟弟伊凡·戈拉一样，也是细长、枯瘦、大鼻子，可是比他温和得多。玛丽亚和她的孩子们，在黄昏时分吃晚饭。他们没有点灯，因为没有煤油了。有钱的哥萨克从察里津运来煤油，在从莫斯科来到那儿的投机商人手里，什么都能弄到。村里已经把煤油忘记了。拿一只鸡，有时甚至拿一只小猪，才换一根普通的针。

"在我们北方，"玛丽亚说，"在农村里，都点起松明来了。"

斯捷潘吃惊地摇着头，他慢悠悠地想着，慢悠悠地说着。没有什么可忙的。斯捷潘打了三年光棍了，可是，现在傍晚回到家里再也不寂寞了：屋里打扫得干干净净，桌上摆着晚饭，一个可爱而沉静的女人和温顺的孩子们坐在桌旁等着……粮食足够四个人吃。

斯捷潘用搪瓷盘子喝着汤，每喝一口都放下汤匙，嚼好半天。阿廖什卡完全学斯捷潘的样，教着弟弟，用膝盖推着他，叫他放下汤匙，嚼好半天。

"我到苏维埃去过，他们答应让我到小学教育组工作，"玛丽亚说，"可是，答应得并不肯定……那里有一个人很生气……"

"忙什么呢？到时候你会做工偿还的。"斯捷潘取了一条干梭鱼，从鱼骨上把肉剔下来。一块给阿廖什卡，一块给米什卡，"你说那个生气的人是谁？"

"是什么书记吧，姓波波夫。"

"啊哈……无赖加甫柳什卡的老子啊。苏维埃里有几个宝贝呢：助祭格列米亚切夫、古里耶夫和帕什卡·波鲁辛。都是大家晓得的人……将来还会有事的。"

玛丽亚的嘴唇颤抖了一下，可是她忍住了。阿廖什卡用哑嗓子低声对弟弟说：

"会噎住的，会噎住的，讨厌鬼……你别吸了，啃吧……"

篱笆门响了，斯捷潘朝门口慢慢回过头去。亚丽萍进来了，她只点了点头，便坐到远远的一只凳子上。

"坐到我们这里吧。"斯捷潘说。

"我吃过晚饭了。"

斯捷潘警觉地望了她一眼。他们吃过晚饭，玛丽亚收拾了桌子。

他站起来，到神龛跟前，那里的三角形小架板上放着煤油瓶子和没有罩的灯，他从黑色的圣像后边取了一片报纸，量了一下，撕下窄窄的一条，从烟荷包里掏了一撮烟末，撒到纸上，卷起来，吸着咳嗽了一下，对亚丽萍说：

"你来有什么事？"

她很快地低声说：

"安尼克到这里来过了，天还没黑的时候，就从别的路回去了，波鲁辛和古里耶夫都看见的，他们在涅戈金的院子里嚷道：'反正一个样——安尼克逃不脱我们的手心……'同他们一块的有加甫柳什卡，于是他备了马鞍，就到苏沃洛夫村去……"

"那么，去找马蒙托夫去了……"

"是的，马蒙托夫在苏沃洛夫村，他从下游一带来的……我当时在草棚里，统统都听见了，他们把日期都讲定了⋯⋯"

斯捷潘为了不露出慌张的神色，又咳嗽了一下：

"定在哪一天?"

"二十号夜里都备好马鞍⋯⋯"

亚丽萍一动不动地坐着，抓住凳子。她的大眼睛在黄昏里发着黑光，美丽的面孔上，高高的眉毛发着黑色。

"斯捷潘，要不你把玛丽亚同孩子们送到屯子里去吧?"

"是啊，"斯捷潘说，"这是意料中的事⋯⋯不过，让玛丽亚留在这里吧⋯⋯他们对妇女和孩子不会怎么样的⋯⋯"

第五章

伊凡·戈拉同彼得格勒各工厂里的代表们，坐在人民委员会庄严静穆的办公室里的一张长桌前。窗外是莫斯科饥饿的鸦群，在克里姆林宫墙的城垛上飞翔。办公室内庄严静穆的气氛、樱桃色呢桌布上一叠四折的纸张、带套子的安乐椅、壁钟徐徐的嘀嗒声，这一切都使代表们很喜欢，苏维埃政权在这里是稳固的。

列宁走进来，依旧穿着那件旧西装，家常而朴实。他从旁门进来，随即把门关上，上了锁。

他简短地打了招呼。大家都站了起来。

"请坐吧，请坐吧，同志们！"他坐在桌子一端的一张橡木靠背椅上，椅子的靠背，比他的头还高。他对工人们消瘦而皱纹累累的严肃面孔匆匆环顾了一下，从他那眼珠小得像黍子似的淡黄而明亮的眼睛看来，他已经得出了恰当的结论。一见伊凡·戈拉，他的眉毛就竖起来了。伊凡·戈拉咧着大嘴微笑着。

列宁从放在膝盖上的皮包里，掏出一张写满字的纸，放到自己面前，又抬起头来。他的脸像生过病似的那么瘦。

代表们默默地看着他，有的人从同志们肩后探出头来。许多人是第一次见到列宁。他们为着非常紧迫的事，到克里姆林宫来找他：彼得格勒要饿死了。现在就是出钱，农村也不给粮食了。饥饿把无产阶级的肚皮上的皮带勒得更紧了。

"你们讲讲吧。我们来想个办法，"列宁说着，又抬起眉毛，对伊凡·戈拉望了一眼，"天下无'难事'。"

伊凡吃了一惊："他还记得呢！"他不知所措了，因为他不能不看着列宁，看着他，又不能不咧嘴笑，他脸变得通红了。

坐在列宁跟前的代表，是一个戴铁丝眼镜的老头，他把浮肿的手放到一张纸上，开始说：

"很糟糕，列宁同志。我们挨着饿呢。我们要坚持到底，巩固力量，无产阶级自由我们是不出卖的。可是，我们很焦急：到新麦下来，还得等三个月，可是没有东西吃，春天孩子们就开始死去了。可怜得很，列宁同志。妇女们都神魂不定。吃的东西，我们只有在梦中才能看到。"

另一个宽肩膀的代表，是一个愁眉不展、长得漂亮的诺夫哥罗德人，漆黑的卷发散落在额上，他一个人也不看就说：

"彼得格勒各区，按照八分之一磅的口粮分配，可以支持两星期。两星期之后，我们就要开始饿死了。工厂的工人，比起战时来，有些走了一半，有些走了一半以上。我们对这些都没有什么可惜。剩下的只有无产阶级核心了。可是应当给他们饭吃……"

其余的代表们不慌不忙地讲述灾荒的详情，讲述不得不叫私人面包匠在烤面包时掺百分之百的水："列宁同志，面包稀得简直要用手捧，就连这样坏的面包，我们也只按八分之一磅发。"

大家谈到粮食部门的混乱状况，在那里到处都碰到暗中制造饥荒的人。工厂里到处爆发不满情绪，到处发现阴谋分子，你发现一个人，就会有两个人来替他。派粮食队都是无组织的，那些阴谋分子也常常混在里边，把粮食运来自己用，可是在大会上，他们却哭哭喊喊说他们一点粮食也弄不到……

"举例说吧，列宁同志，"伊凡·戈拉咳嗽了几下，低声说，"在我们工厂里大家都攻击党组织书记叶菲莫夫同志，他差点没被赶跑……铸造车间突然开起大会来。怎么回事呢？喧嚷道：'叶菲莫夫把面粉和糖藏在自己家里。'吵得凶极了，都这样发火，叫人不能相信……我看事情糟了，就去打电话。叶菲莫夫恰好在家里。我怕大家听见了，就低声对他说：'快走吧。'他反问我。我又对他说：'快走吧。'他笑了：'到哪去呢？'我警告他说：'快走吧。''你是谁呀？''伊凡·戈拉。'我说，'工人们要找你去了。'他明白是怎么一回事。回答说：'为什么要麻烦他们呢。我亲自到他们这里来吧。'他来到铸造车间，大胆走进来，一瞧，像着了火一样。过后他才告诉我说：'我把头昂得高高的，可是我血管的血都收缩了。'工人们一看见就吼道：'投机商！你倒有上等牛油吃！'喊着就往他跟前扑，眼看就打到他身上了。他举起卞，站着，等待他们喊完。'怎么了？'他镇静地说，'嚷什么。钥匙在这里。'于是怒冲冲地把自己家里的钥匙扔出来：'你们去搜吧。你们要找到一块面包，就把我处死。你们去吧，我等着。'去了二十来个人。他站着，抽烟。我们的工人回来了，一个个耷拉着脑袋，惭愧得不敢看他。'这就是我们找到的。'他们说着，把一小块发霉的面包皮给大家看……他即刻高兴起来：'那么，你们相信了，面粉、糖，我家里都没有……现在我们到那些大喊大叫的人家里去搜一搜吧……'于是就指着瓦斯卡·华西里耶夫，他两天前同粮食队一块回来，还流过眼泪。我们就到瓦斯卡跟前说：'带我们去瞧瞧吧。'"

"在他家里找到了吗？"列宁连忙问。

"怎么会没找到呢……面粉和脂油，还有一只羊拴在厨房里。把食物和羊都带到会场里去了。工人们都气疯了。尤其是那只羊把他们气坏了。他们都喊道：'这是全世界的耻辱！'"

"是的，是的，是的。"列宁重复说，已经不再听下去了，"好吧，同志们。现在让我来讲几句话吧……"

"请吧！"代表们说。

"……诉苦是无济于事的……国家的情况困难到极点了……国内是饥荒，饥荒在叩工人的门，在叩穷人的门了……"

列宁用低沉、喑哑的声音，甚至有些心不在焉地开始说。他的胸脯紧贴着桌子，两手扶着膝盖上放的皮包。代表们一动不动地望着他那塌陷的、微黄的脸。壁上的时钟不慌不忙地嘀嗒嘀嗒响着……

"各人企图为自己，为自己的企业弄粮食，只会助长混乱状态。这是完全要不得的……况且国内有粮食……"他照面前放的纸上的数字望了一下，"粮食够所有的人吃。饥荒并不是由于俄国没有粮食，而是由于资产阶级对我们做最后的决战……资产阶级、农村豪强、富农，破坏粮食垄断，破坏粮食固定价格。他们赞助足以危害工人政权的一切罪行……"他抬起头来，断然地说："他们要摧毁工人政权，而这个工人政权正在力求实现社会主义的第一个主要根本原则：'不劳动者不得食。'"

他停顿了一下，又说：

"……十分之九的俄国居民赞成这个真理。这是社会主义的基础，是社会主义力量取之不尽的源泉，是社会主义最终胜利的不可摧毁的保障。"

他挪开椅子，放下皮包，站起来继续说着，有时在桌前来回走几步：

"彼得格勒的同志们，过两天我要给你们写一封信……彼得格勒不是全俄国。彼得格勒的工人只是俄国工人中的一小部分。但是他们是工人阶级中的一支优秀的、先进的、最有觉悟的、最革命的、最坚决的队伍。正是现在，当我国革命已经在认真地、实际地、具体地实现社会主义的任务的时候，正是现在，并且恰恰是在当前主要问题即粮食问题上，可以最明显地看见，必须有钢铁般的革命政权，有无产阶级专政……"

他为强调这番话，打了一个手势，把手臂向坐在桌旁的人们伸过去，捏着拳头，仿佛勒着革命的缰绳一般……

"……怎样才能实现'不劳动者不得食'的原则呢？显然，第一，必须实行国家的粮食垄断制……第二，必须最严格地计算一切余粮和正确地供给……第三，必须在无产阶级国家的监督下，按公平合理的粮食分配办法，把粮食分配给人民，不给富人任何特权和优待。"

他用力开着扣起来的皮包上的小锁。皱着眉头，望了一下钟……

"好极了……你们说，普梯洛夫工厂里原来有四万工人，但其中大多数都是'临时'工人，不是无产者，而是不可靠的、软弱的人……现在只剩下一万五千人了，但都是无产者，都是经过斗争考验和锻炼的人……正是这样的革命先锋队——在彼得格勒的及在全国的——应当大声号召，应当一致奋起，应当认清，国家命运就操在他们自己手中，应当起来组织伟大的'十字军讨伐'来反对粮食投机者，反对富农、土豪、破坏分子和贪污分子……"

代表们已经不坐在桌子跟前了。他一个手势使他们站了起来，他们就围着列宁，点头赞同，激动地感叹着……伊凡·戈拉就站在他面前，睁大眼睛，从上边望着他说这番坚定的话的坚毅的嘴，嘴角上激动地泛着泡沫……

"只有先进工人群情振奋，才能挽救国家和革命。需要有几万个先进工人，即受过锻炼的无产者，他们要具有很高的觉悟程度，能够向全国各地千百万贫民说明真相，并成为这千百万人的领袖，他们要具有十分坚毅的精神，能够无情地摒弃和枪毙一切受投机利益'诱惑'的人，他们要具有十分坚定的、忠于革命的赤忱，能够把……讨伐的一切重荷担负起来。"

"这比在几天中表现英勇精神……要困难得多……革命在前进、发展和增长……斗争的广度和深度也在增长。正确分配粮食和燃料,加紧设法获得粮食和燃料,由工人在全国范围内最严格地计算和监督这些事情,这就是进到社会主义的真正的、主要的入口。这已经不是'一般革命的'任务,而是共产主义的任务……"

列宁举起一个手指,重复了这句话,他的眼珠仿佛在听众的眼睛里寻找着似的:"明白吗? 明白吗?"

伊凡·戈拉也举起大拇指说:

"对,这是显而易见的任务。我们能完成,列宁同志。"

"我们能完成,能完成。"代表们都说。

"同志们,十月苏维埃革命中一个最大而不可摧毁的创举,就是先进工人以贫民领导者的资格、以农村劳动群众领袖的资格、以劳动国家建设者的资格'到民间去'了……工人阶级开始共产主义革命以后,并不能一下子就丢掉自己身上的弱点和毛病……可是工人阶级是能够战胜——并且归根到底必然会战胜——旧世界,能够战胜它的毛病和弱点的,只要工人阶级不断地派出一批一批人数更多、经验更丰富、在困难斗争中受到更多锻炼的工人队伍与敌人做斗争就行了。"[1]

列宁点了点头,好像说,正是这样……他后退了一步。两手的大拇指插到背心的衣袋里。小小的皱纹,从太阳穴聚到眼角,眼睛闪着幽默、温厚的光芒……

"正是这样。"他说。

伊凡·戈拉喘着气,竭力抑制自己,没有用手去拥抱这个人,去吻他,吻他们的朋友……

"同志们,现在我们要起草一个具体的行动计划……请坐下吧。"

---

[1] 以上见《列宁选集》第 3 卷第 560—567 页《论饥荒》一文。

第六章

1

　　出发前，伊凡·戈拉和粮食队的两个同志到涅瓦河去洗澡。彼得格勒静穆而秀丽。只在涨水的涅瓦河上，有些地方的水流荡漾着宫殿的倒影。白色的廊柱、花岗石的狮子、油漆剥落的带着船头装饰的圆柱，彼得保罗要塞尖顶的金塔，要塞前水滩上茂密的杨柳，这一切，都映照在无底的深渊里。

　　稀疏的行人肩上背着粮食袋，或手里提着煤油桶，拙笨地在小石子铺的马路上走着，石缝间的小草，已经开始发青了。有时送来电车的隆隆声。这半空了的城市的高空，是万里无云的蓝天。

　　伊凡·戈拉坐在河岸上花岗石台阶的最低一级上。他把脚齐脚脖放在水里，用指甲搔着赤裸的膝盖，脚下水面上的阳光，映得他眼睛都眯缝起来了。

"是的，我的朋友查莫金，"伊凡·戈拉对坐在他旁边的一位同志说，那人嘴唇发青，苍老的脸皮上，虚弱得起了面疱，"你发抖，这不要紧，有好处。无产阶级弄得满身污垢，这像话吗……我们征服了涅瓦河，第一件事，让我们来洗个澡吧。好清的水啊！它给人力量……"

"呵，带块胰子来洗一洗才好呢！"另一个也光着身子的同志柯马罗夫说。他在上边看着花岗石栏杆上晒的湿衣服，不让风吹跑了。

伊凡·戈拉亲切地继续说：

"沙皇时代，要是在这儿洗澡，巡官会叫你吃耳光呢……你瞧，我们征服了一个怎样的王国啊。真秀丽极了！我的朋友查莫金，你也应该争一争气啊。太阳的热力和清水，会补偿营养不足啊。呵，快下水吧……"

"稍等一等，"查莫金抱怨着说，"等一等，让我再坐一会儿……我会淹死的……"

"不要紧，你快淹死的时候，我把你拉出来。"

伊凡·戈拉仿佛用手在查莫金突出的脊骨上撞了一下，那位就扑通一声，下到水里了。柯马罗夫在上边笑起来：

"你把他训练一下吧……"

"那当然……老兄，到那边去需要有健全的神经去对付富农呢。"

伊凡·戈拉把身子一伸，平平地扑到水里……几乎有砂仁长[1]，胸膛凹陷，结实的脊背微有些驼，涅瓦河带着飞溅的水花，似乎在他身下闪开了……他游到拼命挣扎、口吐水沫的查莫金跟前，抓住他的肩膀，游到石级前，帮他爬上岸，坐到他旁边，用手擦着大腿上的水。

"其次，冷水对于我们光棍汉，会使我们头脑清醒……老兄，我们出发到那里，一句话也别露……我们的弟兄因为这个弱点，牺牲得不少了：'啊哈，彼得格勒的客人们啊，啊哈，啊哈，我们给你们烧水洗

---

[1] 砂仁，俄长度名，1 砂仁合 2.11 米。

澡……，"

"这是谁说'啊哈，啊哈'的？"查莫金问。

"富农的女人啊。他们会弄些正对劲的小娘们塞给你……只要你心一软，你的警惕性就差了，把步枪留到更衣室里，主人就出其不意地进到澡堂来了！……"

"柯兹洛夫在卢卡就这样被富农杀害了。"柯马罗夫说。

"弟兄们，耳朵放灵一点……要想叫人们传诵我们，我们必须像铁人一样……我的朋友查莫金，我比你更难呢……你瘦得只剩一条脊梁骨，可是我的筋肉比较多。"伊凡把一只腿伸了一下，然后又伸了伸另一只腿，"到秋天我们完成了革命，我一定要申请回老家去，回下其尔村去……"

"去结婚吗？美人在等着你吧？"查莫金发青的嘴唇，微笑着问道。

"啊哈！一个再好不过的美人在等着呢……我真想把整个涅瓦河和宫殿都送给她啊……"

"这是指亚丽萍吧？"

"呵，呵，好了，下水吧……跟亚丽萍有什么相干……"

2

彼得堡工人的粮食队，向闭塞的农村，向产粮的农村出发了。他们没有严格的计划。各队都凭着自己的理解，投入沸腾的农村革命。

在一个村子里，一个基督的叛徒寄生虫，酿了烧酒，召集了村民大会，抖擞着泪湿的胡须，请求正教徒们和寡妇孤儿们宽恕他的罪孽。他说："我的就是你们的，上帝因为我们的罪孽发怒了，降下了这场灾祸……道我能把粮食交给那些恶魔布尔什维克吗？最好你们大家每人到我的仓里取两普特粮食吧，我们算两清吧，上帝会裁判我们的。"

在另一个村子里，牧师在讲经台上皱着长眉毛的眉头威胁地喊道："你们没有看见共产党帽子上的羊角吗？谁要没看见，请他把眼睛睁大些吧……你们能明白吗？谁要给他们一颗粮食，谁就在末日审判受到惩罚……《圣经》上说：'请今日赐给我们日常必需之粮食吧。'可是《圣经》上并没有提到专卖啊。"

在又一个村子里，富农们夜间在菜园里和打谷场上，枪杀倔强的农民，农村贫农都陷入恐怖状态。在边远的地方，那里依然盘踞着"自由主义"的地主，薄暮的时候，在走廊上谈着法国革命，谈着农奴赎身的代价，谈着斯拉夫的寻神派的灵魂。

粮食队来到村里，在村苏维埃门口下了车。叫来村苏维埃主席，他来了，提心吊胆地望着彼得堡人严肃的面孔。他们在一张摇摇晃晃、溅满墨水的小桌前坐下，询问了没有交足粮食的原因，连主席本人也"开导"了一通。他们不相信任何辩解，只看到问题的阶级根源，认为农村不可能分化。他们抽烟把满屋子都抽得乌烟瘴气，明天就召集村民大会。

伊凡·戈拉和他那七个人的小队，到了遥远的黑壤地带，到了米列罗沃，这里距他熟悉的地方不远了。

他们乘坐两辆马车，到康斯坦丁诺夫卡村，就开始逮捕起村苏维埃的人来了：主席竟是从前的村警，文书是教会的助祭。从早晨起，整个村子的人都在村苏维埃周围乱嚷乱叫。

伊凡·戈拉吩咐说："这里的富农对我们制造挑衅事件。在任何情况下不能开枪，除非万不得已。两个人跟我来，不要带枪，站在门口，其余的人坐到屋里。"

伊凡·戈拉出去到门廊上。聚在一起的大约四百来人当中掀起一阵抱怨声，有些人手里还拿着从篱笆上拔下来的挺结实的棍子。伊凡对蜂群似的人堆挥着手：

"同志们，你们过后再来恐吓我吧。让我们先来谈一谈。"

当然，愿意谈的人有的是。抱怨声平息了。他从重要的地方开始说：

"什么是苏维埃政权？苏维埃政权，这就是你们和我们……列宁自己吩咐我说这话的……可是，你们在干什么呢？你们选举了一个血淋淋的刽子手，沙皇的村警格尼洛雷包夫当主席，你们选举了教会助祭当秘书。他们是谁的代理人呢？格尼洛雷包夫住在米特罗辛院子里。这是全世界都晓得的寄生虫，而那位教会助祭是格尼洛雷包夫的女婿……这就晓得他是谁的代理人，这就晓得谁把他们安排到村苏维埃来的。这是为什么呢？为的是富农米特罗辛好在这个闭塞的村子里做小皇帝，他给你一两普特粮食，可是你们为着这一两普特粮食，替他做活比替暴君尼古拉做得还苦呢……明白吗？"

"明白，明白。"人群中有些人回答。

伊凡·戈拉用眼睛向那边望了一下。

"同志们，我想你们都不是这样的傻瓜……我们彼得格勒的工人们，不是为了米特罗辛，不是为了格尼洛雷包夫及其同伙心满意足地吃热煎饼才发动十月革命的，可是你们最好……"这时他开始用指头指着他早已在路上，从马车夫那里知道的名字，"可是你们，伊凡·瓦西里耶维奇、米柯拉·米古拉耶维奇、斯捷潘·米特罗凡诺维奇，你们却脱了帽子，泪汪汪地站到他们窗下，哀求缓期还债说：'孩子们没有吃的……'弟兄们，你们在这里成立了苏维埃政权，多谢得很……"

结果，果然不出他所料：在后边的几行人中间，开始抱怨起来，发出愤怒的吼声："你去教训别人吧。我们对于苏维埃政权知道得不比你赖！"伊凡·戈拉不让再喧闹下去，就鼓着脖子，低声说：

"苏维埃政权：'不劳动者不得食。'这是我们的第一条，也是最后一条信条……雇农、贫农、一匹马的农民，这是苏维埃政权……而你们给他做活，那安坐而食的人，这是苏维埃政权的敌人……"

"我们怎么是不干活儿呢?"二十来个人的声音狂叫起来,"你们这些彼得格勒吃闲饭的人!你们是来抢劫的!来抢基督徒们的最后一块面包的!"

伊凡·戈拉毅然决然从门廊上下来。

"对了,革命派我们来向你们要粮食的。前线浴血奋战的武装无产阶级向你们要粮食。他们那些可怜的人们,为了你们的子孙饱食暖衣,正在牺牲……他们并不是向穷人要粮食……而是向你,向财主叶甫多基姆……向你,特列契雅柯夫,向你,米特罗辛要粮食……别忙!"他举起手来。那些比谁都叫得凶的人,看见得不到大家的拥护,又不准他们到门廊跟前去,于是就肃静下来。"别忙!我们是按着革命的苏维埃的法律办事……凭着这个命令……"他从上衣口袋里掏出一张纸挥舞着,"我们把隐瞒曾经当过沙皇警察的主席格尼洛雷包夫和他的女婿,教会助祭逮捕起来,要把他们交到革命法庭去……凭着这个命令,我宣布明天举行村苏维埃新的选举……新的村苏维埃将对余粮做公平的摊派……粮食少的人,不教他出,粮食多的人,得分一点粮食供给革命……"

伊凡·戈拉把他的大鼻子歪了一下,瞟了一眼,会场上大多数人都赞成地笑起来。

村里整整忙乱了一天,一直忙到黑压压的畜群从通向草原的路上回圈的时候。一轮落日在后边沉下去,低低的光线,穿过尘埃,投到鼓鼓的牛肚子上。送来一阵阵鲜奶气,大门都吱吱地响起来。女人们的声音互相呼应着。

一堆堆辩论的人群开始散去了。街上的人都走空了。只有村苏维埃旁边还有影影绰绰的人影,砰砰地甩着门,出出进进。黄色的灯光从百叶窗里透出来。明天村苏维埃主席和文书的人选已经确定了,他们都是村里最穷苦、最精干的年轻人。富农家里的存粮,大致的数目已经摸到了。看来一切事情都进行得很顺利。

连村苏维埃旁边的广场上,也寂无人影了。北斗星在高高的白杨上空闪烁。当然，如果你不用城市人的耳朵，而用乡下人的耳朵，在这静寂的夜里谛听，一定可以辨出一些听不惯的声音，比如远远的草原上的马蹄声。可是，深夜里难道就没有人骑行外出吗……

队里的总务查莫金弄来面包、鸡蛋和酸牛奶。柯马罗夫、瑞林、沉默寡言的两弟兄维堡和患坏血病的费吉琴（他们都是普梯洛夫工厂同一车间的工人），吃完了晚饭。伊凡·戈拉稍稍打开百叶窗说：

"这种下等烟草味，真把人熏得恶心……"

夜漆黑、湿润而寂静，甚至连狗都不再狂吠了。遮住了几颗星儿的白杨，懒洋洋地沙沙作响……查莫金报告说，院里有一个很精致的敞棚，虽然没有屋顶，可是里边干净，而且宽绰……

"黄昏时分，有个女人在这里转来转去，说：'同志们，你们需不需要什么东西？'我叫她拿点干草来。"

"有个女人转来转去？"伊凡·戈拉吃惊地问。

"队长同志，她真是自己人。我并不是一下子就去接近她的，而是满心怀疑地说：'你在这里闻什么，小胖娘们？也许是烧好洗澡水了吧？'""你这傻瓜！"伊凡·戈拉跺着靴子，大笑起来，"呵，弟兄们，我们到敞棚里去吧。"

大家都认为环境没有什么危险。可是，为了谨慎起见，仍旧决定轮流守卫。他们带上剩下的面包、皮包、步枪，到敞棚里去了。这里的确很好，很凉爽、宽绰，东倒西歪的破大门，门前的青草送来一阵清香。

"查莫金，你怎么能劈头就问她洗澡的事呢？"

"啊哈。我想，她要一说洗澡，我就马上把她抓起来……"

"真把人笑死了！……"

伊凡·戈拉摇摇头，开始脱靴子，但他想了一下，用不着脱。一个弟兄维堡拿起枪，到大门口去了，七个人躺在铺得薄薄的干草上，于是有的即刻慢悠悠地出着气，有的鼻子呼呼噜噜地就睡着了……

伊凡·戈拉还听见维堡大概在门口站得无聊了，坐在圆木上，重重地靠到敞棚外边的木板上。交错的橡梁，在头顶上模糊的发着黑色，顿河的大星星闪烁着。

突然，伊凡·戈拉没睁开眼睛就抬起身来：他觉得有什么东西撞到敞棚的墙上，仿佛有人呻吟。但是，门哗啦声倒塌了，一声刺耳的惨叫使伊凡·戈拉清醒过来。他跳起来，伸着两手。一个发着汗臭气的人，向他扑来，猛地抱住他，扭打起来，一把刀子即刻湿漓漓地刺到他头上……

3

卢甘斯克第一队发觉红军在科诺托普一带被击溃，就从沃罗日布往东南，向哈尔科夫附近的奥斯诺瓦车站退却。

工人部队、军需品、机器、工厂材料，都匆匆忙忙向哈尔科夫撤退。顿涅茨-克里沃罗日共和国人民委员会——顿河流域的布尔什维克政府也撤退了。

当德国人开始进攻的时候，政府主席阿尔焦姆，送了一份最后通牒给德皇威廉，警告他说，与乌克兰毫无关系的顿涅茨-克里沃罗日共和国的边境，如果遭受侵犯，共和国将视为与德国处于战争状态。

这张盖着肮脏的、淡紫色印章的一叠四折的公文，送到了进攻的德军总司令艾赫戈恩将军那里。翻译官把这张惊人的公文，对将军读了三遍。"这是开玩笑吧？"将军问道，"阿尔焦姆同志先生——去他的吧！——将视为与德国处于战争状态。"将军踌躇了片刻：是气破肚皮呢，还是抓住椅背笑得流出眼泪呢……

但是，不管怎样，顿涅茨-克里沃罗日共和国认为与德国处于战争状态了。政府迁到卢甘斯克，同乌克兰红军联合起来，倾全力不让德国

哈尔河天
斯塔得尔

纳普克

斯威斯
第五军

沃米斯

阿多夫尔托,斯
尼股加

小猪河重

洛左厄亚

第三军

沃可尔尼毛尔

斯阿鲁斯

丘斯夫乌大山

第一军

30   0   30   40哩音

人进入顿河流域的工厂和煤矿区。

当时的兵力是寡不敌众的。乌克兰红军五个军团的残部，再加上游击队和匆匆组编的工人队，总共不到两万人。

红军在德国第一军团的几营兵力压力下，往哈尔科夫以东，自北向南一线退却了（西威斯统率的第五军团，驻扎在北边的华鲁克，顿涅茨军驻扎在幽姆，第三军驻扎在洛左瓦亚，第二军驻扎在西尼尔尼柯沃附近，第一军驻扎在亚历山德罗夫斯克以东，阿佐夫附近的草原上）。

哈尔科夫是沿着哈尔科夫—卢甘斯克（在第五军团与顿涅茨军驻扎地之间）的铁道干线撤退的。在这儿，当时应当刻不容缓地建立坚强有力的部队。

伏罗希洛夫的卢甘斯克队，驻扎在这条干线的奥斯诺瓦站，堪称这支部队的核心。加入这支部队的，有卢加什指挥的哈尔科夫的共产军，并且决定联合西威斯的旧第五军。当时由哈尔科夫到卢甘斯克沿线的工人和矿工队也应当加入。这支部队称为第五军团。按照顿涅茨-克里沃罗日共和国政府的决议，任命伏罗希洛夫为本军的指挥员。

伏罗希洛夫在奥斯诺瓦车站开始组织自己的队伍。可是，局势发展急转直下：德国的大批军队，已经开到哈尔科夫附近。卢甘斯克队和共产军，只得由奥斯诺瓦车站退到下一站索米耶沃。

这时得到消息说，在华鲁克的西威斯旧第五军，不能同伏罗希洛夫的部队会合，因为军心完全涣散了……

"……士兵们不去做战斗部署，却大批大批离开自己的防地，到奥斯柯尔河捉鱼……哨兵们都在火线上打牌或睡觉……各种间谍穿越前线进行活动……激烈的枪声，叫人辨不清哪里是流氓在浪费子弹，哪里是真正在作战……"

4

全部军需品都从哈尔科夫撤出来了。当德军占领了凉山，并从那里用大炮对车站轰击的时候；当满载辎重的几辆马车，拼死命往车站大门跟前赶的时候；当空荡荡的街上，不知从哪些屋顶上传来零落枪声的时候——最后一列火车的最后一辆车头，在月台上冒着烟。

误点的原因，只是因为没有找到第五军团参谋长柯里亚·鲁德涅夫，他是个年轻人，伏罗希洛夫派他去协助工程师巴赫瓦洛夫办理哈尔科夫撤退事宜。鲁德涅夫三天三夜没有睡觉了，他大概倒在什么地方睡着了。士兵们惊慌地隔着打破的车窗望着。司机从车头上叫着：

"你妈的，没有看见吗，德军已经把桥包围了！我们要在哈尔科夫过冬吗！"

巴赫瓦洛夫站在火车跟前，怒气冲冲地用破嗓子说。从凉山上射来的炮弹，在铁路上爆炸了。长长的木仓库冒着烟，燃烧着。

最后离开车站，因失眠而浮肿的报务员，突然拼命在门口挥手说："皇家候车室里有一个青年人在睡觉。"

到皇家候车室去，得经过炮火纷飞的广场。鲁德涅夫在一间紫红色的、空荡荡的大厅里，把漂亮的脑袋放在肘上，在办公桌上，无忧无虑地睡着了。他们摇着他，叫他坐起来，他只摇摇头。他们把他架走了。到火车跟前他张开两肘，睁开蓝眼睛，用清晰的声音问道：

"说实在的，怎么回事？"

"鬼家伙，"巴赫瓦洛夫沙着嗓子说，"你还在睡呢，德国人把桥都占了。"

"好极了，我去。"

鲁德涅夫打着呵欠，没有闭上嘴就野头野脑地向四下里张望了一下。他向车头跑去，从前边跳到通过台上，那里架着机枪。所有的车厢

里都喊起来：

"马力上足开车呀！"

火车开足马力，驶到桥跟前。戴着钢盔、穿着灰绿色军服的人们，影影绰绰地在那儿出现了。鲁德涅夫从车头的通过台上，用机枪对他们扫起来。穿灰绿色军服的人影弯着腰，从路基上跑开。火车加快了速度。一节节车厢发出一阵枪声。

火车被硝烟笼罩着，轰隆隆驶过道岔，从躺着战士的车窗里、车顶上，都闪着枪火，像飓风似地从埋伏着的德国士兵跟前驶过去，轰隆隆地响着驶过桥，在转弯的地方消失了。

5

德国的骑兵侦察队，炸毁了丝米耶沃附近的桥梁，这样就截断了从哈尔科夫撤退下来的军车的退路。当铁甲列车从邻近的站前去救援时，德国人在后边也把铁路毁坏了。哈尔科夫的军车和铁甲列车落入了陷阱。

共产军的战士们——约三百名哈尔科夫工人，从前边一列车里冲出来。他们看见兹米耶沃城外的小山上，腾起褐色的烟尘，这是德国人逼近了。

"立——正！"一个满面红光的青年，穿着紧身短皮衣，在士兵队列前，手插着腰，侧着身子，用年轻少壮的大嗓门喊着，"立正！同志们，肚子上生疮了吗！脚底下着火了吗……看齐！……用不着慌张，德国人做梦也没有想到会碰上共产军呢！"

队长卢加什喊着，说着这样刚强的话，战士们受到鼓舞，振奋起来，记起队形和纪律来了。

"机枪前进！军旗到我这边来！"

他在部队前边走着，用指挥刀指着白杨、土屋和篱笆，德国的散兵线，从那里的渠里和坑里射击得愈来愈凶了。

"在枪林弹雨中不要卧倒……冲上去打交手战，弟兄们！"

部队在城市的牧场上展开了。他们没有卧倒，都疯狂地翻过篱笆跑着，谩骂和呐喊，把发射得要熔化了的机枪的嗒嗒声都盖住了。德国的散兵线避免交手战，爬起来逃跑了。铁甲车对准出现过骑兵的小山轰击。山上的骑兵消失了。

傍晚，铁路修复了。军车继续向东开行。遭到德军进攻而逃亡的、愁眉不展的矿工和农民，在大小车站上都向火车跑过来。尖声的女人们，把装着家禽的筐笼、破棉被和枕头，都从车窗里塞进去，叫孩子们坐下。有个妇女抓住母牛的暖烘烘的鼻子，母牛的嘴在静静地嚼着。她含泪说："善心的人们，把它带上吧，把我的命根子也带上吧！"

军车载满了工人和游击队。到古宾斯克站上，火车的数量几乎增加了两倍。可是，当绵延几俄里长的一串车厢和车头，快开到斯瓦托沃的时候，德国人又从南方的草原上出现了。这次是大批人马来到了。

6

德军从南到北，同时开始全线进攻了。尽管红军部队有火热的作战准备，并不放敌人进入顿河流域的心脏，可是统帅部里却出现了极端的紊乱。总指挥部下命令，五个军团的军长们，却都按自己的判断，适应着当地的情况及部队的军心去作战。

沿着正在撤退的军队和正在组织伏罗希洛夫第五兵团的铁道干线以南，在幽姆城里驻扎着顿涅茨军，有一千来人。当幽姆附近发现德军侦察队时，顿涅茨军军长就请求增援。

总指挥部派兹纳明斯基队去支援。这队人马唱着歌，拉着手风琴，吹着口哨，乘坐四列火车出发了。按照已往的经验教训，军长不让他们入城。部队下了车，就在奥斯柯尔河桥头的牧场上，开起露天大会来。那些想叫他们守一点秩序，叫他们去占领阵地的企图，都归于无用。他们叫嚷着，说他们自己晓得德军在什么地方和怎样同他们作战，要求让他们进城，要求把军长交给他们处置，最后就隔着奥斯柯尔河对幽姆开起火来。结果，只得调铁甲列车来，在铁甲列车的大炮掩护下，军长把自己的已经开始动摇的军队，从城里撤出去，向东方开去了。

兹纳明斯基队向军车扑去，搭上车，就沿着乡村与城市开去了。把幽姆城放弃了。偏南一点，在洛左夫村附近的第三军右翼就空虚起来。

这时，第三军进攻了。第三军军长向总指挥部报告说：

"……本军各部，均已下车，进攻秩序甚佳。第三军谨代表各部队，宣布它决不后退。不过全军只有五千人，没有预备队，左右两翼，均无保障。"

受到第三军猛攻的德军，调来了援军——铁甲列车、装甲汽车、德国步兵和"盖达马克"骑兵。但是第三军的无产阶级部队和各游击队，把关于德军百战百胜的一切观念都推翻了，继续打击他们，驱逐他们，抓了俘虏，缴获了机枪、军旗、大炮、装甲汽车。

不吃饭，不睡觉，一连进攻了四天。军队突出防线很远了。援军没有开来，没有人去替换那些筋疲力尽的战士们。

四月十九日早晨，德军插入空虚的侧翼，向列宁营、塔夫利营及苏维埃第一营等优秀部队发动进攻，同时，德国骑兵突破了中央阵地。两翼在进行抵抗。在这次战斗里，第三军损失了一半人。残部在列宁营的掩护下，开始退却。

直到夜间，才摆脱了同敌人的接触。可是光荣的列宁营，生还的只有经过顽强战斗、用破布扎着伤口的十来个负伤的英雄。

在第三军南边布防的第二军，也退却了。军长绝望地向总指挥部报告说：

"当一个光杆军长，或有军队而必须到处一点一滴地去收集他们，实在是无聊。这些与本军毫无关联的各部队，是动摇不定的，一遇战斗就坐上火车逃亡了……"

7

当德军在斯瓦托沃车站（第五军团的列车由那里通过）附近出现的时候，那里只驻扎着戈斯特米洛夫七拼八凑的队伍。这时伏罗希洛夫巩固了卢甘斯克，训练、武装了部队，由近郊各村里招募了志愿兵。加尔特曼工厂里日夜都在制造铁甲车和装甲敞车。中国工人也编了一个团。

早晨三点，德军向斯瓦托沃进攻了。装甲汽车的马达，在天还未亮的草原上吼起来，"盖达马克"部队在晨曦的寒光中，隐隐约约出现了。德国步兵散兵线向前推进。草原被大炮的火光照射着。

向东行驶的列车，通过斯瓦托沃，拼命在怒吼。一份份电报向伏罗希洛夫飞来。戈斯特米洛夫队的中坚，由一百七十名战士和四门野战炮组成。右翼是普尔曼式车厢上架着两门炮的"闪电"游击队。左翼——距车站半俄里远——有左派社会革命党的两队人，都卧在战壕里，他们也有两门炮，架在后边的村道上。

在晨曦中，在炮火的闪烁下，映出飞驰的装甲车的影子，处在前面的社会革命党的散兵线，丢枪弃甲，在弹雨下不顾死活地逃亡了。戈斯特米洛夫骑着马，往铁路跟前，往机枪跟前，飞驰而去。

"对准那些坏蛋打！"他指着那些逃跑的士兵，野头野脑地对机枪手们喊着，把疯狂的马勒回头来。左派社会革命党在前后的火力夹攻下，在自己的大炮后边倒下了。惊慌被制止住了。"闪电"游击队的大炮、机枪和铁路路基上架的机枪、先头部队的四门野战炮，都把火力集中起来，对准德军的装甲车和在装甲车后边的"盖达马克"骑兵连的散兵线打起来。

一辆装甲车停下来，翻了；第二辆被硝烟笼罩着，燃烧起来；第三辆好像瞎子似的，兜着圈子，翻了……"盖达马克"骑兵连掉头回草原去了……一列游击队的火车，呜呜地叫着，冒着烟，从西边开来增援了。德军的六门大炮，喷着闪电似的火光，在近郊的小山上，对着我们的炮位、车站及驶近的军车，轰击起来。军车里载的游击队开始下车，可是，兵士们逡巡不前，都扑到火车跟前，列车在炮火下开跑了。

太阳升到尘土飞扬的草原上，升到笼罩在烟火中的车站上。德国人用飓风似的炮火猛轰着。戈斯特米洛夫只剩下两门炮和几乎不到一半的机枪。社会革命党的部队被消灭了。一百七十人的先头部队，生还的不到一百人。炮队的所有马匹，全被打死了……德军的装甲车、"盖达马克"的骑兵连，又发动进攻了……戈斯特米洛夫下令把剩下的两门炮，用手拉着装到敞车上，坚持到载着军需的最后一辆车厢，离开车站……

"坚持到底，弟兄们！我们浴血苦战，弟兄们……我们决不把革命的财产交给恶徒们！"

一列不长的列车，拼着老车头的全速，从东方开来。火车轰隆隆地响着，停下了。一百五十来名士兵的一队人，从车上下来，这是伏罗希洛夫军里派来的人。

于是在装到敞车上的两门大炮和普尔曼式车厢上"闪电"游击队的两门大炮的炮火的掩护下，这一百五十人和戈斯特米洛夫的以及"闪电"游击队的残部——几乎全都是受伤的，震聋了的——都扑上前去，展开白刃战的反攻了。于是第二次击退了德国人和"盖达马克"。

午后两点，戈斯特米洛夫带着全部军需和残余的大炮，往东向加班尼车站退去，伏罗希洛夫的军车——有两千人，未带炮兵，已经从卢甘斯克开到加班尼了。

8

戈斯特米洛夫翘着髭须，头上裹着伤，进到军长的车厢里。伏罗希洛夫和鲁德涅夫，坐在专车里，研究地图。

"见鬼！"戈斯特米洛夫喊道，"埋头看起地图来了！下命令进攻吧！"

他的面颊抽搐着，喷着怒火的眼睛，有时缩到睫毛里，像月亮躲在云里似的。

"鬼东西！到晚上我们就要把他们消灭掉！我们给他们准备好绞肉机，把他们绞成肉泥，鬼东西！"

他挥着手，在小专车车厢里来回踱着，身上发出一股强烈的汗臭气、火药气……

"坐下吧，"伏罗希洛夫说，"抽支烟吧，平一平气。我派侦察队到斯瓦托沃去了。情况非常严重。"

"去你的情况严重吧！去你的吧，你还算什么军长！进攻！这就是全部情况！"他粗野地向鲁德涅夫望了一眼，"你这一位是谁？参谋长吗？参谋长，给我半杯酒精吧……我真要死了，鬼东西！"

戈斯特米洛夫突然把裹着伤的头，垂到放在桌上的两只脏手上，牙齿咬得咯咯响。伏罗希洛夫用眼睛对鲁德涅夫示意——要他拿酒精来。他站起来，弯下腰，把手放到戈斯特米洛夫发抖的脊背上。

"请到我的包房里躺一躺。你今天够累的了。"

"啊哈，狗崽子，狗崽子，"戈斯特米洛夫咬着牙，反复说，"他们是怎么收拾我们的……不！（他往后一仰，用拳头击了一下。）这些'盖达马克'！这些孬种！啊哈，我要亲手用机枪干掉他们……"

他从玻璃杯里喝了一口酒精，杯子还在牙齿上碰得发响，他马上镇静下来，面颊不抽搐了，目光呆滞。伏罗希洛夫又坐下研究地图，严肃地低声说：

"事情是这样的：顿涅茨军、第三军和第二军在退却。第一军溃散了。在华鲁克的西威斯的情况，我晚上就可以知道。但他大概要向北退却。总指挥部坚决要求我们收复斯瓦托沃。我要去执行这个战斗命令。可是，我相信我们已经落入口袋里了：明后天我们就得往卢甘斯克撤退。卢甘斯克多半也要丢给德国人。你瞧瞧地图吧……他们在什么地方……"

戈斯特米洛夫呆滞的眼睛，注视着军长用坚硬的指甲在地图上，在卢甘斯克西南划了一道线。

"德军会进攻德巴采夫……从那里攻击里哈车站，那就要把我们的退路截断……"戈斯特米洛夫瘦骨嶙峋的肩膀，耸到耳朵跟前，"主要的任务是要保存我们的实力和军需品……我们眼下退却，可是，到我们卷土重来的时候，我们所带的不是游击队，而是正规军了……在列车上叫人一批批把我们干掉，可不是闹着玩的……你明白吗?"

9

阿廖什卡朝后甩着头发，赤着脚在街上往涅戈金院里跑。趁课间休息，他从学校里到苏维埃去了一趟，玛丽亚现在在那儿的宣传部门工作。他母亲吩咐他把刚才收到的一封贴满了邮票的信，一口气送给亚丽萍。

街上空寂无人，人们都上田里干活去了。只有一所砖房跟前，拴在白杨树上的几匹乘马在嘶叫。阿廖什卡翻过篱笆墙，在樱桃园里找到亚丽萍，她正在树旁掘土。亚丽萍把头巾下的湿发理了理，默默地接过贴着一长串邮票的信封。

"我不认字，"她低声说，"你念一念吧。"

她坐到一棵锯倒的老白杨树上，抱着双膝。阿廖什卡蹲到她面前，结结巴巴读起来，她皱起黑眉头，脸色发白了：

"您好，亚丽萍，您近况怎样？我常常想念您。我想我们该早一点见面，可是耽误了。现在一切都过去了，我头上的伤长上了，肋骨也接好了。在康斯坦丁诺夫卡村，富农们把我们全队人都杀了，夜间在敞棚里用斧子砍死的。只剩我一个人活着，我到现在还奇怪这件事，不晓得什么人保佑了我？大概是因为我不想死。我被送到米列罗沃的医院里，我请求不要留在康斯坦丁诺夫卡：富农们反正要在那里想方设法把我干掉的……可惜那些同志们：他们都是果敢、忠实的人，这样的人是找不来的……他们都是非常的人，都残酷地牺牲了。第一，这要归罪于我自己警惕性不够……现在，我的伤好了，我们要同康斯坦丁诺夫卡村的富农们严肃地谈判一次。亚丽萍，再见吧。在医院里没事做，总是想念您，原谅我……敬礼。伊凡·戈拉。"

阿廖什卡抬起眼睛。亚丽萍坐着，垂下睫毛，她的嘴发青，脸色苍白。阿廖什卡害怕起来，小心地把信和贴着邮票的信封，放到她膝上，悄悄地出了樱桃园，到街上又跑起来，朝后甩着头发，他觉得自己是一匹马，他甚至低声说："吁——驾——驾。"

在拴着马的白杨树跟前，站着两个愁容满面的前线士兵——安德烈·柯索拉波夫和瓦赫拉姆·里亚比切夫。

第三个人重重地把篱笆门扑通一关，来到他俩跟前……（阿廖什卡低声说："站住。"踏着脚踵，站起来看着。）第三个人是安尼克，他像狗熊似的，摆动着有力的尖肩膀走着，古铜色的圆脸上，生着卷曲的短髭。

"哥萨克们，你们的政权，"安尼克用铜钟般的声音说，"就等着出卖你们呢。"他解开马，当他骑上马的时候，马跳了一下，两个前线士兵也解开马，骑上。

"哥萨克们，现在快点顺着屯子跑吧。"

三个人一齐飞驰着走了。阿廖什卡看着灰尘在马蹄下扬起来。柯索拉波夫的快活的马乱蹦乱跳，总想用屁股去挤安尼克的小马。哥萨克们在转弯的地方不见了。亚丽萍在街上匆匆地走着，褐色的裙子在膝盖上飘动。

"阿廖什卡，"她气喘吁吁地喊道，"你上哪儿去?"她抓住他的肩膀，"你再念一遍……也许那还有什么事呢……"说着，弯下腰，用没有光泽的眼睛望着他。

"不，我统统都念过了，亚丽萍……"

"劳驾吧，从头再念一遍……"

远远的枪声，从其尔河那边传来。马蹄声又响起来了。柯索拉波夫和瓦赫拉姆又从转弯的地方出现了。他们在通往苏维埃的街上拼命飞驰。一分钟后，安尼克飞驰过去，不拐弯，一直顺着通到顿河上五家村方向的道路驰去了。

亚丽萍把阿廖什卡和玛丽亚送到斯捷潘家里，玛丽亚失魂落魄地从苏维埃跑出来，去找她顶小的孩子，一只长腿的瘦狗，殷勤地把她引到菜园里，被枪声吓坏了的米什卡，在樱桃树下啼哭。

斯捷潘也从地里跑来了。他把通到门廊的门插起来，坐到小窗口，这样可以望见街上。

"这是些苏沃洛夫村的人，"他说，"是些很厉害的哥萨克。来了两三队人马……大白天……也就是说，他们这里是有人手的……"

对村子开枪射击。街上死气沉沉。一只公鸡突然鼓着翅膀，从街上飞跑过去。斯捷潘皱着眉头。玛丽亚提心吊胆对他说：

"斯捷潘，最好你离开窗口吧。"

一个骑马的人，贴在飞奔的马匹的鬃毛上，跟在疯狂的公鸡后边，从窗口闪过去。枪声很近，仿佛在屋角后边似的。米什卡扑到母亲膝下。站在炉子跟前的亚丽萍说：

"他走了。这是别契卡·沃斯特罗德莫夫，是革命军事委员会的秘书……他有一匹好马……"

十名大胡子哥萨克，裤子上镶着镶条，黑色紧身军衣上戴着肩章，骑着马，在后边追，他们在马背上高高地挺着身子，笨拙地、沉重地挥舞着马刀……

"苏沃洛夫村的扒灰头们，"亚丽萍又说，"色鬼。"

斯捷潘冷笑了一下，摇摇头：

"瞧着吧，他们要收拾外乡人了……"

阿廖什卡不怕枪声，也不怕佩着马刀的骑兵，可是斯捷潘说"要收拾外乡人"的时候，阿廖什卡心里发起慌来，他走到亚丽萍跟前，紧贴在她那石头似的大腿上。

街上热闹起来。篱笆门呼呼地响，年老的哥萨克走出大门，聊起来，可是，总不远离大门。涅戈金穿着制服，佩着马刀，从斯捷潘房子的斜对面出来。衣领勒着他的脖子，干枯的卷须，发着乌鸦毛似的光辉。他翘着胡须，涨红着脸，对邻居叫道：

"好运气！……"

邻居答道：

"好运气……这种瘟疫早就该铲除的。"

"顿河从前屹立着呢，现在还要屹立着呢！"涅戈金嚷道，"我们这块肉，共产党是吞不了的……"

哥萨克们都直挺挺地站在大门口。涅戈金的白牙和蓝眼睛都发着光辉，挺精神地行着举手礼。一队人马从街上飞驰而过。一个高个子军官，留着淡色的大胡子，穿着白色镶银带的切尔克斯装，戴着白羔皮帽子，骑着马，走在前边。他威严地、锐敏地左顾右盼着，勒着那匹一蹦三跳的小黑马，向哥萨克们回着礼。

"……马蒙托夫！"斯捷潘喊了一声，"雄鹰啊！瞧着吧……"

在圣十字广场上，在白色的教堂和粉白色的砖砌的店铺中间，有几百个下其尔村的哥萨克人，都穿着制服，佩着马刀，胡子梳得整整齐齐，在听马蒙托夫将军讲话。徒步的哥萨克们站着，他骑在马上演说，波波夫大模大样地鼓着嘴唇，牵着马辔头。

前排一本正经地站着村苏维埃的成员：瘦弱的主席波波夫白发苍苍，雄赳赳的教会助祭——村苏维埃文书格列米亚切夫棕色头发，脚上穿着长筒靴，靴筒深及膝盖，那是奥地利长筒靴。古里耶夫身穿全副制服，嘴上留着一圈胡子，笔直地站着……

马蒙托夫一只手插在腰里，另一只戴着亮晶晶的戒指的手，忽而指向蔚蓝的天空，忽而伸向"善良的"哥萨克们，他噙着眼泪说：

"……哥萨克们：在我们的无辜受难的君主统治下，你们显然过的日子很苦吧？从前哥萨克的工作有这样苦吗？静静的顿河有这样浅吗？或者，哥萨克的房子有这样破烂吗？仓库有这样空吗？村里的家畜有这样瘦吗？他们把自己的君主出卖了……把上帝的教堂出卖了……把哥萨克的自由出卖了。莫斯科那些耍笔杆的人，社会主义者、共产主义者们，都骑到哥萨克的脖子上来了……哥萨克，怎么呢，他们游荡过，尝过革命的滋味。将来就这样了吗？"他用鼓出的眼睛，望着村民们，他们默默地望着他，"现在告诉你们，莫斯科的共产党想收拾我们……想把顿河的全部粮食拿去，把村里的家畜都赶去。他们要把哥萨克天赋的土地，都交给外乡人……把你们也交给外乡人和犹太人，永远做奴隶……哥萨克啊，醒醒吧！……还不晚……哥萨克的马刀还快着呢……"

哥萨克都呼呼地出着气，红着脸，听他讲话。可是他威风凛凛地在马鞍上转过身去，指着说：

"距这里五十俄里的察里津，就是布尔什维克的堡垒。察里津一天在他们手里，顿河的心脏就不为哥萨克所有了。苏沃洛夫村、下其尔村、五家村，以及为拥护故乡顿河的自由而起义的其他乡镇与村庄，都应当组织军队，首先把察里津夺回来……我代表顿河享有盛名的军事领袖克拉斯诺夫将军，为此向大家致敬……”马蒙托夫脱下白羔皮帽，从马背上向三面深深地鞠了躬。哥萨克同情地私语着，“领袖叫你们即刻动员一切，由二十岁到五十岁能执枪的哥萨克人和外乡人，来保卫故乡顿河区，叫即刻展开第二十三和第六顿河哥萨克团，并且把动员来的人同他们联合起来。凡逃避动员的人，要受逮捕和鞭打的处分……哥萨克们，你们想一下吧，别坐失时机。请做出英明的决定吧。我自己补充一点：上帝啊，我相信静静的顿河是坚不可摧的。哥萨克们，我已经预知你们的决定了，我深深地向你们致敬：谢谢你们。特别要谢谢我的金鹰……”

将军又对哥萨克们，特别对原来的村苏维埃委员们鞠了一躬。

涅戈金步行着由哥萨克大会上回来，突然到斯捷潘房前停住，走到跟前，把胡须和鼻子紧贴到玻璃上，眯缝起眼睛望了望，斯捷潘打开了小窗。

“请进来吧，涅戈金，你这样干什么？”

涅戈金没有回答，把整个头从小窗口伸进来。

“亚丽萍在这里吗……亚丽萍在这里……白天在这里，夜里也在这里……”

“她总在照顾孩子们。”斯捷潘息事宁人地答道。

“为了这个工作，你给她工钱，管她吃，管她喝吗？……这是什么风俗呢？是哥萨克的吗，或是外乡人的风俗呢？”

“是外乡人的！”亚丽萍大声说。扑通一声把门一关就出来了。当亚丽萍斜着穿过街心的时候，涅戈金望了望她的背影。又把头伸进窗口……

“是你教这姑娘这样回答的吗？我再见她在你院子里，我就把你的喉咙割断。你妈妈的！……”

涅戈金咬着牙，嘬着嘴唇，身上发出一股酒气。

"你记住了吗?"

"请你走吧,涅戈金……"

"啊,这个……"涅戈金把恶狠狠的、无赖的眼睛,转到坐在炉旁的玛丽亚身上,"这个彼得格勒的……是你的老婆呢,还是妞头呢?我们该怎么说呢?"

玛丽亚张开口,惊叹了一声。斯捷潘皱起眉头来:

"你用不着乱嚷嚷,涅戈金,我不想跟你打架……"

涅戈金乐起来,向后一仰,哈哈大笑起来。又连肩膀一并伸进窗口,说:

"女共产党,你逃不脱的,斯捷潘,你的把戏毫无用处……啊哈,你这混蛋!(他又翘起胡须)宣传煽动呀!"

当斯捷潘挥了一下拳头,他就连忙躲避着,把头从窗口缩回去。他整了整皮腰带,威吓说:

"明天备好马,动员了。"

亚丽萍把马牵到其尔河边,饮了牛,把鸡赶到条子编的泥糊鸡笼里,往菜园里提了三十来桶水,不知道还做点什么好,只是别到屋里去,因为涅戈金没点灯,坐在桌子跟前抽纸烟(这是马蒙托夫送给哥萨克的礼物)……当时虽然黄昏了,看不清,亚丽萍仍然打开敞棚门,从木钉上取下一个破套包,坐到门槛上补起来。

她低低地弯着腰,把马套包夹到有力的两膝间,用长锥子钻着皮子,勒着线绳。两只蝙蝠在渐渐暗淡的晚霞中飞翔着,在亚丽萍的头顶上愈飞愈低。

"我现在去对谁诉苦呢?去找谁保护呢?哥哥米柯拉远在前方。我要是一个哥萨克女子,也许他们不会来糟蹋我。可我是一个外乡女子,孤零零的,是容易被人欺负的……"她晓得那些村里的人,尤其是像涅戈金这样的东西,现在用指甲,用牙,是从他们手里挣脱不了的……"逃跑吗?由故乡往哪里逃呢?"

亚丽萍抬起头来，满心烦愁地望着樱桃树枝后面暗淡的晚霞。蝙蝠轻盈地在她头顶上盘旋。

她无声地掀动着嘴唇，一字一字地回味着伊凡·戈拉的信。悄悄到米列罗沃去找他吗？他会严厉地问，你跑来干什么？他会说，我能把你这个笨头笨脑、糊涂懦弱的女人，放到马鞍后边拖着走吗？不，他一定会说，亚丽萍，必要时，我自己会叫你来。又不能告诉他，因为今天看着哥萨克通红的后脑，产生了少女的本能的恐惧才逃出来的，不能说她觉得自己像狼群里的一只羊羔。

当门外响起一阵皮靴铁后跟蛮横的足音和醉醺醺的、强壮的哥萨克的说话声时，亚丽萍不眨眼地往暮色中凝视着，更紧地抱着两膝。突如其来的树叶的沙沙声，把她完全吓呆了：一只猫从篱笆上跳进了樱桃园……

房门开了，涅戈金只穿一件衬衫，走进院子，他的衬衫塞在带镶条的裤子里。他又开两腿小便。随后踉跄地打开了篱笆门。听见远远传来又像犬吠，又像人叫的声音……

"他们在打呢，"他说，"在打呢……"

他踏着沉重的脚步，离开大门，用沙哑的声音说："刘海头，刘海头啊，你乐吧，哥萨克年轻着呢……"

一见亚丽萍的裙衫，在开着的敞棚门口模糊地发着白光，他突然站住了。

"亚丽萍！（她没有抬头，看不清什么地方长锥子乱钻。）亚丽萍！"涅戈金拼命又叫了一声，"得啦……咱们交个朋友吧……你知道，现在是什么时候吗？战争来了……狗革命军事委员会、苏维埃，要连根……"他慢慢地、狠狠地捏起拳头，"我们磨起马刀来，把共产党连根斩……啊哈，你真好看啊！"

他沉重地坐到敞棚的门槛上，用靴子搔着地，抓住亚丽萍的肩膀，把她的脸转过来，对着自己，艰难地呼吸着，一股热腾腾的蒜气和酒气，朝她的脸扑来。亚丽萍把肩膀挣脱出来，但是他的手像石头一样，他张着鼻孔，吸着空气。

"好好的，好好的，母狗……"

他们默默地搏斗着……他只有一次松开手，想把夹在亚丽萍两膝间的马套包甩开。

"玛丽亚，要是我们把你送到屯子里，这一点用也没有……大概骑马的人们，带着这公文，各屯子都去过了……（斯捷播反复读着用打字机打的新村长关于推翻苏维埃政权和动员的命令。）你只有一条路，到彼得格勒去……"

"不，"玛丽亚断然回答说，"我不去那里。"

"正是这样，你不去……在这儿总可以照管一些事情……母牛早晚要挤奶……鸭和小猪会丢了的……哎呀，我的天啊，一切都乱套了……你找村长去，把护照给他看看，你不是党员啊……"

"不，"玛丽亚又固执地答道，"对沙皇我都不低头……"

"这儿没有人害你，你静静地坐一坐吧……"

斯捷潘很快走过去，把小窗开了一点，一动不动地听着。他的大鼻子和下垂的嘴唇，在灰色的窗玻璃上，惨淡地发着黑色……

"另一个人在叫……他们在打他呢，混蛋……啊，你说我怎么来逃避动员吗？他们会用探条抽呢……我的兄弟伊凡，那另是一回事了……万卡是受过教育的人，他不能昧着良心……可是我干吗要撅起屁股挨他们揍呢？"

"你去打伊凡吗？"玛丽亚低声问。（她依然坐在炉旁的板凳上。）

"我怎么会去打伊凡呢？……你糊涂了吧……"

"人家动员你去打谁呢？去打自己的工人呢。"

"哎呀，我的天啊，"斯捷潘烦恼地把小窗呼地一关，"你们老是这样，你们这些文明人……可我们这些人呢，心里正在想的时候，一切就已经做完了……呵，要是做坏人，也就算了。可是，你们总是深谋远虑，你们这些城里人有的是工夫吧？……我躲到哪儿去逃避动员呢？逃到草原上去吗？我到那儿去干什么呢？去逮土拨鼠吗？”

玛丽亚依然不慌不忙地低声回答说：

“你不是一个人，你还有别人……应当知道，谁是你的朋友，谁是你的敌人……你在苏维埃政权下生活过吗？……”

“呵，生活过……”

“可是，在哥萨克政权下，就脱裤子……”

“呸，同女人谈话简直是石臼里捣水，瞎费力……你说我该上哪儿去呢？”

“你去做动员呀……去动员像你这样的人，他们有成千上万呢……每一颗子弹都是发去打工人的……要是你牢牢记住这些话，哥萨克村长们就不会仗着你们取得多大胜利了……”

“呵，你真傻。他们不会强迫我们开枪吗？……”

“可是他们不能强迫你们命中……”

“不错，这是当然的，开枪是一回事，命中又是一回事……啊哈，玛丽亚……呵，玛丽亚啊……你过去一声不响，简直像一只绵羊。可是现在却说开了……”

他嘟囔着，耸了耸肩，屁股在凳子上扭来扭去……

门从外面被推开了。斯捷潘和玛丽亚转过身来。亚丽萍进来，即刻在门跟前阿廖什卡和米什卡睡的木板床上坐下来。她连忙小心翼翼把一件什么东西放到自己跟前的床上。在门的那一面，在瓦脸盆上边，挂着带嘴的水罐。亚丽萍对它望了一眼……就连忙起身，洗过手，用衣襟把手擦了擦，又坐下来，低低地垂下头。

玛丽亚默默地挺起腰，望着这位姑娘。玛丽亚隐约可辨的白脸，仿佛总在发颤。亚丽萍跳起来，抓起她带来的东西，扔到地下，就又到脸盆跟前，再洗起手来。她耸起的两肩颤抖着。斯捷潘从椅子上弯下腰，把她扔在地上的东西拾起来：那原是一把锥子，锥子的木把粘他的手。玛丽亚又看了看斯捷潘拿过锥子的手。她仿佛猜到了似的，捧着两颊，呻吟着，大声惊叫起来……亚丽萍坐在旁边，摇着头。斯捷潘开口说：

"你干下什么事了，亚丽萍？"

亚丽萍哑着嗓子答道：

"我把涅戈金杀了……"

"涅戈金？你瞎说吧？把他杀了吗？"

"我记不得……我什么也记不得了……"

玛丽亚连忙坐到亚丽萍跟前，拥抱她，把她的头紧紧搂在自己怀里。那姑娘浑身发抖，就像在凛冽的寒风里光着身子似的。

亚丽萍连夜逃走了。玛丽亚用自己的床单给她做了一个包袱，虽然舍不得，可是，依然把一条没有穿过的半丝半棉的深红色裙子送给了她。

亚丽萍的裙子，在涅戈金把她挤到敞棚门口同她纠缠的时候，完全被撕毁了，她筋疲力尽，几乎失掉知觉，觉得手里紧握着一把锥子，于是就把它刺进了涅戈金呼吸急促的胸膛。

她在黑暗里，低声对玛丽亚说：

"我恶心，我想发呕，最好我光着身子走，把这血污的布衫、裙子扔掉……"

于是，玛丽亚就把自己的深红色的裙子送给她了。斯捷潘也赞同说："当然，像这样可怕的事情，你应该走远一点好，你到其尔村搭火车，到卢甘斯克，到卡缅斯基村或米列罗沃去吧……找点工作，那儿不会向你要护照……"

亚丽萍从菜园里走了。黎明时分离开大路，向弯弯曲曲、还浸沉在夜色里的其尔河走去，把破衣服扔在灌木丛里。她尽力用湿沙把全身擦了好久，蹲下去，钻到冰冷的水里，于是觉得神清气爽，摇着湿头发，又顺着通往其尔村的路上去了。

10

　　涅戈金被杀已经三天了。没有抓到逃走的亚丽萍：当时非常紧张忙乱，到各屯子里查问了一下就搁置起来了。各乡镇村落，都在推翻苏维埃政权。在菜园里，在干草场里，都捉起共产党来，在草原上追捕着他们。马蒙托夫编的第一批白党军队与察里津的工人队伍，已经隔着顿河对打起来。两岸船只都被打沉，渡船都被毁坏了。

　　一辆单乘马车，从五家村沿着顿河岸上的大路，徐徐地走着，然后下了土坡，路的左边就是大铁桥，右边是雷契柯夫屯子，前边就是其尔村。没长胡子的哥萨克青年，有的穿着城市的西装上装，有的穿着衬衣，可是全都戴着崭新的红边蓝军帽，垂着头，在车轮跟前走着。他们四个人，都带着步枪。第五个人横坐在车边上，脚踵擦着轮辐，用缰绳驱着勉强从沙地里拉着车的汗湿的小马。

　　车里的干草上，躺着安尼克，浮肿发青的圆脸结着血斑，眼睛流着泪，嘴唇被打破了，头上包着一块沾满血污的脏布，两手用皮缰绳绑着。

　　当道路拐向距车站十六俄里远的下其尔村去的平原上的时候，在西边黎森山麓的小丘上，隐约出现了三个骑兵，后来又有两个从山谷里跳出来，来到他们跟前。骑兵们一动不动地站着。马车停下来。一个哥萨克青年，恐惧地从车上跳下来，走到伙伴们跟前，他们就远远地望着那几个骑兵，手里无目的地转动着步枪……

　　安尼克艰难地抬起肩膀，靠到车缘上。他那青紫的、渗着血的眼睛，眯成一道小缝，往结实的胸膛里吸了一口气，哑着嗓子说：

　　"给我一点水喝……"

　　一个哥萨克青年走到车前面，从铺的草下边，掏出一只装着温水的瓶子，送到安尼克肿了的嘴边。他喝过水，勉强地说：

"叶戈尔，是你吗?"

"是我，安尼克。"

"你不害羞吗?"

"我的老子吩咐我带你走。你自己晓得他，我怎么能不听从呢?……"

另一个哥萨克青年戴着一顶大帽子，仰着干瘦的红脸，想从扣到眼上的帽缘下边，看得更清楚些，恶狠狠地说：

"呵，怎么办呢? 在这儿站到天黑吗? 叶戈尔，走吧……"

叶戈尔拿起缰绳勒了一下，赶着车，跟在轮子旁边走起来。骑兵们转过身去，在山丘上，也朝同一个方向徐徐地走去了。

"弟兄们，"安尼克说，"竟有这样的事情，你们最好还是把我放了吧。"

"别作声!"戴大帽子的哥萨克青年嚷道。

安尼克垂着头，沉重地呼吸着，马车震动的时候，他就呻吟。

可是，他从眼缝里敏锐地张望着骑兵、草原和哥萨克青年的脸。

"不会有好下场的，"他又说，"黎森高地上是侦察队。如果是白党的骑兵侦察队，我就完了。如果是红军骑兵侦察队，你们就完蛋。有什么好下场呢?"

车又停了。哥萨克青年们低声商议起来。

"哎呀，弟兄们，我心里什么全都翻腾出来了……"安尼克勉强坐到车上，"你们是顿河的年轻弟兄们。又不是从上游的山谷里来的什么蜘蛛，谁连顿河也没见过呢，是五家村的哥萨克。哎呀，哎呀……能有什么好下场呢，你们押解一个闻名的哥萨克到苏沃洛夫村处死刑，你们的声名要流传开的……整个顿河流域的哥萨克，都要歌颂五家村的光荣……昨天打我的都是老哥萨克……他们打我的时候，一个老家伙站着，他带着一包马蒙托夫送的东西说：'你不可能赶走沙皇，小安尼克，不可能……'打我的是这些保皇派……可是青年人没有一个敢往跟前去的……所以，是老家伙们反对咱们……可是你们最好还是把我的手解开，让我逃之夭夭吧……你们就说：马在山谷里打滑，翻了车，于是他就逃跑了……"

两个哥萨克青年似乎被说服了，两人都默默无语，转过身去。安尼克喘着气说：

"大概你们跟我的小万尼亚在一块玩过吧？……我的小万尼亚不会押着你们的老子去被绞死的……将来他的眼睛往哪儿躲呢？"

"我们放了他吧，弟兄们，"青年哥萨克叶戈尔低声说。那个戴大帽子的人，抓住缰绳，照马抽了一下。没有一个人跟着马车走，他就把缰绳丢了。马车又停了。

这几个哥萨克，都是十五六岁的青年。四天前当老哥萨克们把五家村的革命军事委员会和苏维埃推翻以后，头领毕沃瓦罗夫就被推举为村长，他吩咐他们把安尼克押解到苏沃洛夫村，交给马蒙托夫，领取一张收据，并用军法恐吓他们。

青年哥萨克的确远远地望见他们的父亲和别的哥萨克，拿着木棍、禾叉，奔向安尼克痛骂头领毕沃瓦罗夫的广场上。安尼克骂他下令把由桥跟前到车站的铁路拆掉了，尽可能把电线、扬旗、各种各样的铁，都拉到各家里去。毕沃瓦罗夫下命令道："把铁轨也拿走，我们要铁路干什么，我们有公牛，有马，没有铁路顿河也在，将来还在，莫斯科的共产党们，需要铁路来抢我们的粮食呢……"

安尼克因此骂了毕沃瓦罗夫，有好多人都明白他是对的。他还大声疾呼道："宣布动员了！呵，谁打仗还没有打够，谁就去打吧，我们对作战可是已经厌恶到极点了！"

那时老哥萨克扑到他跟前，喊道："你破坏动员，狗东西，共产党！"就下手撕他身上的衣袖和布衫。青年哥萨克看见他打倒了两个，打倒了三个哥萨克，打开一条回家的路。别人乘机用木棒照他头上打了一下，他跪到地上，大家即刻用脚踢，用石头砸，一直打到他不再动弹为止……

"把我的手解开吧，"安尼克说，"让我把鼻子里的血擤一擤也好……"

叶戈尔放下枪，去给他松绑，就在这时，从桥那面，远远的一颗炮弹，匆匆飞啸着，大炮轰隆隆地响，好像棉絮似的一朵白云，在黎森高地上的骑兵们的头顶上炸开来。骑兵们勒回马，在山谷中消失了。

安尼克和青年哥萨克们知道，从昨天起白党的炮兵连已经把桥头占领了。戴大帽子的青年，断然抓住缰绳，抽着马，跟在车子旁边跑去。安尼克溜到干草上。马车颠簸着。他浮肿的面孔像死的一般在来回滚着。

来到平原上。于是，从后边非常近的地方，从其尔村方向，门炮轰隆隆响了一声，转瞬间，又是一炮，震得这样凶，马都打滑了，青年哥萨克从车上跳下来。安尼克跳起米。

"站住！"他睁开睫毛，吼着，"站住，混蛋东西！那是红军。那是亚希姆开到其尔村了。把我放开！"

从桥那边发了一炮，从其尔村又还了一炮。距马车一百来步远的泥土都飞腾起来。安尼克用牙咬着自己手上绑的皮缰绳。在红白两军交织的炮火下，吓昏了的哥萨克青年们，跟在马车后边跑着。马匹沿着通往下其尔村去的道路飞跑。

当他们进到村里的时候，叶戈尔几乎要哭出来似的说：

"安尼克，我们不把你往苏沃洛夫村送了，就把你交到这儿领个收据吧，去你的吧……"

村公所收下安尼克，开了收据，他一直眯缝着眼睛，一动不动地躺着。根据挤在马车周围的哥萨克们的声音，他辨出了熟人，记住了一切。"没有把这只狗打死，可惜，可惜。"这是波波夫在叫。有人捂着他的头，捂着血淋淋的裹伤布，格列米亚切夫的声音说："你想红的，现在可成了红的了……哈——哈——哈……"

安尼克像一具死尸似的躺着。得把他从马车上拖下来。他们抬着他那七普特重的身子，穿过院子，往倒塌的小屋里拉。（因为村长院里所有的地窖和敞棚，都塞满了俘虏。）把他扔到地上，倒锁了门。安尼克细听了一会儿……用牙咬起皮缰绳来。他挣开手，踉踉跄跄地站起来。他摸了摸脸、头和肋骨，弯下腰，把鼻子里的血擤出来，觉得呼吸轻松些了。

两扇不带木框的小窗，用厚木板从外面钉了起来。他隔着板缝，看见荒芜的菜园以及园里向日葵和番茄的烂茎。一个不大的、眉目清秀的孩子来了。他用树条赶着自己，像放风的小马："吁——驾——驾……"越跳越近。安尼克用指甲敲着木板。孩子即刻跑到跟前，爬上窗子，贴到板缝上望。在昏暗里看见一副黑黝黝的肿脸，吓了一跳。安尼克向他招手，咧着肿了的嘴唇，孩子走开了。过后又爬上来。

"好孩子，你是哪家的？"

"我是彼得堡人，是阿廖什卡。"

"是玛丽亚的儿子吗？这我高兴极了。呵，小朋友，你救救我吧。"

"啊，伯伯，"阿廖什卡说着，眼睛闪着光芒，"是谁把你弄成这样了？"

"白党哥萨克们，小弟弟。"

"你大概也把他们教训了一顿吧？"

"那当然啰……你快些去找斯捷潘吧。去对他说：安尼克被打伤押到这里来了。"

"伯伯，可是斯捷潘今天被抓走了……"

"哎呀，哎呀，"安尼克说，"我们的事情糟了。那你得……你胆子大不大吧？"

"还算胆大。我只怕蜘蛛。"

"啊？"安尼克蹲下去，一清二楚地低声说，"阿廖什卡，你快到其尔车站去。那儿有载着士兵的列车，那是莫洛左夫队……当然，他们会挡住你的。或许会开枪，你一点也别怕……你问你母亲要一条白手巾，用白手巾挥……他们捉住你问'你是谁？上哪去？干什么的？'你就说：安尼克派来的人。你就请他们把你领去见亚希姆队长……你瞧，他一知道哥萨克在这儿把苏维埃推翻，他就来了……你告诉亚希姆说：至迟明天早晨就要枪决安尼克呢。亚希姆想必会派人来救我的，你一直把他们带到这儿来……都明白了吗？"

"明白了，"阿廖什卡不住地眨着眼说，"好吧，我照办……"

"你真能干。你们彼得格勒人都是这样……"

"伯伯，我怎么能跑到车站呢？路远着呢。"

"你应当骑马去，小傻瓜。"

"呀，骑马。我会摔下来的……"

"好胆大的人啊，我会摔下来的。我知道斯捷潘的马，那是一匹很有灵性的马：你要跌下来，它会站住的。你跌下来，再骑上……"

"呵，好吧。"阿廖什卡说。（他又从板缝里对安尼克望了一会儿。）叹了一口气，又说："我照办。"

他当心地向四面张望了一下，从菜园里走了，他跑着，翻过了篱笆墙。

暮色很快就上来了。安尼克就在把他摔进屋来的那块地方躺下来。最好是打个盹，可是，不能够：有时细听着，是不是来把他带到村长跟前去审问呢，有时不放心，怕小孩胆一怯，不通知亚希姆。他渴得难受。有一块凉西瓜吃多好啊。

村长的院子里，有个人喊起来："哎呀，弟兄们……哎呀，你们做什么呢！"……根据喊声，可以听出打那人用的不是树条，而是探条。安尼克几乎把胸膛都气炸了，他的心在地板上跳动。他一动不动地躺着。天很快就黑透了。院里一切声音都沉寂了。黑漆漆的、阴云密布的夜，飘散着一阵雨的气味。

120

　　当那最初一阵温暖的、不大的春雨，淅淅沥沥地落到铁屋顶上的时候，安尼克突然睡着了，睡得这样熟，直到手榴弹在附近什么地方爆炸才糊里糊涂跳起来，紧贴到门口的板墙上。

　　手榴弹的爆炸声……枪……可怕的喊叫声……沉重的、疯狂的脚步声……匆匆忙忙的人语声："他在哪里？他在哪里？"

　　阿廖什卡大声喊道："在这里，在这里，同志们……"

　　开始摇晃起门，破起门来，小屋都摇晃起来了。人们喘着热气冲进屋来……安尼克喘着气，伸出手……大家把他架起来，拉到充满着灰尘和杨树叶气味的雨中……

　　"你自己跑得动吗，安尼克？跑吧……不很远，亚希姆派了一辆马车接你来了……"

第七章

1

春风在草原上空追逐着火车头的烟朵。薄云像白烟似的在晴空里飘荡，云影在一条条黑铁似的耕地上，在荒地里的杂草上掠过。火车头的汽笛在吼叫。列车从草原的这一端，一直伸延到另一端。

伏罗希洛夫第五军团的六十列军车，从卢甘斯克徐徐开往米列罗沃，再由那里转向北方，以便冲出德军的包围。

肮脏、生锈的客车上，破门烂壁的货车上、敞车上，都满载着东西：堆积如山的炮弹、炮身坏了的大炮、成捆的步枪、装着子弹的白铁箱、铁板、钢条、马马虎虎用油布和麻袋盖着的机器和机床、装着罐头和白糖的木箱、枕木、铁轨。有些敞车上堆着家用杂物：床、包袱、装着家禽的笼子……

绵羊、山羊在咩咩地叫，小猪在哼唧，什么茶盘或镜子斜放着，把阳光远远地反射到草原上。机枪手躺在车顶上，在机枪旁吸着烟。孩子们坐在车厢的脚踏板上。牛马在火车旁缓缓走动。车头的汽笛响彻草原，挂钩哗啦哗啦响，一串串列车陆续停下来。一群群孩子，光着脚在春草上向前飞跑……

可是，传来一阵熟悉的、可怕的嗡嗡声，遮断了孩子们欢天喜地的喊叫声，遮断了铁器声和车头的汽笛声。银白色的德国飞机闪着光，从天空俯冲下来。

车头顶上、车门口和敞车上，开起枪来……骑兵们飞驰着，把家畜从铁路旁赶开。女人们绝望地从车窗里挥着手，叫着孩子们。飞机凶猛地吼着，低飞着，一个黑球离开了机翼……"卧倒！卧倒！"到处都向在田里的人们喊着。炸弹触着地，爆炸了，尘土、碎木片，都在黄褐色的烟雾里腾空而起，爆炸声在孩子们的惨叫声和拖着青色肠子离开铁路、笨拙地跑着的母牛的惨叫声中消失了。

2

伏罗希洛夫在加班尼车站专车上所说的那件事，恰好发生了。

总指挥部下令，无论如何要把斯瓦托沃夺回来。伏罗希洛夫执行命令，把斯瓦托沃附近一个村子跟前设着风磨的土坡上的德军赶走了，把他们的炮兵连打走了，因为他没有骑兵，所以士兵徒步在拉走的大炮后边，追了好久。参谋长鲁德涅夫向总指挥报告说："现在一切都对我们有利。请火速派两队骑兵及两连炮兵。我们将收复斯瓦托沃。"

但是，他的左翼的局势，却糟糕万分。顿涅茨军、第二和第三军，都继续向东撤退。虽然有些部队非常勇敢，但已经不能进行胜利的战斗，也不能固守防线。当军长们收到总指挥部的命令，叫他们往这里那里移动的时候，他们答道："好，照办。"于是就向那些坐在破车里的他们凌乱嘈杂的部队逃跑的方向移动了，这些部队只知道他们自己的战略。

军长们、指挥员们、参谋长们、党代表们，在这混乱的来去无踪的"车轮战线上"被弄得莫名其妙了。所有联络都中断了。总指挥部迁到顿河流域最北部，米列罗沃到沃罗涅日铁路干线上的利斯基站上。

第三军军长报告总指挥部，说他的部队再不愿离开自己的火车，第三军不再是一个战斗单位了。

顿涅茨军和第二军撤退的速度之快，连电报也追赶不上他们呢。

第一军的残部，失掉了一切方位，往南边的塔干罗格逃去，在那里日夜苦战，摧毁了巴伐利亚的第二十师，他们不知道还该做些什么，于是就撤退了。

第五军的左翼完全空虚了。伏罗希洛夫既没有总指挥部的骑兵，也没有得到炮兵，就开始向卢甘斯克退却了。

当军队正在渡顿涅茨河的时候，德军就追上他们了，可是，遭遇严重的抵抗：这不是采取西徐亚人[1]战略的、一击即溃的列车中的那些部队啊……德军无法摧毁先头部队的抵抗，伏罗希洛夫井然有序地把所有的部队渡到顿涅茨河左岸，随后就把桥梁炸毁了。

在卢甘斯克附近，德军又追上他们了。城市还没有完全撤退，当时应当至少在两天之内，阻止敌人不让进来。德军绕过了前线，从山坡上开着飓风似的炮火，向右翼轰起来。右翼动摇了。士兵们惊慌失措地离开了战壕。那时处在正面的卢甘斯克队和共产主义队，一枪不发，向德军扑去。在刺刀和手榴弹的交手战中被击败的德军，丢掉大炮、全部辎重和飞机，开始仓皇退却，终于溃散了。

自从哈尔科夫以东这些战役开始以来，已经过去八天了。在这异常紧张的时刻，乌克兰红军总指挥被召到莫斯科述职去了。总指挥部完全

---

[1] 黑海沿岸草原一带古代游牧民族的总称。

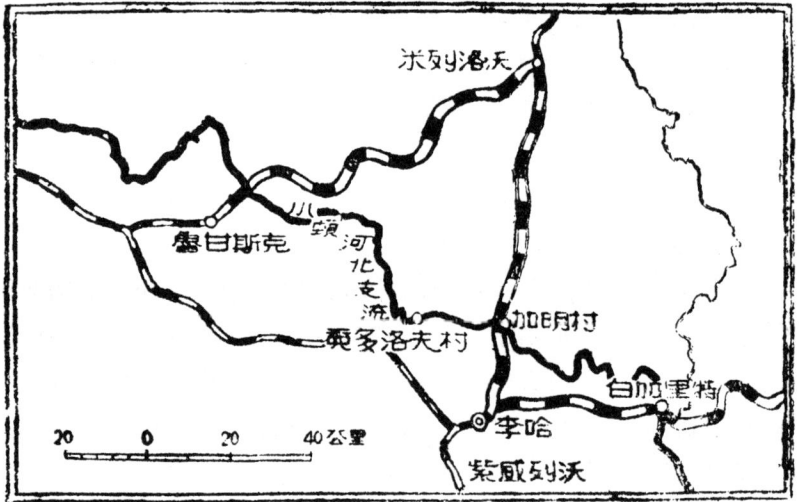

米刻洛夫

曼甘斯克

小颈河北支流

加昭村

奥多洛夫村

白加里特

李哈

紫威列沃

20   0   20   40公里

失掉了统帅能力，绝望地把在车轮上滚来滚去的战线，集中起来，制订了一个模棱两可的新计划：迫使德军深入到车站和桥梁都已被炸毁的顿河流域，同时把主力从战场上撤回，集中起来，进行反攻。

指定卢甘斯克东南的里哈车站，作为集中地点。顿涅茨军和第三军残部，从南向那里开动，伏罗希洛夫的第五军，从北经卢甘斯克开动。

伏罗希洛夫明白把军队集中到里哈车站，是危险而且办不到的事：里哈车站四面空虚，会遭到德军的打击。因此，他没有执行这道不能实现的命令。当卢甘斯克撤退完毕，扼守前线的部队撤回的时候，第五军没有向东南的里哈车站开拔，而是带着六十列军车，带着整编的青年工人、矿工和农民的队伍，往北方的米列罗沃开去了。

3

有一列火车的车头上，飘展着一面黑旗，旗上画着一个骷髅和两节十字交叉的骨头。在头三辆卧车上，里面的半截窗口都用沙袋堵起来，用铅丹在外面写道"让世界资产阶级毁灭吧"。这些车厢里载着无政府主义者的"风暴"队。国内战争的旋涡把他们卷到这里来了。他们笼罩在神秘气氛中。

无政府主义者不许人走近车厢。他们有的穿着轻骑兵的短衣，有的穿着弗列奇式[1]花绒军服，有的穿着剪去下襟的狸皮外套，蓬头乱发上戴着海军军帽，腰带上挂的手榴弹叮当作响，跳到铁道路基上大小便，谁要死死地望着他们这些古里古怪的人，他们就对他们嚷道：

"走开，看什么，快些走开……"

原则上他们没有官长，他们以为一切指挥的企图是侵犯个人自由

---

[1] 缝有四个口袋的军服式扣领短上衣。

的，一切纪律都只是压迫。他们用多数表决，来解决一切问题，他们的大会，称为"会议"[1]。

有时，一个瘦弱的小老头，蓬头乱发，穿着外国的长大衣，戴着柔软的、满是灰尘的黑礼帽，小心地撅着屁股，从车门口爬下来。他露着喉核，翘着苍白的胡须，隔着歪架在扁鼻梁上的夹鼻眼镜，望着天空。显然，他对德国飞机发生了兴趣。他把两手背在背后，弹着满布青筋的手指，踱来踱去，向周围张望，鲜红的嘴唇，洋洋得意地微笑着。

这是本队的空想家，是一九一七年从美国来的无政府主义者雅柯夫·兹洛依。这支队伍在南方草原上，从游击队长雷赫手里把他夺过来的。雷赫叫这个大胆的小老头骑到马上，带着他到处走，因为他很惊讶这个"老玩意儿"能流利地说各种各样的外国语。

当夜色升起，繁星闪烁的辽阔碧空里，浮起一片棉云的时候，在西边，在卢甘斯克那方面，整日响着的德国大炮都沉寂了。远远地泛起一片红光。探照灯的光柱，从草原尽头照射着。列车上处处送来了歌声。

在一辆把内部一切——隔扇和房间都拆除了的普尔曼式车厢里，放着一张有整个车厢那么长的、没有刨过的很窄的木桌子，无政府主义者们皱着眉头，在火光摇曳的残烛旁坐着。这是在举行"联盟会议"呢。

在挥着手枪进行了一阵激烈的辩论以后，因为问题重要，决定会议未完，不准喝酒。雅柯夫做报告。

在下等烟草的烟气笼罩着的车轮隆隆声里，他说：

"……无政府。没有比这再甜蜜的字眼了。没有比这再纯洁的思想了。无政府，或无上的自由——是人类至高的理想……"

雅柯夫灵活的嘴唇微笑着，机灵地隔着歪架在鼻梁上的眼镜，望着听众，津津有味地讲着。

"……无政府主义——是为了无政府，而同一切政权做斗争的……

---

[1] 保持独立存在的各个组织的联合。

我五十二岁了。各国的铁窗风味我都尝过……"

听众们赞叹的笑声，使长桌子上的烛光都摇曳起来。

"我终于得到了自由……我呼吸着无限的自由……我们的任务，就是巩固这最高收获……我们的任务，是创造一个无政府的社会……这是什么意思呢？你们明白我的话吗？"

"说你的吧，说你的吧……"无政府主义者们请他往下说。

"……我们反对任何形式的政权，反对君主政权、资产阶级共和政权，甚至共产主义政权……不论其目的如何，任何政权都是压迫，都是精神自由的监狱……难道不是这样吗？"

"是的，是的……说得对……说下去吧。"有力的声音回答着……坐在桌前，被烛光映照着的，是一群光怪陆离的人：这里有感到生活不自由的黑海水兵，有为种种原因不愿回家的乌克兰的农村青年，有自称教师、大学生，也有自称税吏的长发青年，还有从他们的口音听来，也有不少从敖德萨和赫尔松来的，不愿提及自己的职业和自己的既往的人……

"……我们应当燃起第三次革命的火焰，"雅柯夫在烛前伸开肮脏的细手指说，"无政府主义的第三次大革命……我们将在各国的废墟上，竖起无政府的大旗，因为一切国家都是压迫……别把诸位吓着了吧，首先我们应当打击无产阶级专政……"

"对！说吧，雅柯夫！"人们异口同声称赞说。一个乡下人米柯拉·莫吉拉单独说：

"我们不是为像往谷仓钻的那些检查员一样，来检查我们灵魂的那些委员们而流血的……"

"……我们被编在第五军团里……可是我们和第五军是不能同路走的……我们的道路是奔向无政府主义的宏伟实践。我们目前的任务，就是要夺取拥有稠密而富庶的农民的领土，在那里建立我们的无政府社会，消灭农村对工业城市的一切依赖性……让茅舍用松明当灯吧，松明的光亮对我们比电灯还宝贵呢……我们反对电灯。城市利用电线来进行专政。就让用松明吧：可是，它照耀着农民的自由。我们要打着黑旗，深入农村，在他们的心灵中唤醒对无政府的热望，用我们的短剑去砍断电线……"

"让他们的城市死亡吧。"莫吉拉说。

另一个慢吞吞、懒洋洋地说：

"把城市扰乱得鸡犬不宁，那才好呢。"

一个水兵对这话回答道：

"土包子啊！一辈子就吃甜菜汤和猪油吧。你知道电影是什么吗？还有点心铺？咖啡馆呢？这些在阁下的农村里都样样齐备吗？猪猡啊。"

"本席提议，"另一个人嚷道，"关于城市存在这一问题，另做报告……"

雅柯夫在隆隆的轮声下，本可以滔滔不绝地多讲一阵子漂亮话。但是，那些抽象的讨论，听众有点讨厌了。他们都是有血有肉，实实在在的人。此外，大家都顾虑到他们的手足被缚住了：他们所走的道路，不是他们所希望走的，而是被列车带到那儿去的。丢开火车，徒步去吧，也不可能：在窗口堆着沙袋的"风暴"队的车厢里，装着用流血的劳动换来的财产：十二普特各种各样的金链子、钟表、烟盒、金币、贵重的皮大衣和女斗篷，白糖、咖啡和几桶白兰地酒。

开始讨论报告了。稳健派把争着参加关于无政府主义当前问题争论的热情的年轻人打倒了。一个大眼睛、害着肺病的中学生，想得到问题的答复："对不起，同志们，这是怎么回事？无政府主义排斥暴力，可是，报告人却提议要从夺取领土下手，也就是说，从暴力下手。这是怎么回事呢？"大家对这个乳臭未干的孩子进行恐吓，说要在行驶的列车上，把他隔车窗扔出去。

论争都集中到一点上：从米列罗沃到哪里去？不缴械，冲到大俄罗斯去呢，或是执枪往南，到罗斯托夫，到高加索去？

他们拼命争吵。拳头擂得木桌上的蜡头都跳起来。突然发现，尽管禁止喝酒，但是"会议"有半数人都沉醉到烟雾里了。这么一来，任何高明的结论，这一夜都没有做出来。

4

米列罗沃车站上、月台上、铁路上、空地上、小石子铺的广场上，当时统统都挤满了人、马、车、家畜、大炮的马具、军用的两轮马车。篝火冒着烟，火旁围着大胡子、身穿一股汗酸气军大衣的前线士兵，一堆堆的游击队员在开会，孩子们在哭。农民们在马车上，在家具、孩子和惊慌的女人中间坐着，痛心地凝视着这整个数千人的屯营。

军用列车鸣着汽笛，冒着烟，从卢甘斯克方面开来。可是他们往北方去的道路没有了。那些已经向北方，往利斯基站开出的火车，都停住了：远远的炮声，从地平线那边传过来。

在车站小吃部的屋角里，在乱放着外套、武器和文件的桌旁，顿涅茨-克里沃罗日共和国政府在举行会议。这是人民委员会召集的最后一次会议。他们刚刚得到可怕的消息：德军正在扩大攻势，沿公路深入米列罗沃以北地带，在四十俄里的地方，占领了齐特科沃车站，截断了到利斯基去的道路。政府手中只剩一个杂牌军，大批军用和民用品，以及两万名左右的难民……

共和国人民委员会主席阿尔焦姆，圆头剃得精光，脸又宽又圆，慢慢嚼着面包，用鹰似的眼睛，凝视着梅仁匆匆掀动的嘴唇。鲁德涅夫垂着睫毛，微张着口，用力细听着，他那年轻的面孔，蒙着一层疲乏的灰色。结实的、刮过脸的、镇定的巴赫瓦洛夫，厌恶地翻着下嘴唇，批阅着公文。其余被太阳晒了的、疲倦得要命的人们都坐在那里，有的用手蒙住眼睛，有的用拳头支着头。巴尔霍明科一只手捋着胡子，写了一张字条，掷给鲁德涅夫。鲁德涅夫读道："看伏罗希洛夫吧……"随后露出白牙微笑起来。

"往北的路是断了，想冒险冲到利斯基去，这是糊涂，"梅仁向伏罗希洛夫那边翘着胡须，心神不安地说，"经里哈往南方去的路，大概也被截断了。剩下的唯一一条路，就是经里哈向东，往察里津去。可是我们能担保德军让我们通过里哈，而不对我们来一次大屠杀吗？不，不能担保。即使我们来得及让全部军车通过里哈，我们到察里津还得通过二百俄里远的、暴动了的哥萨克区域呢。我们能叫一万五千妇孺、工人去受战争的意外灾祸吗？不，我们不能……结论是……"

"啊哈！结论吗？"鲁德涅夫跳起来说。

"结论是：我们处在口袋里……我们满载着不能作战的分子……战斗部队又异常不守纪律……在这种情况下，无论向南、向北、向察里津都冲不出去……应当记得：根据布列斯特条约，德军不应占领顿涅茨区。如果我们留在此地，不去惹他们，那么，德军也就毫无理由来惹我们……在三四个星期之内，我们把军队整顿一下，充实力量，加强纪律，那时我们可以进攻，减轻负担，没有那六十列军车的可怕负担……我提议留在米列罗沃……"

他转向阿尔焦姆，阿尔焦姆深深地点了点头。愁眉不展的巴赫瓦洛夫连睬也不睬地回答说："不错，没有别的路可走了。"巴尔霍明科皱着眉头，咬着胡子。鲁德涅夫耸了耸肩，仿佛他的小衫下边有点发痒似的。

精神焕发、红光满面、态度镇静的伏罗希洛夫，同平常一样，褐色的眼睛在微笑，仿佛在贪婪地吸收着这些话和印象似的。

"我可以发言吗？"他向阿尔焦姆伸出手，阿尔焦姆又深深地点了点头，"我同意梅仁同志的意见：不能叫军队走散……军队应当集中和纪律化。"他站起来，用简洁了当的动作，整了整肩上的皮带，"但是，我不赞成一定要在米列罗沃办。德国人正在乌克兰抢劫，将来也会在顿河区抢劫的。他们不会让我们在这里安生的……”

他的手悬在空中。车站的大窗子外面，响起爆炸声，碎玻璃纷纷落下。传来飞跑的脚步声……随着喊道：“两架……救护兵……瞧吧，瞧吧，还在飞呢……钻到车底下去……”于是，飞机上投下来的炸弹又响起来。像柱子似的腾起的石灰、硝烟、弹片斜着飞进窗子里桌旁坐的人身上，落了一身尘土。阿尔焦姆用手拂了一下光头，冷笑了一声。巴赫瓦洛夫狂怒地噘着嘴，望着窗口。巴尔霍明科低声说：

“要是落在屋顶上，大家就都成肉酱了……”

伏罗希洛夫把放在公文上的帽子拿起来，深深地扣到头上。

“都瞧见了吧，他们怎么会让我们在这里安生呢？同志们，我们的神圣职责，就是保全军队，保全一切财产，保全相信我们的难民……只有一条路，到察里津去……我们将花费一个月，三个月的工夫，突围到那里去。在路上整编我们的军队，在战斗中巩固我们的力量……我们应当带着战斗的军队来到察里津……让托洛茨基来要求解除我们的武装吧……”

“解除武装?”阿尔焦姆红着脸，反问道。

“是的……托洛茨基命令总指挥部，凡是越过大俄罗斯边境的乌克兰军和各部队，一律解除武装。好像说，这是履行对德条约。我不相信！托洛茨基把我们看作游击流寇……我认为托洛茨基的要求是非常错误的……”

“这是出卖!”巴尔霍明科低声说。

“革命只有一个。(伏罗希洛夫脸红起来。)我们只有一个敌人、一个战线和一个战略，就是到顿河去，到乌克兰去，到大俄罗斯去……在这儿，在米列罗沃同德军作战，这是地方性的、局部性的任务。在察里津将提出革命的总任务……如果白党哥萨克占据了察里津，伏尔加河落到反革命手里，整个北方就将断绝粮食了……结论是很清楚的……我建议，所有的军车即刻开往察里津，任何情况下，我军不得分散和解除武

132

装，交付表决吧。"

5

这次大概停了很长时间。伊凡·戈拉从小车窗口探出身子。东方还不见发白，夜是漆黑的。

"唔，把小锅给我。"伊凡·戈拉在黑暗的车厢里说。他小心翼翼跨过熟睡的人们，来到车门口，跳到铁路上。几个人跟在他后边出来，也都饿得跟他一样：他们连什么时候吃过饭都忘记了，当时只供给生马铃薯。

从昨天晚上起，列车几乎不停地从米列罗沃向里哈徐徐行驶。几次都试着下车煮马铃薯，可是，刚把火生着，车头短笛声就响起来，人们喊着："上车吧，弟兄们！……"

现在停在顿涅茨河附近草原上的一个地方，大概距卡缅斯基车站不远。前边大概停车了。伊凡·戈拉从路基上下来，那些跟着他出来的煤矿工人，下手拆铁道旁堆的窄木板。火着起来，从下边照耀着黑色的车轮。矿工们默默地望着伊凡·戈拉把满盛着马铃薯的德国钢盔用皮带吊起来。

"火苗太大了，会把皮带烧断的。"一个比伊凡·戈拉高一点的青年说。他没戴帽子，也没穿靴子，他的全部军装是：破裤子和束着子弹带的汗衫。"这顶帽子真方便，"他向德国钢盔点着头说，"最好弄一顶这样的帽子……"

另一个人打着赤膊，长着结实的脖子，面孔善良而坚毅，刚开始生出卷曲的髭须，这人蹲下说：

"你从边上钻几个窟窿，安一个弓形的铁梯，那就得劲了……"

"窟窿，窟窿……那是打仗的钢盔，傻瓜。"第三个人身材短粗，黑头发披散到眼睛上，哑着嗓子说。他穿得很好，灰绿色的呢裤和同样的呢短上衣，腋下开了绽。这是他在卢甘斯克附近的战斗里，从德国人身上扒下来的衣服。他只是没有皮靴：因为靴子他穿着太紧了⋯⋯

伊凡·戈拉把盛着马铃薯的钢盔，放到篝火旁的火炭上，仔细望着这些人。

昨天当列车突然开到米列罗沃的时候，伊凡跟医院一起也撤退到车站上。（他的伤口几乎全都长好了，而这一天又那么热闹，他把这些伤也都忘了。）他在车站碰到一个党员叶甫多基姆·巴拉宾，是普梯洛夫工厂的工人。当时没有工夫多谈："到特务科[1]来，我们马上把你编到⋯⋯"他们挤到车厢跟前，那里也不多盘问——都知道伊凡的为人。

"你能站吗？"

"我当然能够，这成什么问题⋯⋯"

"现在重要的任务，是提高军队的战斗力。我们请你到一个矿工队里去⋯⋯"

伊凡·戈拉点点头，从车厢地板上的枪堆里，拿起一支步枪，就去找在瓦尔瓦罗波里车站编入军队的第三矿工队去了。他看见他们都是些沉闷、强壮、黑得像恶鬼似的弟兄们。矿工们抛下矿井和村子，带着女人和孩子，从德军手里逃出来。他们的一点家当，堆在车顶上。

伊凡·戈拉跟站在铁道上的一个人交谈，那人给他一支卷烟，他并不说明自己是谁，直接请求到他们的部队里当士兵。

"好吧，"他们回答他说，"跟我们去吧⋯⋯"

水快开了。大家都蹲着，听着细细的声音在马铃薯上面歌唱。路基旁还有几处篝火在燃烧。

"这不是事，弟兄们，"伊凡·戈拉说，"在野地里煮马铃薯⋯⋯这样我们不能打败德国人⋯⋯"

---

[1] 在陆军与海军中建立的反特、反奸的特别组织。

蹲在火旁的三个人望着他，等他还说什么。

"队里应当好好把后勤工作组织起来。比方有人要对我说'你去侦察一下'。我饿着肚子怎么去呢？对不对？对的。弟兄们，我们商量一下吧：谁有什么东西都拿出来。马铃薯、脂油、面包，都登记一下收来。编一个预算——我们需要多少给养，报到军部里。我们选举一个司务长。这样我们的事情就好办了。"

那个穿德国军服的人，愁眉不展地从乱蓬蓬的头发下，望着伊凡·戈拉问：

"你是什么人？"

"我是从很远的地方来的，"伊凡·戈拉回答说，"我是彼得格勒的钢铁工人。"

"那么，你是党员了……"

伊凡·戈拉当心地斜着眼睛，望了他一下。那三个人都坦然、率直、亲切地望着他。

"你们队里有很多党员吗？"他问。

"我们都是拥护苏维埃政权的人。"一个穿破衬衫的高个弟兄，老老实实地答道。另一个漂亮的、留胡须的人，也肯定地说了一声："是。"那个愁眉不展的人，把蓬头乱发的头点了一下。

"我们那儿党员不多。识字的人不多。我们都是布尔什维克。我们听说过，听说过你们彼得格勒钢铁工人。可是你们听说过我们没有，我不知道……"

"我们是地底下的，"穿破衬衫的人仰面大笑，"我们是鼹鼠……"

"我们一星期见一次阳光。"另一个留胡须的人说。

愁眉不展的人话头被打断了，很生气，狠狠地望着他们。

"这两个人——费吉克和沃洛吉克十三岁起就到矿上了。我们在这儿的都是世袭的矿工。"他把头摇了一下，冷笑了一声，他的笑声暗淡得就像黑眼睛的光似的，"我们一下就看出你是党员……是自己人，老兄，是自己人，别害怕。"

"干我们这种工作，小心没坏处，"伊凡·戈拉快活地答道，"从前我带了一队人，到一个村子里，那里所有的人都拥护苏维埃政权，可是没有党员。到第二天早上，只剩我一个人活着了。"

于是两个青年露着白牙，哈哈大笑起来。那个愁眉不展的人说：

"这在农村里或许是可能的。可是，在矿上没有党员就不会有苏维埃……我叫茹克……苏维埃政权以前我是什么人呢？我现在告诉你吧……睡在脏地里的铺板上，穿着满身虱子的烂布片。把所有的一切都喝光了，打老婆……我的天啊，我喝醉酒回来，谁也不许我再打。我记得我受了一肚子闷气，所有的闷气我都记得，我头上的血都凝结起来了，这些闷气把我弄得头痛……我就同兽……那时总工程师本是逃不了的，夜间那个德国狗崽子……"他疯狂地朝穿破衬衫的青年望了一眼，"沃洛吉克，你记得我们为了拥护苏维埃政权召开的第一次大会吗？那时我就想把那个德国人的喉咙咬断……那时第一件事情，就是我们到工厂院子里拿半寸厚的木板，把铺板等一切肮脏东西都全部从木棚里清出去，筑起隔扇，每人有一个单间，有一道小门和一把小锁……我早上醒来，记得我成了主人，从煤仓跟前、炼焦炉跟前过，我是主人，我下到矿井里，来到自己的坑道里，我是主人……现在我没有必要同老婆打架了。现在她有一把茶炊，穿破衣服出门嫌丢人，她收拾得干干净净，因为我做了工厂委员会的委员，我的孩子们都入了学……老兄，你把这些想一想，写给彼得格勒吧？叫他们不要怀疑——顿涅茨的煤矿工人去为苏维埃政权而战了。要去严酷地战斗呢……"

传来一阵马蹄声。四个人都转身向黑暗里望去。五个骑马的人，来到火光跟前，即刻停住了。马嘴喷着白沫，飞扬到火里。头一个下马的是穿着一件很好的制服的、很结实的人，那人随即蹲到火旁，从军用图囊里掏出一张地图，弯下腰看起来。

跟着他从汗湿的马背上下来的，是一个长胡子的、很有力气的人。

136

第三个人是穿黑灰色衣服的瘦青年。他俩都连忙蹲到第一个人身旁，向地图弯着腰。他说：

"你们两个人真聪明，在十俄里远的侧翼上，留一个武装的村子，如果他们明天把卡缅斯基村[1]附近的桥梁炸坏怎么办呢？我们的二十列军车不是要被截断了吗？"

瘦青年固执地对他说：

"别忙，伏罗希洛夫同志……我们跟贡多罗夫村的人打起来，不知要损失多少时间，那更糟糕。我们的全部任务，就在于如何能更快通过里哈车站……"

"那么，你要同百战百胜的敌人做后卫战吗？应当这样去理解你的战术吗？"

于是那个很有力气的人用自己的胡子遮着地图，低声说：

"鲁德涅夫，他是对的……"

"当然对，"伏罗希洛夫激烈地说，"反正这三两天我们要在卡缅斯基村附近把敌人挡住。拂晓，我们要把户加什的部队和带着古里克炮兵连的卢甘斯克队派到贡多罗夫村去……他们沿着顿涅茨河左岸前进……"他用臂肘把巴尔霍明科的头从地图上推开，"巴尔霍明科同志，把你的胡子挪开，一点也看不见……占领贡多罗夫村并坚守阵地……我们的左翼就可靠了。我们的前线，将在卡缅斯基村前面的铁路两边展开来……"

伊凡·戈拉为让他们看地图看得更清楚些，又往篝火上扔了两块木板。伏罗希洛夫热得往后跳了一下。

"啊，够了，"说完，望着伊凡·戈拉，随后突然说，"啊！原来是你啊……你好吧！"

---

[1] 卡缅斯基村在米列罗沃与里哈之间。贡多罗夫村在卡缅斯基村以西十俄里，在顿涅茨河左岸。

"好啊，伏罗希洛夫同志。"伊凡·戈拉答道。

"你是在斯莫尔尼宫站过岗的吧?"

"是我，伏罗希洛夫同志。"

"你在他们队里吗?"

"昨天才加入的。"

"对，同他们一起干吧。矿工都是铁人，可是，他们的纪律有点差。"他给伊凡·戈拉使了个眼色，叫他往跟前来一点。

"你同彼得罗夫队长谈过话吗?"

"伏罗希洛夫同志，我对队长有点怀疑。"

"你们的队长彼得罗夫在顿涅茨河和卢甘斯克附近，使队伍白白地牺牲了两次……明天我召集你们开一次大会。我给你们派一个可靠的人。你让弟兄们准备下……"

"是。"

"你去当侦察兵吧?"

"是，军长同志。"

"你选十个人来。任务是这样的，你瞧……"伊凡·戈拉蹲下来，伏罗希洛夫用铅笔头在地图上点了一个点，"你们的军车停在这儿……卡缅斯基村，在南边三俄里远的地方。在这里，你沿着顿涅茨河左岸，一直往贡多罗夫村去。情况是这样的:贡多罗夫村的哥萨克屠杀了革命军事委员会和苏维埃。三天以前，亚希姆带着部队去对他们袭击了一次，打击了他们一下就撤退了。今天得到消息，说贡多罗夫村的人企图打卡缅斯基村，把铁桥炸毁，把我们的军车截断。这就是说，他们同德军取得了联络，得到了武器。德军不远。可是德军在哪儿? 这就是你的任务:去搜索德军。希望午前得到你的消息……"

"是，军长同志……"

"这是一件危险而重要的任务……"

"是。"

伊凡·戈拉把那个愁眉不展的矿工和那两个青年，从篝火旁拉过来，用头指着军长，对他们耳语了一番，他们四个人就爬上路基，到车厢跟前去了。当他回头看的时候，篝火旁已经有两个人骑上马背。伏罗希洛夫蹲在篝火旁，笑着，从钢盔里取马铃薯。烫手，他在掌心里掷着，掰开，吃了一半，把另一半又扔到钢盔里，从传令兵手里接过缰绳，敏捷、轻巧地跳上马鞍，即刻驱着栗色的小马，飞驰而去。

巴尔霍明科沉重地骑上马，鲁德涅夫用一条腿跨上那已经走起来的马，骑上马背，摸索马镫摸索了好久。骑马的人们在黑夜里消失了。

伊凡·戈拉对沃洛吉克说：

"把马铃薯拿去分给每个人。"

第八章

1

巴尔霍明科把大衣甩过小红马的脖颈，披到身上，把皮帽子往后脑勺上一推，侧身骑在马鞍上，把脚从马镫里抽出来。太阳在浅褐色的发绿的草原上升起来，晒着他青铜色的、和蔼可亲的面孔。

人们谈笑着，喧嚷着，掘着土，在铁道两旁忙碌着。西边的战壕直通到顿涅茨河左岸的茂密丛林里。后边，三俄里来远的地方，是很大的卡缅斯基村。列车通过铁桥，向那里徐徐驶去。

许多各种各样的人，坐木船从河那边渡过来，自动挖着战壕。村里惊慌起来。卡缅斯基村久已以赤色村庄著名了。去年冬天，村苏维埃逮捕了五十多个本地和外来的白党将军和哥萨克军官，把他们送到卢甘斯克去了。当时局势非常严重，赤卫军当局巴尔霍明科，只得把他们枪决了。附近大小村庄的哥萨克，尤其是最反动的贡多罗夫村的哥萨克，为这次逮捕曾发誓要对卡缅斯基村进行报复。他们隐忍着旧恨，等待时机。德军入侵，他们的机会就来了。卡缅斯基村每夜都受到袭击。

一群志愿兵来到巴尔霍明科这里，他们有的当过小手工业者，有的是小屯子里的农民，有的是村边居住的平民，有的是实业学校的青年学生。有些人认识他，向他伸出手。他在马背上同他们握手……

"巴尔霍明科同志，您的队伍在我们这里能久留吗？"

"我们最好留在你们这里，我们最好在这里组织一个战线，最好大家都拿起枪来……"

"亚希姆到这里来过，帮助过我们。怎么呢，把贡多罗夫村放火烧了，哥萨克们都逃到草原上去了。现在他们更加倍凶狠了。"

巴尔霍明科卷着胡子，在马背上说：

"带铁锹的人，我们把他们留下……其余的人得回去，同志们，对不起……我们没有多余的挖战壕的工具……走吧，同志们，离开战区吧。"

那些带铁锹的人都挖土去了。其余的人不乐意地慢慢向河边走去。剩下一个身材高大、愁眉不展的、美丽的姑娘，站在那里。

"你丢了什么东西吗？"巴尔霍明科对她说，把马赶到姑娘身边，马嘴都挨住姑娘了。可是她连动也没有动。"你丢了什么东西，我也不能替你找……"

"呵，不挖战壕，就给我一支枪吧。"那姑娘愁眉不展地哑着嗓子，用年轻的声音说着，抬起黑眉下美丽的、生气的眼睛望着他……

"你想打仗吗？"巴尔霍明科高兴地皱着鼻子问道。

"得去打吧。"

"为什么？"

"没有出路。"她恶狠狠地说着，于是又望着伸出的一只光脚……

"你是谁？"

"亚丽萍。我在下其尔村杀了一个哥萨克。亚希姆把我带到火车上……我不是因为鬼来抓我，才把他杀死的……呵，我在卡缅斯基村下了车……你给我枪不给？我不是开玩笑！"她又抬起眼睛，巴尔霍明科看见：马上就要泪眼模糊了。

巴尔霍明科皱起眉头，从军用图囊里抽出一小片纸，写了几个字。

"去吧，到正在卸东西的那节车厢去。你打听一下指挥官卢加什，把这条子交给他。等一等，你穿着裙子去打仗吗？"

"你算了吧！"亚丽萍抓过字条，飞快地在地里跑。她走远以后，巴尔霍明科手插在腰里哈哈大笑，连马都竖起耳朵，自己飞奔起来。

士兵们下了车，在田野里后退着，看齐，排成两行夹着喊声和愉快的骂声，从敞车上把炮弹卸下来，装到马车上。四门大炮套着杂色的马，在前边停着，不远的地方也在喊着什么。

一个军人，穿着破了领子的衣服，长着黑胡子，红扑扑的脸流着汗，他从火车跟前朝士兵那边跑去，哑着破嗓子喊着。亚丽萍一直走到他跟前，把他的衣袖扯了一下：

"首长……"

卢加什喊道：

"装炮弹的马车不够……第二排的士兵们，每人抱一枚炮弹，送到炮兵连所在地……"

亚丽萍把他的袖子拉了一下。卢加什露着牙，转过身来。

"首长，请你看一看这字条。"

"你算了……"

"你看一看这字条。"亚丽萍严肃而执拗地重复了一遍。

他抓过字条，看了一下。

"费多森科同志！"卢加什依旧鼓着脖子上的青筋喊着，"给这姑娘一支枪和子弹……"于是就对亚丽萍说："你姓什么，叫什么？好吧，我过后再写吧，如果你活着回来的话……到队列里去吧……别忙……你怎么着呢？……喂，费多森科同志，给这姑娘发一条裤子……"

货车厢里一个抱怨的声音回答道：

"没有裤子了……"

"作战的时候弄一条吧，去吧……"

早上不到七点，侦察队的报告已经开始来到挂在铁甲列车上的伏罗希洛夫的车厢里了。矿工沃洛吉克骑着没备鞍子的光肚马，飞驰而来，不得要领地说他们五个人夜里通过了哥萨克的前哨，天要亮的时候，在车站跟前，发现了德国的骑兵侦察队，德国人从斯塔罗别尔大道（从西北方）方面向贡多罗夫村飞驰，矿工们忍耐不住了，向德军开了枪，于是全村都惊动起来了。他们躲到打谷场上。伊凡·戈拉命令沃洛吉克抓一匹哥萨克的马，就骑到光肚马上，飞驰到这里，伊凡·戈拉带着同志们，坐在打谷场上，应当去救他们。

伏罗希洛夫下令击溃敌人，并占领贡多罗夫村。卢加什的共产主义队和卢甘斯克第一队，沿着顿涅茨河左岸，穿过春天绿油油的草原出动了。太阳已经开始晒他们的脊背和后脑勺。

在热浪滚滚的草原上，远远现出塔尖似的白杨、园圃和睡眼蒙眬地兀立在顿涅茨河岸上的贡多罗夫村的白色教堂。那些筋疲力尽的红马和斑马，拉着古里克炮兵连的四门炮，两边晃荡着，赶过了散兵线，爬上了白土坡。

散兵线急匆匆地推进着，士兵们边走边脱着上衣和短大衣。哥萨克的前哨，从岸上的密林里开枪了。亚丽萍像在做梦似的走着。装着子弹的沉重的帆布袋，磕着大腿，步枪皮带割着肩膀。她望着那些在草原的天空里飞翔的鸢鸟……后边不断有人喊："姑娘，别跑得太快了。"亚丽萍停下来，饱饱地吸了一肚子草原上的和风。

当古里克的大炮从白土坡上轰起来的时候，这强大的炮声，使士兵们的胆子壮起来。一团团烟球，在远远的白杨后边腾起。飞翔的鸢鸟，惊恐地冲入云霄……

亚丽萍跟她左右奔跑的人一样，扑到哥萨克刚刚放弃的一道浅壕里。三百步远的地方，是高高的白杨、去年的麦草垛、小仓房的草顶和土屋。好多房子，在无风的中午，像蜡烛似的，高高地扬起燃着的干草，无烟地燃烧着，鸽子在火场上空回旋。

亚丽萍把两只光腿盘到裙子下边，伸着脖子，像鸟似的转着头：她决心不像别人那样放空枪，白糟蹋子弹……她会放枪，还在当小姑娘的时候，她哥哥米柯拉就教会她放枪了……哥萨克的子弹，在她的鼻尖下扬起尘土。可是连一个哥萨克也不敢露面……机枪在她肩后嗒嗒地尖响，瓦斯气炙着她。前边灌木丛的树枝开始落下来。卢加什从她头上跨过去，转动着手枪，大张着嘴，当时一点也听不见他喊些什么，可是都明白："前进，弟兄们……"亚丽萍像被风吹起来似的，毫不费力地爬起来，光着腿，在灼热的地上飞跑着。前边是一道篱笆墙。她匆匆忙忙想了一下：我怎么爬过去呢，衣服会被挂光的……

一个上年纪的人，戴着眼镜，穿着溜下来的麻布裤子，笨脚笨手爬过篱笆。亚丽萍的腿把玛丽亚的窄裙子撕开了，她依然被前所未有的狂喜推动着，跳到哥萨克的后院里，跳到打谷场上。最后，她在这里遇见了敌人。

一个黑胡须的人，穿着缀有红肩章的黑色军上衣，弯着腰，沿着土墙根跑着。亚丽萍端起枪来……"傻瓜，开枪呀！"那个戴铁丝眼镜的人喊起来，他浑身颤抖着，在兜里摸着子弹。哥萨克跳到敞棚的屋角后边，贴着墙，瞄准起来。亚丽萍在颤抖的步枪的准星上，还没有来得及瞄准他气得抽搐的鬼脸，哥萨克自己就开枪了，戴眼镜的人挥了一下手。亚丽萍叫了一声，扳了枪机，枪托的后座狠狠地撞了一下她的锁骨。哥萨克的步枪远远地飞出去。他大叫着，头朝前向姑娘冲来，哥萨克和姑娘赤手扭打着，纠缠在一起。亚丽萍觉得她和他的骨头在咯咯作响。他们厮打着，喘着气，纠缠着。弟兄们跑来了。哥萨克扭着她的脊背，干胡须擦着她的脖子，牙齿快挨着她的喉咙了。他俩都倒了。在地上打滚。他的手忽然无力地松开了。亚丽萍跳起来。哥萨克喘息着。

有人用力温存地抱着她的肩。"狗东西……扒灰头……狗东西……"她低声说……把那只沉甸甸的手，从肩上甩开，转过身来……站在她面前的原来是伊凡·戈拉。

"亚丽萍！"他说，他那满口结实牙齿的嘴，大大咧开来……他栗色的圆眼睛里，是那么惊异，那么欢快，亚丽萍几乎要用双手抱住他的脖颈。当着所有的人呢！……她勉强张开口，只说了一声：

"伊凡你好……"

进攻者的浪潮把亚丽萍和伊凡冲到宽阔的教堂广场上。战斗结束了，哥萨克们从村里被打出去，骑着马，到土坡那边的草原上去了……零落的枪声越来越稀。传来阵阵笑声和欢呼声。水井上的抽水机，吱吱扭扭地响。硝烟和灼热的灰尘弥漫了全村，正午的太阳像铜球似的，悬在村子上空。

"呵，在战斗里相逢！……亚丽萍！……我简直不能相信！"伊凡·戈拉说。

"过后我统统都告诉你，伊凡……我想喝一口水……"

她的手和腿，现在才发起抖来。她勉强把枪皮带从肩上卸下来，光脚浸到井旁凉飕飕的泥里……

"亚丽萍！亚丽萍！"一个个粗嗓门欢快地喊起来。她哥哥米柯拉胡子拉碴，长成大人了。他朝她跟前挤着……她抱住他，把他的头往怀里搂了一下……一个年轻的哥萨克普罗赫瓦契洛夫走过来，用冷淡的、明亮的眼睛，一直望着她的眼睛，手拍着亚丽萍的手：

"你干吗不穿全副军装呢？……你瞧，真笑死人！"

马特维和两个歪鼻子瓦西里也都来了……包孔像狗熊似地挤过来："这是你妹妹吗，米柯拉？"就咧开嘴……"姑娘，你要什么？"士兵们说，都向她问好，自我介绍，用赞许的目光端详亚丽萍。

她很害羞，呆呆地站着，低着头，头上照乌克兰的式样裹着褪色的头巾。她大腿上的裙子全都撕破了，上衣成了布片，在身上挂着，腰上是哥萨克的指甲搔得发紫的伤痕……

她默默地从士兵的圈子里往外挤。伊凡·戈拉追上了她。亚丽萍向一辆翻倒的马车走去，那里脸朝地躺着一个被打死的哥萨克。

"难道你要从他身上剥下来吗？"伊凡问。

"首长命令我弄衣服，我现在就把这些拿到井边洗一洗。"

"丢开，丢开，"伊凡严厉地推开亚丽萍说，"我自己来。"于是就蹲下从哥萨克身上脱带镶条的裤子和讲究的靴子。

2

他们即刻从广场上，进到空荡荡的哥萨克的院子里，亚丽萍在井边饮牲口的槽里洗哥萨克的裤子。

伊凡·戈拉坐在旁边，把步枪夹在两膝中间，望着亚丽萍用一根绳子系着木桶，打出一桶水，抓住桶梁，向后挺着有力的、匀称的身子，把水倒出来，又把桶下到井里，因为伊凡坐在旁边望她，她高兴得大笑。

"我的信收到了吗？"他咳嗽着问。亚丽萍点点头，"看着你，我不相信……这一年半里你长得高多了。"

亚丽萍转过身去。光脚跳到水槽里，踏着裤子。

"你拌着砂子踩一踩……亚丽萍，你调到我们队里来吧。我给你写张字条……你轻松些，我也放心些……"

"好吧。"亚丽萍回答说，扭过身去，背对着他。

"你在下其尔村闯下什么祸了？"

"唔，什么……（她叹了一口气，他沉默起来。）我为一个人保全了自己的贞洁……结果甚至不坏呢……大概人家全都告诉你了吧，你问什么呢……"

"不错，那也正是混蛋涅戈金应有的下场……不错，亚丽萍……你开始勇敢地生活，就这样生活下去吧。"

她洗好裤子，用力把水拧干，搭在太阳地里晒。伊凡像向日葵似的跟着她转，可是依然尽力不去看她那破裙子缝里闪出的黝黑的大腿。

"你在打谷场上跟那个哥萨克扭打，啊哈，真是好极了！……呵，姑娘们革起命来了……不让人来欺负自己了……"

亚丽萍没有转身，说：

"姑娘们不干该怎么办呢？"

"不，挺对，挺对……"

这时，她突然破天荒大笑起来，她的双眉孩子似的展开来，可爱的脸蛋变成圆的了，齐整的牙齿露出来，像玫瑰花似的开放了。

"你怎么了？"伊凡随着她咧开嘴问。

"笑我自己心里想的事。"

"呵，你是傻瓜……"

她笑得更响了，弯着两膝，简直要坐到地上了。伊凡用枪托的后座，往地上蹾了一下，不以为然地皱了皱鼻子，朝旁边望去，可是他依然情不自禁，咧开嘴，哈哈大笑起来。于是亚丽萍坐下来。

"哎呀妈呀！我想着你一定是个很庄重的人，不容易接近……我还怕你会说：'傻姑娘，我把你怎么办呢，放到马鞍上驮着吗?'哎呀妈呀！"

"好了，把裤子穿上吧，你是一名战士！回队里去吧……要是把你抓住，就笑不成了……"

"裤子还湿着呢……"

伊凡鼓着腮帮。可是，就连他自己也想在这空院子的井台上，多待一会儿，望着亚丽萍收下裤子，抖了一下，摸了摸，摇摇头，把裤子搭到肩上。她轻轻弯下腰，拾起子弹带，突然惊慌地环顾了一下，步枪到哪里去了？她高高地扬起眉毛。望见枪在伊凡的两膝中间夹着，可是，他没有立刻给她，还轻轻地握着……

"呵，给我吧……"

"拿去吧，拿去吧……"

她用力拔枪。她灼热的大腿，在他肩上触了一下，烫得伊凡奇怪地望了望，她即刻皱起眉头：

"你丢开这一套吧，伊凡……"

可是，这次他们没有机会谈心了。大炮震耳欲聋地轰隆一响，硝烟和尘土像柱子似地腾起。人们喊叫起来，枪声也响了。伊凡跳起来，吩咐亚丽萍把湿裤子穿上，当她用一条腿跳着，另一条腿笨拙地穿到裤筒里的时候，又有几发炮弹爆炸了。德军和哥萨克开始反攻了：他们的骑兵队从草原上回来，就马上包围了贡多罗夫村。

3

清爽的夜风拂着脊背，肚皮下温暖的土地，嫩草的清香，当伊凡翻身伸手到子弹带里掏子弹时，望见繁星灿烂、蓝色天鹅绒般的天空，以及那些战斗的喧嚣，枪炮的火光，炮弹咄咄逼人的狂啸，甚至后方不断遭骑兵队骚扰，因而后退的紧张、惊慌的情绪。这一切的一切啊，他都深刻、敏锐、强烈地感受到，都使他对力量、胜利、幸福，充满了信心。

这都是因为亚丽萍躺在他旁边的缘故，她躺在水坑里，气愤地嘟囔着，同那些草原上失散的和被击溃的部队剩下的几十名战士一样地射击着。

已经是午夜了。卢甘斯克队和共产主义队，一面狙击逼近的哥萨克骑兵队，一面撤退。夺取贡多罗夫村的战斗，遭到悲惨的结局。顿涅茨河左岸的退路被截断了，村子被包围了，德军的大炮对着集结在广场上的军队轰击。他们只得由被炮弹打毁的、燃烧着的桥梁向右岸退却。这样的变化，谁也没有料到，青年战士们苦恼起来，失掉了部队，七零八落，每个人都想突出重围逃命。

队长卢加什骑马在草原上奔驰，收容逃亡的残部。古里克的炮兵连开到土坡上，掉过炮身，把最后的几发炮弹，对着火山岩似地奔驰的骑兵射出去。

连里的士兵们，自己也不明白这场慌乱是怎么造成的。人人都明白哥萨克会把逃亡的人像绵羊一样，用刀宰掉。而且，大家似乎都不怯懦，可是，却有人大叫，有人扔下枪、衣服和帽子跑掉了。士气沮丧起来。耻辱现在是不可免了。明天早晨，伏罗希洛夫骑着栗色马，从列车跟前经过时，一定会说："好得很，夜里逃得不错，你们的样子真好看，谢谢你们，同志们。"

夜幕升起的时候，哥萨克心疼马，就停止了追击。德国的大炮沉寂了。部队在散兵线的稀疏火力掩护卜撤出米，以远远的火车头汽笛的鸣叫为目标，往东南方铁路路基那边退却。

掩护退却的散兵线后边，在苍茫的星光里，一个人骑着喘吁吁的马，时隐时现。

"弟兄们，来吧，来吧，再走二百步……"

弟兄们默默地站起来，筋疲力尽地走着，然后又凭借起伏不平的地形卧倒。伊凡·戈拉对亚丽萍说：

"别在黑夜里走散了，跟在我旁边。"

在战斗的环境里，顾不得想心事。可是，幸福却是那样大，伊凡感到吃惊。如果你以前告诉他，说有一个很庄重的人，为不值一提的无聊琐事，只是为了他同一个姑娘在井边幽会的这点琐事，他就觉得心里增添了无穷的勇气……那无论怎样他是不会相信的。仿佛伊凡所缺的只是这一撮盐……脚下的土地也松软起来，连繁星也都成了自己的，成了工人和农民的了，它们像灯塔似的，闪闪烁烁，照耀着伟大的革命，心情也松快了……人真是一种奇妙的东西啊……

4

　　德军终于明白伏罗希洛夫破釜沉舟的计划——带着三千节车厢往察里津方面突围。这一决定和德军以前所遇到的各赤色部队的游击战是根本不同的。

　　德军企图把伏罗希洛夫的军车封锁在米列罗沃和里哈车站之间，并且迫使第五军团离开火车溃散。他们开始包围里哈车站，同时，派兵从米列罗沃方面突破在卡缅斯基村设防的第五军的后卫。

　　伏罗希洛夫同最有战斗力的部队留在这里，留在后卫队里。派鲁德涅夫和阿尔焦姆夫指挥向里哈车站行驶的列车。他们飞驰着，追赶徐徐开动的火车。

　　五一节一清早，在雾气弥漫的草原上，在卡缅斯基村附近的前线，召开了大会。伏罗希洛夫骑在马背上说：

　　"全世界的工人，今天在红旗下，举行轰轰烈烈的示威运动。今天是团结的日子，是检阅的日子。是无产阶级的佳节，是资产阶级的丧日，他们每分钟都在准备用无情的子弹，对准毫无遮盖的工人的胸膛射击。"

　　他的栗色马，额上嵌着一颗星，为了这伟大的佳节，他的马洗刷得像马刀一样明光发亮，因为没有麻布，马的两肋用细纱布紧紧地裹起来，马竖着耳朵，抖擞着嘴脸，把口沫飞溅到拥挤在军长周围的士兵身上。也为了这佳节，这些晒得黝黑、壮实、剽悍的士兵们，整齐地扣着衣领，束着皮带，穿着汗浸得发硬的衬衫。他们抬头紧张地望着军长愉快的面孔……

"战士们！我们在伟大领袖领导下，首先决心把话变为现实，不怕世界资产阶级的海陆军，决心建设新世界……这个坚定的决议中，我们的第一个任务，就是要把苏俄领土内的帝国主义者和反革命分子肃清。战士们，这个任务交给我们了，我们应当完成它……德军进攻，是想要夺取我们火车里的军需品和摧毁我们将来的战斗计划。这一层，我们是不能容许的。今天我们应当让帝国主义者看看，无产阶级手里的红旗，他们是夺不去的……今天《国际歌》的歌声，响彻全世界，在我们这个区里响着胜利的战斗声。全世界无产阶级都听到他气吞山河的声音。……我们在千万里之外，这不要紧。他们能看见我们吗？能看见。他们能听见我们吗？能听见。同志们，万岁……"

他的声音和战士们的欢呼，都被淹役了：德国的大炮从山坡后边，从米列罗沃方向，轰击起来。

里哈车站是一个大村子，坐落在一个艾草丛生的山坡上，那儿有白色的农舍、草顶的打谷场、篱墙、高大的白杨、樱桃园。车站在山脚下。村落和车站的东边，有一个池沼。通察里津的支路，环绕着池沼，在第一站白卡里特瓦村附近通过顿涅茨河。

由里哈车站向南，是罗斯托夫干线。现在德军沿着这条干线进攻，轰击距里哈一小站的兹威列沃站。阿尔焦姆乘铁甲敞车，到兹威列沃去尽可能撤退军车和难民。

德国飞机在里哈上空盘旋、投弹，好多房屋和草垛都已经起火了，浓烟笼罩着山坡和风磨。

五一节一整天，军车一列跟着一列开来。没有多余的轨道来供这么多列车调动。火车头吼着，司机探出半截身子，互相骂着，难民们由暖车闭着的车门里，凝视着天空。火车开动了，不知什么缘故，又停下来很久。

越来越混乱的原因，是往东通向察里津的路已经断了：哥萨克把白卡里特瓦附近顿涅茨河上的铁桥炸毁了。里哈车站成了一只口袋，载着千千万万武装人员和非武装人员的军车，一列列往那里开。

　　卡缅斯基村附近的草原上，五一节那天很热。太阳透过尘烟，黯淡地照射着。一声铁的轰响，震撼了大地，扫荡着伏罗希洛夫的战壕。弯着腰的人影，头上戴着煮马铃薯用的钢盔，向前伸着宽宽的刀口，又穿过烟尘出现了。

　　班长、党代表都从鲜血横流的战壕里站起来，震聋了的、满身泥土的士兵们，都爬出来，张着黑嘴呐喊着，瞪着满是尘土和饱含愤怒的眼睛，打着趔脚，奔跑着去同那些恶徒应战。他妈的，就像用禾叉叉禾堆似的，四棱的枪刺向窄肩膀的、领子扣得紧紧的军官，向挥着手枪、已经失去一切德国人的自信心的、用乌克兰脂油把肚皮装得饱腾腾的红脸下士的肚子，向戴着眼镜、长着端正的高鼻子、被嗜血成性的资产阶级送到顿河流域草原上寻找自己坟墓的德国士兵的瘦胸膛（上帝宽恕他吧）刺进去……

　　德军一次两次地冲锋，可是顶不住刺刀战的反攻，都转身逃跑了，他们已经有不少可怜虫，在艾丛里乱滚，或者在炮弹穴里呻吟。

　　此外，他们还得去保护自己的左翼，防备贡多罗夫村的哥萨克，不让他们到卡缅斯基村来。战线长得可怕，已经伸延到顿涅茨河左岸了。后备军不够。全部希望都寄托在军车能在这两天内通过里哈车站。

　　晚上，鲁德涅夫从那里打电话说：

　　"……哥萨克把白卡里特瓦附近的铁桥炸了……情况复杂起来……此外，到白卡里特瓦的路全破坏了……里哈车站拥挤不堪……再不能容纳列车了……我在拼命修复到白卡里特瓦的铁路……此外……"

　　"得了，谢谢！"接电话的巴尔霍明科喊道。

　　"……此外……德军随时可能占领兹威列沃……德军的骑探已经到过我们这儿的风磨高地上，我们把他们赶走了……"

　　巴尔霍明科把头从皮衣下边伸出来，这件衣服他原是用来盖头和电话机，以避免炮声的喧扰……他愤愤地把毛皮帽扯到耳朵上，从司令部的车上下来，找伏罗希洛夫去了。

从战斗又激烈起来的田野上，吹来一股灰尘和火药气。受伤的人们蹒跚地走着，有的皱着眉头，托着被子弹打穿的手臂，有的扶着同志的肩，踉跄地走着，有的被抬在担架上。一枚炮弹在地上爆炸了，把走着的人们炸倒了。被打坏的马车乱掷着。车轮跟前躺着一个女人，蜷着腿，手里握着一把带草的泥土，她穿着满是尘土的裙子，带红十字的头巾上，渗出一块黑斑……巴尔霍明科看见军长的栗色马。传令兵拉着辔头，仰头站着。这孩子宽颧骨、没有胡子的脸，苍白得发青了，眼睛半闭着……

"军长在哪里?"巴尔霍明科喊了一声。

他张开口，答道：

"在战斗呢……"

巴尔霍明科走开以后，才猜到这孩子受了致命伤。在前边卷起的尘雾里，人们吼叫着，手榴弹在爆炸。巴尔霍明科弯下腰，握着手枪，往正在格斗的一团跑去。可是，铁器声、爆炸声、撕破嗓子的喊声都远了。德军又没有顶住……

他跑着，一筋斗翻到战壕里，膝盖摔得眼睛都发黑了。他跳起来，一个人踉跄地从弥漫的尘雾里朝他走来，一边走，一边竭力把马刀往刀鞘里插，刀尖卡在刀鞘上了。湿发落到汗流如注的额上。

"喂!"巴尔霍明科喊了一声，"伏罗希洛夫同志吗? 你听着……见鬼! 不能这样……你干吗要往枪眼里钻呢……"

伏罗希洛夫站住，用昏暗的、依然可怕的眼睛，盯着巴尔霍明科……

"怎么?"他说，"简直乱糟糟的……差点没冲过来……"

他又把马刀往刀鞘里插。巴尔霍明科注视着刀口，那上边满是血。

"很好……可是我认为你无权……你听着……事情很严重……刚才

鲁德涅夫打电话来……"

伏罗希洛夫也吃惊地望了望血淋淋的刀口，用力把它插到刀鞘里。他们往火车跟前走去。巴尔霍明科讲述了鲁德涅夫从里哈打来电话的内容。伏罗希洛夫只匆匆对他的朋友瞟了一眼。

"这么说，应当打，没有别的办法……铁路修复以前，我们打得……反正我们不能把列车交给德国人……"

5

五月一日和二日过去了。伏罗希洛夫在卡缅斯基村附近继续打敌人。全部列车已经向里哈开去。巴赫瓦洛夫动员了几百难民，在机枪掩护下，修复被哥萨克破坏的通往白卡里特瓦的察里津支线。第五军团的各部队，部署在环绕里哈南部及西南山坡上的战壕和沟渠里。

伊凡·戈拉和亚丽萍加入了矿工队。大多数人都抱着一种等待的态度。他们都知道军长的断然决定，连一辆火车也不交给敌人。可是山坡下边的这些车厢、敞车、冒烟的车头，简直一眼望不到边。无论什么人力都无法收拾这一片混乱局面。士兵们抱怨说："军官下命令倒容易：骑上栗色马，想上哪儿去就上哪儿！可是，你得去拿命保护那些讨厌的军需品……"

伊凡·戈拉在风磨跟前的田野里，一遇见茹克，就是那个从阵亡的德国士兵身上剥了一套衣服的、愁眉不展的矿工，就即刻猜到他的恶劣情绪。茹克对于生还的伊凡·戈拉、沃洛吉克和费吉克，并没有表示欢喜，也不打招呼说："你们好吧！"只怏怏不乐地转过身去，不望他们的眼睛。

其余的矿工们，也都哭丧着脸，满身污垢，衣衫褴褛，光着脚，弓着背，像石头似的，一动不动地坐在未挖成的战壕跟前。当时看不见燃烧的篝火，也不见人煮饭，仿佛谁也没打算留在这儿似的。人们都在想心事。抬着头，望着向后伸着机翼、在晴空里闪烁的德国飞机。

显然，部队有这样的军心是不能作战的。应当采取紧急措施。伊凡·戈拉挖好一个小战壕，用铁铲往挖出来的土上拍着，对距他两步远的地方，用掘壕工具挖战壕的亚丽萍说：

"个人利益现在应该移到第二位，不然，你就别干……就这样吧，亚丽萍。"

"明白。"亚丽萍回答说，把酸痛的脊背挺起来。往草原尽头落下去的太阳，照着她滚烫的面孔。她扯了一下衣袖，用光着的一截胳膊，把湿额颅擦了一下。这些伊凡都觉得非常如意，在太阳光下眯缝着眼睛的亚丽萍，显得分外美丽。

"我应当冒一次大险。而我怕的不是冒险，而是我干得对不对？我考虑的结果是：应该干……会得到什么结果呢？不知道。同年长的同志商量一下吧，此地没有这样的人。袖手旁观又不能够。这么一来，应该由我来采取主动了。"

亚丽萍弄不清他说的什么，他像公鸡望着一颗谷粒似的望着她放在铲柄上的脏手。可是，她明白他说的是良心话。她庄重地向太阳那边点了一下头，作为回答。伊凡从战壕里爬出来，往瞭望所和团司令部所在的风磨跟前走去。

司令部的两个人，坐在磨坊门口一半埋在地下的一扇破磨子上。一个穿学生制服、面色苍白、长着小小的牙齿和一片火红色的小胡子，另一个像出家人似的，肮脏的头发披到肩上，戴着夹鼻眼镜，光身子穿着大衣，腰里束着一根绳子。他们无聊地用破牌玩着"二十一点"。伊凡·戈拉问队长在什么地方。那个红胡子连看都不看，冷冷地回答说，首长有事。

"是睡觉了吗？"伊凡·戈拉问着，蹲到磨盘跟前。

"呵，睡觉了，关你什么事！"另一个像出家人的洗着牌，回答说。

"队长睡的不是时候。去叫醒他吧。"

"干什么?"

"有事才叫呢。"

司令部的两个人面面相顾了一下。红胡子问道:

"你是我们队里的人吗,同志?"

"嗯……"

"队长没有命令什么事情都去向他报告。你懂吗?"

"你们去叫醒他吧……"

他们又面面相顾了一下,晓得这人反正是摆脱不了了。可磨坊的大门吱扭一声开了,队长彼得罗夫自己出来了。他是一个短粗、圆脸的人,睡意洋洋地生着气,浑身沾的都是面粉。

"呵,什么事?"他气愤愤地望着伊凡·戈拉问道,"啊哈!彼得格勒的共产党员同志……带着指示吗?"他咧着歪嘴,坐到磨盘上,掏出一个马口铁烟盒卷着烟,鼻子呼呼地出气,"同志,你的想法不会有一点结果的。那是照例瞎费心机的妄想……而我们是同活人打交道,不是同抽象的概念打交道……好吧……"

伊凡·戈拉并拢双腿,垂着手,本着见首长时应当取的姿势站在他面前。彼得罗夫从鼻孔里放出一股浓烟。

"呵,怎么回事?"

"队长同志,部队的军心这样可不行。部队完不成战斗任务……"

"可是谁给了战斗任务呢?"队长彼得罗夫突然嚷起来,牛似的脖子通红,"第五军军部吗?我不知道这个军团。我没有编到那里去……只是铁路把我的部队同第五军联系在一起的罢了……我的部队只知道服从民意……我的部队不愿意执行独裁式的命令……把六十车皮破烂拖到肩上拉着,对谁有什么好处?全队的人心一这就是战斗命令……"

队长的背叛是很显然的。他愤愤的、面红耳赤地把自己暴露了……他大概是乡村教师,是半年前在立宪会议上倒向社会革命党讲坛,而现在奉中央会议的密令来工作的那些人中的一个……他够结实的，可也是一个傻瓜……伊凡·戈拉站在他面前，匆忙想着怎么办才好。

"跑到下边车站上的总指挥部，把队长的叛变报告给鲁德涅夫吗？不用问，在这样的混乱中，鲁德涅夫会派伊凡自己去镇压叛变。而且跑去会失掉时机。何况也不可能从这里走开……"伊凡斜着眼睛瞟了一下。红胡子和长头发的司令部的那两个人放下牌，右手插进衣袋里，戒备地望着伊凡。显然，他只要说话或举动一不当心，他们就会打死他……

磨坊上除了他们以外，没有别人，周围几百步以内，也都空寂无人。

"队长同志，兹威列沃被德军占领了，"伊凡·戈拉说着，自己不晓得为什么想出这句话，"阿尔焦姆同志的铁甲列车，已经停在里哈附近了。"

"撒谎！"彼得罗夫愤愤地，可是没有信心地说。

"我没撒谎，队长同志，您爬上风磨，从这儿就能看见铁甲列车……德军随时都可能来……必须去迎战……"

彼得罗夫对他望了一眼。司令部的两个人，面面相顾了一下。红胡子往风磨上去了，听得见他脚下的梯子吱吱发响。现在伊凡面前只剩两个人。于是，他慢慢走近，更严厉地低声说：

"队长同志，反正你得召集一次大会……部队秩序紊乱，敌人会像宰绵羊一样把我们宰光，这是事实。而且牺牲到敌人的子弹下，对你自己也不合算……"

霎时间，队长的粗脖子，又涨起一阵血潮。他呼呼地出着气，可是没有作声，分析哪些话是在挑拨。

"或是部队即刻撤出阵地，或是固守……请召开大会吧，队长同志……"

"好吧，"彼得罗夫沉重地从风磨上站起来，"好吧。你去吧……"

"老兄，人没有那样傻，你想照我的肩胛骨上给我一枪吗?"伊凡·戈拉想着，刚刚后退了五六步，一个红头发的脑袋，从风磨顶上的小天窗里伸出来。伊凡心里吓了一跳。

"彼得罗夫同志，"红胡子从小天窗里喊道，"大概五俄里远的地方，有一个什么鬼家伙在冒烟……大概是铁甲列车吧。"

"哎呀!"队长吃惊地说。

"哎呀!"伊凡更加吃惊地低声说。

于是，仿佛要证明这事似的，一声炮响，远远地在草原上滚过。

于是队长决定了。向那个长头发的点了一下头，低声命令他，叫他把银钱和文件装到口袋里，把马备好。他不看伊凡，皱着眉头，毅然决然地在田野里走着，往战壕里去了。伊凡离半步远，跟在他后面。

队长的嗓子很洪亮。他举起一只手，声震原野地喊起来："瓦尔瓦罗波里第三队的战士们! 我宣布召开战地大会……"

矿工们爬出战壕，从地上站起来。愁容满面、心怀不快的人们，都围在队长彼得罗夫周围。伊凡·戈拉眼望着地，站在他旁边。

"解决根本问题的时刻到了: 我们究竟为什么打仗呢?"队长向那些矿工们严肃的面孔望了一眼，开始说，"我们为什么离开了家乡? 我们为什么像绵羊似的，被赶到异乡来……"

"到异乡来，"伊凡·戈拉低声跟着重复说，抬起头来，冷笑了一声，"自家的'盖达马克'的鞭子和德军的探条，把我们赶到工农的异乡来的……"

"同志!"队长狂怒地望了他一眼，"不要打断演说人的话……丢开您的布尔什维克作风吧……您这不是在莫斯科……同志们!"他挥动两手，大声喊起来："我们打仗是为了我们的土地与自由……"

"为了富农的土地，为了社会革命党的自由，"伊凡大声说，"同志们!"

队长的脸红得像剥了皮似的。"在我们同德国侵略者的战斗中，莫斯科的共产党员把我们出卖了！莫斯科下命令把顿河流域交给德国人……而且把我们从故乡带出来，要把我们变成布尔什维克的奴隶……把我们送到这些战场上来当炮灰……想叫我们在这里打仗，而共产党员们好坐上火车到察里津去……"

"够了！不要宣传你的思想了！"伊凡·戈拉扯着嗓子叫起来，"同志们！我是彼得格勒的钢铁工人，这是我的证件。大家瞧吧，这是我的两只手，都瞧一瞧吧……可是，这个人你们认识吗？"

"不，不，不认识。"沃洛吉克和费吉克的声音，从矿工的人丛中回答着，随后是茹克的声音。

"让他讲讲他是谁吧……不过我简单说两句。队长彼得罗夫是社会革命党。全世界都晓得社会革命党，为了一块肥肉，为了一套蓝制服，把乌克兰出卖给德国人……谁推举他当队长的呢？……他是从基辅派来的，中央会议派他来的……他是一个挑拨离间的人……"

伊凡在空中挥着拳头，向队长瞟了一眼。正是时候。

彼得罗夫从枪匣里拔出手枪，对伊凡·戈拉的头开了一枪。伊凡·戈拉正好把头往下一缩，枪弹只从头发上擦过，他抓住队长的手腕，挥手照他眉心上打了一拳。队长长出了一口气，大叫一声，倒下去，有人，是沃洛吉克，还是费吉克，把他的手枪夺下来。矿工们都默默地望着一动不动躺着的队长。

伊凡·戈拉用衣袖擦着额头说：

"弟兄们……我做错了，我破坏了军纪，打了队长……你们决定吧：应该枪决谁——枪决我还是枪决他？……应当枪决忠于工人阶级的工人呢，还是应当枪决一个道道地地挑拨离间的人？……至于他是一个社会革命党和挑拨离间的人，这我可以用我的头来担保……你们决定吧。每分钟敌人都可能开始进攻。我们不能让敌人发现我们混乱……"

矿工们继续沉默着。于是茹克说：

"给我们出了一道难题，共产党员……怎么样：我们信任这个人吗?"

"信任,信任!"几个矿工回答说。其余的矿工们都点着头。

"我们信任你,那么,伊凡,你来指挥吧……"

6

里哈以南的兹威列沃车站,确实已经被德军占领了。五月三日,德军的骑兵侦察,影影绰绰在草原的尽头出现了。他们并不像三天以前,一开火就逃跑,骑兵侦察都分成小组,在远远的山坡上集结起来,下了马,监视着。不用说,在地平线那面,在他们后边,还跟着满身灰尘的步兵,摇摇晃晃地走着。

一辆破菲亚特牌汽车,从风磨跟前向部队驻地驶来。汽车咔嚓咔嚓响着,冒着煤油烟,停到战壕跟前。汽车上坐着鲁德涅夫和晒黑了的阿尔焦姆。

阿尔焦姆挥着粗手腕,张着晒焦了的嘴唇,对士兵们说:

"通到白卡里特瓦的铁路已经修好了,第一批列车开走了。今天夜里把所有的列车全都开出去……同志们,我们应当把任务完成:把两万五千名妇孺老弱送到察里津去……我们的军长带着一小队战士,在卡缅斯基村附近肉搏了三天三夜……帝国主义干涉者害怕无产阶级的刺刀……难道我们要在这里丢脸吗?"

阿尔焦姆是一位老练的群众工作者,他善于把千万人的感受凝聚成一个意志、一条心。死的恐怖只有在其他一切感觉迟钝、涣散的时候,才有支配的力量。有时候,当羞耻感远比死的恐怖敏锐的时候,当阶级仇恨的情绪,高涨到最热烈、最强有力的时候,其他一切个人日常的情绪,就被它淹没而消失了……

汽车顺着伸延的战线驶去。阿尔焦姆对战士们说,援军马上就开到

160

了，卢加什的部队要从卡缅斯基村开来，明天伏罗希洛夫带着所有的兵力就要开到了……士气振作起来，骑兵侦察队远远地往草原上驰去。开火了。

汽车后边留下一条恶臭的烟尾巴，向下边，往里哈车站驶去。虽然尽了一切努力，那里的混乱还是不可想象的。每一列车的居民，都想尽快从封锁在塞满了列车的捕鼠器里逃出去。首先开出去的是载着难民——妇孺的列车……但是，要想把列车调到往察里津的支路上，就必须把别的列车往后调，这么一来，马上就引起摩擦，车窗里，开着的车门里，马上传来粗野的喊叫，人们用自行处决相威胁，挥着手榴弹……

鲁德涅夫挑选了一队人，由邱盖指挥，其中有大力士包孔，有凶狠的普罗赫瓦契洛夫，有执拗的米柯拉，还有那两个歪鼻子瓦西里。这队人把指定的列车拨到道岔上。劝说、解释，都毫无用处。邱盖只仗着一个革命者的决心去做。

他并不手忙脚乱，只大摇大摆地走来走去，穿着敞着怀的海军服，胸上刺着一条中国龙。

"呵，让一让吧，老兄，"他对司机说着，就顺着列车，向人们在拼命喊叫的车厢跟前去了……"呵，把车门关上，呵，安静点……弟兄们，你们听不听我的话？干脆用革命手段，我这就用子弹扫了你们……呵，拿机枪来！……"

包孔抱着一挺机枪，拖过来。普罗赫瓦契洛夫肚子贴地，卧到机枪跟前。歪鼻子瓦西里递着子弹带。邱盖沉着地把纸烟从嘴里抽出来：

"呵，扫射。"

车门都关起来了。车里的人都从窗口躲开……司机拉着汽笛的手柄，一声震耳欲聋的怒吼，使人松了一口气，列车撞得车厢哗啦哗啦直响。

"最主要的是沉着，"邱盖说，"革命需要高度的镇定……呵，现在让载着儿童的那一列车开出去吧……"

可是，五月三日一整天，往白卡里特瓦只开出三分之一的列车。步枪声和机枪声在山坡和草原上，整夜没有停止。平坦的沼泽上升起湿气，遮蔽了繁星。四周漆黑，可怕。车站上和车厢里禁止灯火，甚至看见火柴的亮光，都会开枪。只有半明不灭的号志灯，在列车中间，顺着铁路摇晃着，挥动着。车里没有一个人睡觉，也不敢出来。在哗啦啦的缓冲器声中，粗野的喊声、枪声、沉重的脚步声，突然在黑暗中响起来。那些没睡的人，觉得远山那边的隆隆战斗声，更清晰，更逼近了……

那三辆窗口堆着沙袋的"风暴"队的列车，闹了不少麻烦。最初就被调到备用线上的无政府主义者们，愤愤不平，他们得到命令（由鲁德涅夫和阿尔焦姆签字，用黑铅笔写在一块报纸上），叫他们立刻带着武器出发。

"风暴"队在车厢跟前开起大会来。意见很分歧。那些年轻一些的，主张执行命令，虽然他们人数只占半数。饱经忧患的、年长的人们，坚决要求人员全部留在火车上，宁可打起来，也要把列车开到通往察里津的线路上。那个大眼睛的、害肺病的中学生，理想主义的顽固信徒，用细嗓子叫着：

"同志们，到时候了，忘掉你们的金烟盒吧，我们不是土匪，我们是无政府主义者啊！……"

手枪柄照这小子的后脑上狠狠一击，把他打得滚到车轮下边去了。可是部队依旧在动摇，直到小老头雅柯夫找到办法为止。他站到车门口的脚踏板上，扶了扶鼻梁上的夹鼻眼镜，干瘦的手里拿着一张纸，那是他提出的建议。

"接到……"他用狼嗥似的声音读着，突然笑起来……

"哈——哈——哈，"队里年龄较大的人们都跺着脚，大叫起来，"读下去吧，雅柯夫！……"

"接到某某号命令，'风暴'队不得不拒绝这种形式，因为无论此命

令发自何人，都同任何无政府主义团体自由发表意见的原则相抵触……"

大家都鼓起掌来，扔着帽子，"哎呀，小老头啊！聪明，真聪明啊……如果我们不是无政府主义者的话，早把他作为头目了。"

"风暴"队通过提案以后，就开始往通向察里津的线路上移动。十来挺机枪枪口，从堆着沙袋的小车窗口伸出来，回答邱盖的一挺机枪。这时邱盖对包孔、普罗赫瓦契洛夫和两个歪鼻子瓦西里说：

"闪开……"于是就对无政府主义者们说："你们这样耍无赖算怎么回事呢？是自私自利，还是反革命？这样得把你们弄到第五军军法处去……我们的机枪足够对付这帮混蛋。"他敞开海军服，把胸口的贴身汗衫撕开，露出一条青龙。"呵……（他说了几句尖刻的水兵话，说了一分钟，甚至更长。）照我胸膛上打吧……这就是你们最后的时辰了……"

无政府主义者动摇起来。对邱盖最重要的是保持他的威信。夜里他依旧让载着这些混蛋的列车开出去了……

一层层鲜红的朝霞，从低洼沼泽上的浓雾里透过来。大炮在山坡上隆隆作响。战斗的声音越来越近，越来越可怕了……飞机凶猛的嗡嗡声逼近了。人们都开始从火车里爬出来。妇女们在敞车底下拉着孩子。飞机的轮廓像凶残的昆虫似的，在黎明的朦胧的红光中，显得更大了。从飞机翅膀上落下来的小黑球，一个接着一个，像打在巨大的铁鼓上似的。车站上的建筑物冒起烟来。

列车在乱跑的难民中调动着。很快天就亮了，雾被风吹散了，山坡上的空房子和山上风磨的轮廓，已经都可以看见了。炮弹在呼啸，大炮对车站轰起来：褐色的烟朵腾空而起，大地在颤抖，军火车猛烈地爆炸了。成千上万难民纷纷逃命，从车厢里往下边低洼的沼泽地里跑去。

一个骑马的人，在车站的月台上出现了，他勒住汗湿的栗色马，来回转着头，用睁大的眼睛望着这儿的情形……他没有戴帽子，浑身尘土。从阿尔焦姆跟前走过，没有认出来他，就向一辆正在调车的车头扑去，爬了上去……几人用脚底蹬着枕木，推着车厢……邱盖迈着沉重的大步跨过铁路走着，大个子包孔被机枪压得弯着腰，跟在他后边。人和火车都笼罩在烟雾里……站长像被这一片混乱呛饱了，摇着头，徘徊着，肮脏的大衣、小木片，都贴在他身上。胡子一直长到耳朵上。他想从铁路爬上月台，但只筋疲力尽地坐到月台边上，抓着旧时代的制帽下垂的帽檐，摇晃着，重复说：

"我的天呀！"

"伏罗希洛夫同志！"从车站窗口喊起来，鲁德涅夫跳到月台上，跑到骑马的人跟前，用额头在他的膝盖上贴了一会儿。

"我到处给你打电话……派人骑马去找你……"

"我们把卡缅斯基村放弃了，"伏罗希洛夫说，"各部队都从前线撤退了。你这儿有什么好消息？"

"只剩十六列军车了……到晚上我们就能完成。（铁路上响起一声爆炸。）呵，德国人真无耻，我总想着……那帮混蛋知道得清清楚楚，却故意对平民轰击（又是一声爆炸。）难民们，还有这些惊慌失措的人们。伏罗希洛夫同志，你晓得，有五千来人都逃到沼泽里去了……"

"一个人也不能留下，把所有的人都安置上车……"

"你明白，没有机枪……我想用机枪从沼泽上吓唬他们一下……"

"我给你一两挺……"

"多谢你……"

鲁德涅夫的尖鼻子皱了一下，细听了一会儿，跑着，爬进窗子里，就到电话跟前去了……

伏罗希洛夫掉转马头，跳过车站的栅栏，到院里的墙跟前停下来。他下了马，活动了一下两腿。马用头照他脊背上碰了一下。伏罗希洛夫用吱吱响的辘轳绞了一桶水，放到膝盖上，饮起马来，马咕咚咕咚顺着嗓子喝着。伏罗希洛夫跳上马,飞快地赶着快活的栗色马,往山上的风磨跟前驰去……

7

彼得罗夫被押解到车站的特务科了。他的红发的和两个长发的参谋人员,逃得不知去向。部队作出决议:不放弃阵地,在新的指挥员未委任以前,请伊凡·戈拉担任指挥官。

"好吧,同志们,"伊凡·戈拉针对这个决议回答说,(这是在紧急会议上发生的。)"你们都晓得,我不是军人。可是一个党员应当会担任指挥,我将在这次战斗中指挥诸位……"

伊凡·戈拉把汗透了的衬衫整了整,把细腰上的皮带勒了一下。他把五个指头插到满是灰尘的头发里,向后一掠,抚摩了几下,于是就斜着眼睛,对亚丽萍瞟了一眼。她两手握着步枪的枪刺,站在这儿的煤矿工人中间,她一动不动地抑制着替伊凡的焦虑,愁眉不展地凝视着他。

"我下第一道命令……在战斗情况里,我是头,你们是我的左右手……这就是说,要万分绝对地服从……"有人对这嘀咕起来。他不许大家说话,就提高嗓门说:"同志们,大会开完了……一切反对意见,到战斗结束以后,我再接受吧……听命令:第一,到战壕去,不要挤成一堆,每人隔五步远卧倒。第二,不要张皇失措,浪费子弹,总之,不要有一点惊慌……第三,要好好记住,进攻的敌人,是咱们和全世界劳动阶级最讨厌的阶级敌人……子弹和刺刀是对付阶级敌人的唯一妙法,在这儿不许有动摇和怯懦……"

在这些日子里,伊凡·戈拉对于军事学,已经有点研究了。他下完命令,就即刻去派了警戒哨。矿工们都很喜欢他的话和他的坚决态度。泥土从战壕里飞出来:有的人用铲子挖土,有的人用刺刀挖土,用手往外扬。伊凡·戈拉派好了隐蔽哨以后，就回来在战壕后边三十步远的小丘上，亲自挖了一个指挥壕。他命令亚丽萍留在他身边，担任联络工作。

"事情都堆到身上了，亚丽萍，"伊凡低声对她说，"我怎么干呢？反正我像从一座悬崖绝壁的山上往下跑似的……我像一个冒险家似的干起来……"

亚丽萍不明白这话的意思，可是同意地点了点头。

"当然，为了这些事，我会被拉到特务科去的。我怎么回答呢？我将回答说：'同志们，我担负了我干不了的事，可是，我是出于革命的良心……'"

"热得很，"亚丽萍说，"战士们想喝水，可是没有水。"

"不错。你把指挥员的第一个错误纠正了吧……"

伊凡·戈拉坐在小丘上挖出的一个土堆上，仿佛自言自语，自己嘲笑自己似的，可是，他放在膝盖上的两只大手在颤抖。

"亚丽萍，把枪放下，快到村里去，随便找一辆水车、一匹马，或一头牛，把水运到这儿来。来，把我的手枪带上……"

亚丽萍放下步枪，带上他的手枪，飞快地向风磨跑去，她那条哥萨克裤子被风鼓起来。伊凡·戈拉实在一点也不知道，作为一名指挥员的他，现在应该做什么……要是敌人采取疲劳的办法，一直到夜里都不和他们交战怎么办？那坏蛋彼得罗夫故意不预备伙食，不办给养，士气要低落了，战士们要挨饿了。伊凡为了不让手发颤，就用手指敲膝盖。这时德军的骑兵哨恰好在小丘上出现了。这像一盘磨，从伊凡的心口搬开了。他跳起来，手搭凉棚凝视着远处掀动着透明而微颤的热浪的草原……他朝战壕跑去：

"战士们！敌人露面了。冷静点，让他们来到距离五百步的地方……冷静点，在装好子弹的步枪跟前卧倒……"

后来，阿尔焦姆和鲁德涅夫乘坐菲亚特，从风磨后边飞驰而来。

过了不多时，卢加什的部队从北方到达里哈。载着重伤员的几十辆马车跟着他们，在草原的大路上走着。这支部队在强悍的戈特米洛夫所带的兵团接防以后，昨天晚上才放弃卡缅斯基村附近的阵地。他们都形容憔悴、满脸胡须，脸上凝结着自己的和敌人的血，一刻不停地朝前走。好多人都赤着脚，有些人半截身子都光着，因为衬衫都撕作裹伤布了。战士们舐自己的黑嘴唇，蹬着地平线上像一道寒流似的草原的热浪。

他们都等待着最后的战斗，然后再回到六天以前离开的军车上休息。指挥员卢加什同旗手并排走着。当卢加什自己也透过灼热的灰尘，望见微红的幻景时，他对旗手说：

"呵，更勇敢些吧！……"

于是，他转过身来，面向排列凌乱的一群战士，倒退着，用沙哑的男高音唱起愉快的乌克兰歌，好鼓舞他们的腿继续朝前走……

从里哈传来的隆隆炮声，越来越清晰了，随即腾起黑云似的硝烟。在势若雷霆的战斗场面和那一群筋疲力尽，想用刺刀替自己开辟一条道路的人们中间，强弱太悬殊了。可是当远远望见耸立在里哈高空的白土坡上的风磨，被熊熊的火焰笼罩着的时候，战士们已经习惯了这种艰苦，都振奋起来，活跃起来。

卢加什把一部分队伍留下看守马车，带着其余的人，沿铁路向车站进发。那些没有开到那里的列车，都空空地停着。车站上有几处在燃烧。从右边的土坡上，一团团尘雾向这边越卷越近。卢加什对战士们挥起手来："你们等着，别开枪。"有五十来名骑兵，被灰尘和马的热气笼罩着，飞驰着从跟前飞奔过去。"混蛋东西！"在他们后面追着骂了一句。大概事情完全弄糟了：前线崩溃了。

红军的部队在德军进逼下，失掉了联络，沿着宽阔的高原退却了。伏罗希洛夫的出现，使秩序稍稍恢复了一点。当他停在山坡上，观察这种狼狈情况的时候，大家才认出他的栗色马来。他向那些弯着腰，躲避机枪火力的人影跟前疾驰而去。

"你们要把裤子都跑丢了呢！站住！"

他把马缰绳一勒，向前驰去，手扶着马背，喊道：

"来吧！前进呀！来吧！"

他骑着呼呼喷着气的栗色马，向前驰去，从马鞍上跳到战壕里的矿工们那里。

"弟兄们，你们躺着会把肚子躺坏的！来，前进吧！"

笨重的矿工们，像狗熊似的爬起来，跟在指挥员后边跑，一直跑到他喘不过气来，蹲到地上……

"挖壕沟掩护吧！你们的指挥官是谁？"

伊凡·戈拉来到他面前。子弹不断从他耳边嗖嗖地飞过去。伏罗希洛夫对他喊道：

"别冒险！"

伊凡·戈拉跪下来，望着他的眼睛……

"这又是你吗？指挥官彼得罗夫在哪里？"

"撤了。"

"做得对，你的部队担任侧翼。你现在支持着整个战线，你明白吗？（一阵恐怖在伊凡·戈拉的风火烂眼里闪了一下。）你们要战斗到最后一个人……"

"军长同志，请让我提一个问题……"

"什么？"

"关于剥死尸的问题……"

"什么死尸？"

"德国人的。"

"怎么？"

"这算不算趁火打劫？我的弟兄们都是光着身子，赤着脚……"

"怎么，你的头受伤了吗？"

"受伤了，军长同志……我的弟兄们一天一夜都没吃东西了……他们都变成野兽了……他们只要求一件事，让他们拼刺刀……从帝国主义干涉者身上把鞋、裤子、衣服剥下来给他们吧……"

他凑到军长的脸跟前，像狗叫似地说着，他的大鼻子和大嘴巴，都痛得歪了。伏罗希洛夫明白，如果现在笑起来，（可是他给人一种印象，真要笑出来似的。）这个怪人真要一辈子记恨他呢。

"你头脑还清楚吗?"

"清楚，军长同志。"

于是，伏罗希洛夫向前面的小山坡指了指：无论如何要占领那些山坡，并且要据守到夜里。

一个黑眉毛的青年，面孔憔悴、凶狠，带着不知所措的表情，抓住马辔头，跑步把马牵给伏罗希洛夫……

"他人事不省躺了一个钟头，他不会告诉你这件事的。"那青年用女人的破嗓子说……（一颗子弹打中了马耳朵，马摆了一下头。）他的脸整个都歪了……

"怎么?"伏罗希洛夫忍不住夺过马缰绳。

"你从下边派一个人去帮帮忙吧……"

伏罗希洛夫点了点头，跨上马，向燃烧着的风磨那边驰去。

这一天的结局是可怕的。德国的骑兵和步兵，竟然从四面八方进逼。他们的大炮，对着整个地平线咆哮着。飞机低飞着，整个草原到处在爆炸，仿佛大地本身爆裂了似的，喷着飓风似的尘土。古铜色的太阳，被尘烟遮蔽起来。

车站上的车厢在燃烧，装着炮弹的敞车在爆炸。铁路上覆盖着冒烟的弹片，尸横遍野，伤员们爬着、喊着。蒸气从打坏了的火车头的侧面喷出来。有些车轮朝天乱堆着。越来越猛烈的炮火，把剩下还没被毁的一切都扫除了。

　　在这不可想象的情况下，列车收集着从车站和池沼被赶出来的人，依然继续开出去。伏罗希洛夫、阿尔焦姆、鲁德涅夫、邱盖和他们的队伍，这几天来，这些早已出生入死、耳朵被震聋、紧张而疲劳得麻木了的人，全仗着一股勇气，坚决同惊慌失措的情况做斗争，做了些在这地狱里尚能做的事：把人们集中到最后的一批军用列车里，把列车调到开往察里津的线路上，用手榴弹把破车厢和坏车头都炸掉。

　　退却的骑兵，零零散散或成群地从烧光了的风磨旁的土坡上，顺着各条道路向里哈飞驰。没有载炮的炮车奔跑着……各部队向空中开着枪，凌乱地成群退却。他们遇到阿尔焦姆，他骑着马，浑身都是煤烟，被汗湿透了，穿着破衬衫，样子很可怕，想阻拦他们。他骑在马上咆哮着，恐吓着，他那充血的眼睛，看来比机关枪还可怕。人们都停下来，他打发他们回去……可是全线已经匆匆退却了，那些重新回去战斗的人们，又退了下来……

　　开来的卢加什的部队，也多少做了一点事。他们只想着一件事，就是不让敌人跟踪后撤的军队冲入里哈。他们在等待戈特米洛夫和他的后卫队，他们已经派出一列火车去接了。只有燃烧着的车厢留在车站上，货仓也要烧光了。放弃了前线的骑兵和步兵队，都沿着察里津的支线进发。

　　不管是怎样的溃败，任务总算完成了：除了少数被炸毁和击坏的车厢外，六十列军车，几乎全部突围，开到了白卡里特瓦。

　　"亚丽萍，还有子弹吗？"

　　"没有了……"

　　"怎么办呢？你瞧，那不是，他们来了……"

　　沃洛吉克说着，他虽然是个普通的小伙子，但忠实、沉着。他是爬到指挥员跟前来要子弹的。最后的两只洋铁匣都空了。伊凡·戈拉躺在洋铁匣旁边。

亚丽萍用两手支着，微微抬起身子望着。空荡荡的一片黑暗。一缕徐徐的青烟，在暗淡落日的余晖里缭绕。里哈的大火，在后边喷吐着。微红的阴影，从亚丽萍的头旁边越过艾丛伸展开去。

当黑黢黢的地平线上的炮口里，喷出炫目的火舌时，落日和火光的余晖，仿佛都飞到天上去了。这时亚丽萍清清楚楚地辨出了人影。他们往这儿，往矿工队的残部还据守着的小土坡跟前走过来。

"亚丽萍，指挥员牺牲了吗?"

"没有!"她简短地回答道。

"怎么没有……他气都不出了……"

沃洛吉克于是下手到伊凡身边翻起来，在他的衣袋和子弹匣里，找到几排子弹。

"亚丽萍……我们七八个人总共只剩下……没有子弹，我们待在这儿干什么……应该后撤吧……"

"你撤你的……"

沃洛吉克坐到光脚踵上，呼呼地出着气，把一排子弹上到枪膛里。整个草原又清清楚楚地从黑暗里露出来，草原上弯着腰的黑压压的人影，也露出来了。沃洛吉克对他们放了一排枪，每放一枪，浑身就往后抽动一下……

"你撤下去吧，亚丽萍……"

他拉着她。她用力把手抽出来。沃洛吉克在黑暗中低低地弯着腰，在嗖嗖乱响的子弹声中跑着。亚丽萍留在伊凡身边。

他直挺挺、一动不动地躺着，像长在地里似的。他是死了呢，还是因为受伤失了知觉呢? 亚丽萍不明白，而且也不去想这一层……不管他是活着还是死了，她反正都不能丢开他。现在山坡上只剩他们两个人了。弟兄们都匍匐着走了，他们干得对: 赤手空拳有什么用呢……

亚丽萍把膝盖伸出来，坐下，把沉重的步枪放到膝上，让两手歇一歇。她抱着头，皱着眉，望着草原……枪里有五颗子弹；接下去怎么办呢?她没有想到这些,她简直没有心思了,只是可怕地、凝神不动地待着。

她正好往刚才沃洛吉克指给她的草原那个地方看了一眼……所有的凹地和灌木丛里,又出现了很大的影子……亚丽萍一震,吓得喘着气;黑压压的、一群群强人,跑到距离二三十步远的地方……她开枪了……掀起一阵疯狂的呐喊……枪火的闪光……噼噼啪啪的枪声……脚步声……人们都朝她跑过来,另外一些人在她后边朝这些黑色的人影跑过去……手榴弹在爆炸……有个人妈妈娘娘地乱骂着,从背后扑到她身上来。亚丽萍整个身子扑到伊凡身上。

这是伏罗希洛夫派来的卢加什队,尽最大的努力把敌人从里哈击退了……是敌人呢,还是徒步的哥萨克军队呢,在黑暗里谁也辨不出来,他们滚蛋了,这一夜一直到天亮再没有来进攻……

六个人筋疲力尽地沿着铁道旁的土路走着。五个人拉着机枪,小轮子哗哗啦啦直响。第六个人是巴尔霍明科,被机枪子弹带压得弓着背,在后边蹒跚着。

这六个人是第五军后卫队的最后几个人。巴尔霍明科在铁甲列车上掩护退却,撤退到黄昏的时候,形成了溃散。他一直到天黑,用高射炮打飞机,用机枪驱逐混蛋的哥萨克骑兵,用重炮顺着铁路向卡缅斯基村那边轰击。

在黑暗中到了里哈,那里的一切都在燃烧,一切铁道都翻了一个身。所有的列车,所有的部队,都已经远远地在前面去往白卡里特瓦的路上了。

留在铁甲列车上的巴尔霍明科和那五个人,一名高射炮手、三名炮兵、机枪手和司机,他们卸下机枪,毁了所有的大炮,把蒸气聚到火车头的汽锅里,聚到爆炸的程度,把铁甲列车向卡缅斯基村方向放回去,去迎撞德国的军车。他们自己却步行,沿途收集贵重武器。

他们绕过里哈，拐到通往察里津的支线上。他们背后的里哈，在烟火弥漫中燃烧着，红光照射着空寂无人的平原。他们看见一个人，坐在铁道路基的斜坡上。他们停下来，喘喘气。巴尔霍明科把肩上沉重的子弹带，往地下一摔，问道：

"你在那儿干什么？"

"我脚受伤了。"那人稍停了一下，回答说。

"从前线下来的吗？"

"是的……"

"你们那儿怎么样？……"

"统统都撤走了……"

"你没有看见军长吗？"

那人又稍停了一下，很有把握地说：

"别人把他的马偷走了……"

"把伏罗希洛夫的马偷走了吗？叮是他本人在哪里?"

"谁晓得他呢？大概是失踪了……刚才有骑兵在这儿找过他。"

巴尔霍明科转过头来，朝里哈的方向眺望，那里的火焰，在望不透的黑云似的浓烟里乱舞，倒塌的屋顶卷起一串串火舌。他拾起子弹带，又把它缠到身上，慢慢朝前走了。巴尔霍明科爱伏罗希洛夫像弟兄一样。他们是老同乡——都是卢甘斯克人。他们少年时代，都是很艰苦的。他们一起做过布尔什维克的地下工作。难道他的朋友牺牲了吗？他的马被偷，这是一个坏消息，骑兵们并不是白寻找他的啊。军长不是一根针。准是中了流弹，马没有人骑就跑开了……

巴尔霍明科弯下腰走着，真见鬼，他觉得他的胡子湿了……

他在想心事，结果掉了队，好久都没有听见同志们在呼唤他。他们向火光冲天的那个方向指着：有个人骑在一匹垂头丧气的马上，从那边顺着大路走着，他的面前投下一道长长的微红的影子。

"巴尔霍明科同志，你瞧，这是不是偷伏罗希洛夫同志马的那个人？

马好像正是那一匹……"

"把步枪给我!"巴尔霍明科哑着嗓子说,敏捷地把缠在身上的子弹带解下来。"喂,骑兵!"他提高嗓门大喊着,向那个骑马的人迎上去,"骑兵,到我跟前来……你听见了没有,妈妈的……我要把你打下马来!"

他扳着枪机,向骑马的人跑去。不错!这是军长的马,从一切习性看来,这是他的马……骑马的人好像没有听见向他喊话,垂着光头,骑在马上,挽着缰绳的手松下来。巴尔霍明科愤怒万分地抓住马衔铁。骑马的人向他望了一眼……

"伏罗希洛夫同志!"巴尔霍明科叫了一声,"伏罗希洛夫同志,可是我们……"

军长认出是巴尔霍明科同志,就高兴了些。他在马鞍上转过身来望着大火,望了好久。

"你看见了吗?"他问了一声,又阴郁起来,"你看见咱们的耻辱了吗?"

他丢开缰绳,把手举起来,仿佛还不知道他的手要做点什么……

他把手放下来,又垂下头。

"你别忙,伏罗希洛夫同志……"

巴尔霍明科紧紧地伏到马脖子上,马摇晃了一下,马蹄踏得更稳了些……

"我理解你?当然是耻辱……"

"耻辱!"伏罗希洛夫坚定不移地重复了一句。

"你别忙,咱们谈谈……整个计划制定得很对……大体上说来,计划完成了……我军所担负的任务,没有完成(伏罗希洛夫咬了一下牙。)士兵们都很年轻,不坚定……进攻是一回事……可是,难道我们没有打败过德国的将军们吗?至于撤退又是一回事……这需要沉着……呵,虽然把大炮、机枪都丢了……可是,我们的损失是微不足道的……沙皇时代的战争里，多少军团全军覆没……可是，我们总算把整军人马从炮火中撤出来……胜利毕竟不是德国人的，而是咱们的……"

伏罗希洛夫突然仿佛有一块石头从心口落下来似的，低声笑起来：

"你真是一个可怕的怪人，巴尔霍明科同志……"

他跳下马，把马牵到站在路上的五个同志跟前，去帮着他们拉机枪。

第九章

1

反革命势力在无边无际的俄罗斯领土上展开了黑翼。

日本人占领了海参崴，这是征服西伯利亚的开始，一直到乌拉尔，都应该划归"大日本"版图。

德国人派陆战队，在恒河港登陆，去帮助使苏芬流血的芬兰资产阶级。

艾赫戈恩将军在基辅解散了中央会议，以及在扎波罗热-谢奇[1]中起作用的那些社会革命党人、孟什维克、自由主义的律师和乡村教员以后，扶植恭顺的，按德国人看来，是精心豢养出来的侍从将军斯科罗拔

---

[1] 16—18世纪哥萨克人在乌克兰扎波罗热的自治组织，亦译作营地。

德斯基^[1]为全乌克兰的首领。

"顿河救亡团"在德国人庇护下，在顿河的新切尔卡斯克召开大会，在大会上，哥萨克军官和富豪，选举了德国人所指定的、善于辞令的青年将领克拉斯诺夫，担任大顿河军的统帅，克拉斯诺夫向"救亡团"宣誓说，他要在秋天把顿河区同伏尔加河上的察里津的红军肃清。

德国人不顾奥国人的要求，出兵占领了整个克里米亚半岛，并且向流亡在那里的温顺的、毫无危险性的俄国"自由主义者"建议，叫他们组织一个克里米亚政府。

这么一来，德国的帝国政府就着手实现规模宏大的"大德意志"计划了。

三月间，在叶卡捷琳诺达尔附近，被布尔什维克击溃、失掉自己的组织者和领导者科尔尼洛夫，逃入顿河区与库班交界处的志愿军，在头目克拉斯诺夫的殷勤庇护下，变成了一支可怕的力量。土耳其、德国和英国用武力和狡计，深入高加索。根基尚未巩固的外高加索联盟共和国瓦解了，一切敌视布尔什维克的力量，把它分裂成梦幻泡影似的各独立共和国——孟什维克的格鲁吉亚、亚美尼亚、阿塞拜疆等共和国，这些共和国迫不得已，只得即刻去替自己找有钱的靠山。

但是羽毛未丰的苏维埃国家受到最惨重的打击，是在西伯利亚。

苏维埃政权在那里依靠难以置信的努力支持着：西伯利亚必须用粮食来哺育革命。莫斯科用电报鞭策着那些委员们："粮食，粮食……"从俄罗斯派来的或由西伯利亚工人组织的粮食队，惊起了还保守着阿瓦昆^[2]教派风习的古老村落和拥有千百顷良田和水利的土豪。西伯利亚

---

[1] 斯科罗拔德斯基（1873—1945），沙皇军队将领，是国内战争和外国武装干涉苏俄年代占领乌克兰的德国帝国主义的傀儡。1918年4月—12月任乌克兰盖特曼，乌克兰人民在红军帮助下起义时将他驱逐出境，后来他逃往美国。

[2] 阿瓦昆（约1621—1682），教长，俄国旧正教拥护者。他反对尼康的宗教改革，受到很多人的拥护。1682年5月14日，沙皇下令把他烧死。遗有自传《言行录》，是17世纪宝贵历史文献和文学名著，文笔优美，用语接近民间语言。

的大胡子商人勉强抑制着愤怒。散处在各城市的军官干部，毫不客气地投入到白党的团体里。从莫斯科和彼得格勒被驱逐出来的社会革命党人、孟什维克、立宪会议议员，都准备把西伯利亚这样肥美的一脔，从苏俄身上割下来。

五月二十五日，从平扎到伊尔库茨克的捷克军团的列车暴动了，这个军团正沿着单轨铁道徐徐向海参崴进发。

捷克军队的装备很完善，在阶级斗争进入白热化的局势中，成了一支可怕的力量。他们插着松枝的军用列车，绵延一千俄里，吸引了那些寻找武器来推翻苏维埃的人的注意。

协约国的领事、被解散的立宪会议的议员、各种救亡团体的军官、社会革命党人，遵照各自中央委员会的指示，进行疯狂的宣传，以便捷克人最后出来干涉俄国的事件。

捷克军车受德国参谋部的指示，几乎同时沿西伯利亚大铁道的各车站和各城市暴动起来，引起资产阶级、白党和富农的暴动。

西伯利亚即刻被切断了。这首先表现在它一跃而陷入饥荒之中。又一条补给线被切断了。每天每人领到八分之一磅面包的无产阶级中心，只剩下几天的贮粮。反革命胜利了：以为再加一点油，来上三两个星期，两大城市的居民就要离家弃舍，抛弃敞着大门的工厂，匍匐道路，死于沟壑，就连人民委员会也要屈膝求饶了。

2

双方武力较量，像下棋似的，反革命似乎不可避免地要占上风了。

全俄孟什维克党，在莫斯科召集了大会（当时还在全俄中央执行委员会内）。他们通过一项决议案："俄罗斯只有同协约国结盟才能得救"，并且提出一个坚定的口号："回到资本主义去"。

"左派共产主义者"对列宁路线疯狂进行小派别斗争。列宁、斯大林、斯维尔德洛夫不顾一切，坚决立定脚跟，领导整个布尔什维克党。必须毫不延迟，立即改变武装力量的相互关系。

十月革命制定了具有世界历史意义的艰苦、具体的任务，与另一方面反革命大军和匪徒，与日本的无畏舰、德国大炮以及协约国的黄金，与取之不尽、用之不竭的粮食、被服、煤炭、石油和铁的贮存相对抗。

列宁的《苏维埃政权的当前任务》的报告、五月二十日的全俄中央执行委员会的决议、人民委员会的宣言以及六月十一日关于组织贫农乡村委员会等指令，这些都像铜号似的响彻所有饥荒的城市，响彻动乱、愤怒的广大农村。这些指令宣布了社会主义的主要基础。建立了贫农乡村委员会。从来谁都不曾尝试过，从来谁都不曾见过的社会主义的创造，从生活的最基层，直到苏维埃国民经济计划问题的创造，从此以后，就成了生活的现实结构了。

当时在饥荒的莫斯科，召开了苏维埃国民经济委员会第一次代表大会，列宁在大会上阐明了社会主义国家改造的基本原则。

休息时领一小块又粗又湿的黑面包的大会代表们，都镇静地听着报告，讨论，议决，他们都意识到暂时的艰苦和巨大的历史任务之间程度上的区别。这没有什么了不起。这正是十月社会主义革命创造精神的表现，苦难深重的饥荒，并没有照国际干涉者和反革命派所希望的那样，把它带到死路上去，而是带到从来没有任何人尝试过的创造经济生活新形式的道路上去了。

国内的政治和经济权利，转到人类史上第一次领导大多数人民——全体被剥削劳动群众的阶级手里。制定了最重要而艰巨的任务："我们必须完全按照新的方法来组织数亿人生活的最深基础。"

这是列宁在这次大会上这样说的。代表们都听着他讲话，他们憔悴的面容都非常严肃，眉头深锁着。他从玻璃杯里喝了几口水，搜寻着表达思想的精确方式，发音有点不清地向听众说：

"我们所知道的一切，洞悉资本主义社会的最优秀的学者、预见到资本主义社会的发展过程的最大的思想家所给我们准确地指出的一切，就是：社会的改造在历史上必然要经过一条伟大的路程，生产资料私有制已被历史判处死刑，它将崩溃，剥削者必然要被剥夺。

"当我们夺取了政权而着手进行社会主义的改造的时候，我们是知道这个道理的，可是，改造的形式和具体改造的发展速度，我们都不知道，只有集体的经验，只有千百万人的经验，才能在这方面给我们以决定性的指示……

"我们要在工作进程中考查这种或那种机关，在实际工作中观察它们，用劳动者集体的、共同的经验，而主要是工作结果的经验来审查它们，我们要在工作进程本身中，而且要在剥削者进行剧烈斗争和疯狂反抗的情况下，来建造我们的经济大厦。当然，在这种条件下，根本没有理由悲观失望……"[1]

人民委员会没有屈膝，没有乞怜。布尔什维克党断然把十月革命转过来面向困难，它应当从这里吸取力量和创造力。困难也在于克服饥荒和突破反革命的包围，而且也在于摆在工人阶级面前的更重大的任务，就是把资本主义积累下来的文化、知识和技术的全部贮藏，满足建设新生活的需要。

革命提出了世界的宝藏，来代替那立刻需要的粮食、生炉子用的劈柴和棉衣，革命对肩负着政权的全部重担，肩负着专政全部责任的无产阶级，要求超人的努力。革命任务的伟大以及革命操守的严峻，这个，只有这个才能使革命得到挽救。

在那可怕的时刻，提出了三个口号：第一，粮食必须由粮食队的"十字军讨伐"从富农们手里夺过来，实行专卖，固定粮价；第二，无产阶级必须同最广大、最落后和受压迫最深的劳动阶层联合起来；第

［1］以上见《列宁选集》第3卷第569—570页。

三，把乡村的贫农，散处于广大农村经济中的千百万雇农、贫农和力量薄弱的分子，都组织起来。

3

列宁为了节省电力，把书桌上的台灯关了。他揉了揉疲倦的眼睛。没有窗帘的敞着的窗外，还是静静的蓝色的夜。乌鸦在克里姆林宫的塔楼上扑着翅膀，入睡了……

"我刚刚得到消息，这当然还没有证实，"斯大林说，"在察里津、萨拉托夫和阿斯特拉罕的苏维埃，废止了粮食专卖和固定粮价……"

"糊涂虫！"列宁伸手去拿铅笔，可是没有拿，"我说，鬼知道这是怎么一回事。"

"我不认为这只是头脑糊涂……在伏尔加河下游，粮食征收工作，真是为所欲为……在北高加索和斯塔夫罗波尔省就更糟糕。克拉斯诺夫随时都可能切断通到吉霍列茨克的道路，我们就要丢掉高加索和斯塔夫罗波尔了……这样下去是不行的……"

不知什么惊动了塔顶的乌鸦，它们飞起来，又落下去。

"斯大林同志，您有什么具体的建议呢？"

斯大林把一根火柴在火柴盒上一擦，火柴头哧的一声飞开了，他擦了第二根，小小的火光照耀着他似乎在微笑的眯缝着的、明亮的眼睛，下边的睫毛半闭着。

"我们把察里津的意义估计得太低了。今天的察里津，是革命的主要前哨。"他像平时一样，字斟句酌地说，"从吉霍列茨克经察里津、波沃利诺到莫斯科的大干线，是我们手中唯一的补给线。如果我们失掉了察里津，这就是让顿河流域的反革命势力同阿斯特拉罕和乌拉尔的哥萨克军队联合起来。察里津的丢失，即刻要造成从顿河流域到捷克的反革命的统一战线。我们将要丧失里海，我们将使北高加索的苏军陷于无可奈何的境地。"

列宁开了电灯。白色的灯光落到纸和书上，落到他匆忙寻找文件的两只长着褐色汗毛的大手上。斯大林低声说：

"我们的一切注意力，现在都应该集中到察里津。它是可以保住的，那里有三四万工人，境内粮食储备也非常丰富。察里津势在必争。"

列宁把所要的文件找到了，即刻把手放到额上支着头，浏览起文件来。

"我们必须宣布征粮'十字军讨伐'，"他说，"这一层从前没有做，这是个错误。好极了！好极了！"他向后仰着靠到安乐椅上，他的脸也兴奋、活跃起来，"察里津将作为我们斗争的中心。好极了！我们会在这里取胜的……"

斯大林的胡子下边，浮出了微笑。他抑制着狂喜望着这个人，望着这位历史上最伟大的乐观主义者，在最困难的关头，他能预见困难所产生的那种新的力量，这力量我们可以作为斗争以及制胜的武器……

五月三十一日，莫斯科《真理报》上，公布了一项命令：

> 人民委员会任命人民委员会委员、人民委员约瑟夫·维萨里昂诺维奇·斯大林为特命全权南俄粮务总领导者。各地方各区域人民委员会、工兵农代表苏维埃、革命委员会、名司令部长官和各部队长官、各铁路机关和车站站长、各内河和海上商船的组织、各地邮电和粮食机关、所有专员和代表均须执行斯大林同志的命令。
>
> 人民委员会主席弗·乌里扬诺夫（列宁）[1]

---

[1] 见《列宁全集》第 25 卷第 392 页。

第十章

1

　　察里津屹立在伏尔加河右岸被太阳晒焦了的光秃的山坡上。郊外是一片褐色的草原，干涸的小河和黄土山谷纵横交错。沿大河向北，是许多木厂和居民区，这里住着两万左右的伐木工人，木材流送工人，以及夏季沿伏尔加河流浪找活干的各色各样的人们。城南有大规模的兵工厂和法国的冶金工厂。

　　察里津是东南工商业的中心，粮食、家畜、石油以及里海的鱼类，都经过这里。想象不到这样一个地方会是一个重镇。这是一座不像样的、光秃的、尘土飞扬的木城。城市居民区的木屋后部——厕所——朝着开阔的伏尔加河，像水泡似的鼓着的窗子，朝着未铺石子的街道，这些街道从山坡通到山谷里。只有几条街道是用水冲日晒的鹅卵石马马虎虎铺成的，这几条街道从市中心通到垃圾满地的伏尔加河岸上，通到轮船码头上，通到那些堆栈和卖汽水、饼干、干鲤鱼、烟草和瓜子之类的木板售货棚和小铺。

照例在市中心，在尘土飞扬的大广场上，耸立着一座五十俄里外都能望见的大教堂。教堂的栅栏旁，周围被折断的槐树丛下，玻璃酒瓶的碎片闪着光，衣衫褴褛的乞丐在那里睡觉。不久前，还属于巨商富贾的丑陋的石头房子，环绕在广场的周围。没有栽树，却栽着电线杆的街道，通向四面八方。这里人间的欢乐景象，也会像沿街的松木电杆一样干枯的，因为从市中心到城郊居民的层次越来越低，也越来越贫穷。

在不知凉爽为何物的这样的晚上，只有一个可怜的消遣地方，那就是满罩着尘土、周围的枝叶都被摘去的槐树林荫道和与这同样枯燥的一座市立公园。庸俗的市民们敞着俄罗斯式衬衫的衣领，在那里游逛，嘴里吐着瓜子壳，脚下扬起的灰尘沾到黑裤子上。他们同女人们开着玩笑。

在公园中央一个扇形的舞台上，一个管弦乐队正在演奏，这是从乌克兰逃难来的犹太人。被大群扑灯蛾包围着的几盏煤油灯，高高地悬挂着，照着一张张没有铺桌布的小桌子，那儿可以喝啤酒，吃烤羊肉和肉丸子。

这里的人比较干净，有从北方来的、穿着讲究的条子布衣服的"太太们"，伤感的、大胡子的知识分子，隐瞒自己职业的军官，穿着敞领衬衫的、矮胖的投机商，从那些被布尔什维克封闭了的报馆里出来的、汗气冲天的新闻记者和许多像秋风扫落叶似地奔波于各城市，寻求比较有点秩序，以及最低限度的太平和白面包的人。

在这里的一些一直营业到半夜的私人店铺里，有很多白面包和其他食品。当然，这些都贵得要命，但幸亏有了这些。布尔什维克政权在这里和在莫斯科和彼得格勒不同，采取了容忍，甚至有几分宽大的态度。许多来到这里的人，都宁可在这里多受几星期罪，等到政变，等到完全摆脱布尔什维克的恐怖，而不愿去冒险南下，都不愿到那胜利的钟声响彻云霄的收复了的哥萨克的新切尔卡斯克去，或"出国"：到奇妙的克里米亚，到一片太平景象的、被德国人扫荡得一干二净的美丽的基辅去。

在郊外的两个区里，局势就完全不同了。在兵工厂和冶金工厂里，在火一般热烈的大会上，为数不多的布尔什维克党员们，把无党派的群众从孟什维克和社会革命党手里夺过来，他们匆匆忙忙修理各种武器，铁甲列车和装甲汽船的装备也都造好了。

在木料码头上，在四十六个锯木工厂里，在工务室里（即分派工作的地方），组织了"沿河战斗队"。

哥萨克的暴动，现在推进到顿河交界，而且一直达到顿河左岸。五家村陷落了，左岸斜坡上的大村庄卡拉齐也陷落了。

据守着其尔村附近阵地的少数察里津部队过了铁桥，向顿河左岸的草原方向退却。五月二十二日，白党把铁桥炸毁了，桥的西端从三十砂仁的高处落到沙滩上。伏罗希洛夫增援察里津的军用列车，从白卡里特瓦徐徐开行的时候，通到那里的路却已经断了。

暴动一直蔓延到顿河区辽远的北方，听说哥萨克向波沃利诺进发，以便把莫斯科和察里津的联络切断，把察里津牢牢地控制起来，通到南方的道路，通到北高加索的谷仓、库班和捷列克的道路，像一根烂线似的，眼看就要断了：在三月里吃了败仗以后，经过休整和补充的志愿军，又在那些地方开始军事行动了。

2

"同志，请原谅我们把这次会议搞得神秘了点，因为这是特别会议，这是上级的命令。"诺索维奇将军含着微笑，对走进房间来的每一个人说，房间的桌上铺着报纸代替桌布，上边摆着点心和烧牛肉，有十来个人擦着汗，解开衣领，坐在桌旁。莫斯卡廖夫穿着帆布的托尔斯泰装，坐在桌子头上，每次都打断诺索维奇的话：

"够了，够了，别解释了，叛徒。老兄，我们不是孟什维克，不是素食主义……你晓得，哥萨克村里有一句俗话：咱们的胃连刺猬也能消化掉……"

他把大拳头放到桌上，哈哈大笑起来。这就是上级啊：是察里津市市长兼苏维埃主席莫斯卡廖夫。昨天他给诺索维奇打电话说："将军啊，你为什么拖延你的生日呢？老兄，这是怠工啊。你等着吧，明天我们到你这儿来。"

他想出生日来，当然不只是为喝伏特加。他似乎要和诺索维奇开秘密会议，亲自打电话邀了北高加索军区的军事指导员，前将军斯涅萨列夫[1]，动员部的军事专家，前上校柯瓦列夫斯基，炮兵监督，前上校切贝绍夫，司令部党代表谢里万诺夫，总之，把军区里这些困惑不解的军事首脑们都邀集来了。

自以为非常狡猾的莫斯卡廖夫，想在这次友好的宴会上，试探试探这些专家们。在苏维埃里，在执行委员会里，流行着捕风捉影的谣言，说什么军事失利啦，部队的指挥官不明白命令啦，以及关于察里津的四个司令部之间的不断斗争啦。这四个司令部就是：地方部队军事指导司令部，察里津战线的省军事委员会司令部，保卫南俄司令部及北高加索军区司令部。

这些荒谬的流言，大半来自工厂里的基层党员。更加荒谬的是斯涅萨列夫、诺索维奇、切贝绍夫和柯瓦列夫斯基，他们都是带着托洛茨基的委任状到这儿来的。当然，这并不妨碍莫斯卡廖夫得到自己的印

---

[1] 阿·托尔斯泰根据30年代可能得到的材料对斯涅萨列夫做了否定的结论。现已查明安德烈·叶甫盖尼耶维奇·斯涅萨列夫（1865—1937）是著名军事家、东方学家，从革命一开始就转向苏维埃政权方面，在红军中忠诚服役，察里津战役后仍担任过一系列领导职务。——原注

象……

除了这些人以外，在座的还有：新近由莫斯科派来的石油运输专家，工程师阿列克谢耶夫，他是一个保养得很好，白发苍苍，面容显得年轻而果断的人，还有他的两个儿子，一个是二十岁的步兵上尉，另一个是二十二岁的中校。他们是跟随父亲来到这里，而且已经被诺索维奇安置到司令部里了。他们老成持重地并排坐着，没有去拭那剃得发青的圆圆的光头上的滚滚汗珠。

诺索维奇，而且不仅他一个人，很明白莫斯卡廖夫的意图。谈话不很投机。在这样炎热的天气里，谁也不想吃肉。白干是温的。只有那位顿河哥萨克，党代表谢里万诺夫，每喝一杯酒都说笑话，讲哥萨克的风俗，咯嘣咯嘣地啃着软骨，明光发亮的眼睛，狡猾地望着司令部那些人一张张哭丧的脸。他大概感到屈辱，准备吵一架，可是没得到机会。

和蔼可亲的诺索维奇颇具戒心，很有分寸，好多次都重复一句话："实在说，莫斯卡廖夫，你想出这些生日……"

"老兄，我是僧侣的儿子，"莫斯卡廖夫从桌子的另一端打断他的话，大声嚷道，"我可是内行……（他用五个手指把头发往后一掠，噘起嘴唇，慢悠悠地说。）上帝啊，我们向你祈祷，让这房子长寿吧……"于是哈哈大笑起来。大家都斟上酒，碰杯，可是依旧感到拘束。切贝舍夫坐在那里望着盘子，脸色活像赴强盗们的宴会似的。军事专家柯瓦列夫斯基身材高大，小脑袋，圆胡须，生着一副令人不起快感的紧张面孔和灵活的栗色眼睛，他的声调太别扭，最好是一语不发。（可是专门注意自己的莫斯卡廖夫，没有留意到这位军事专家刺耳的声音。）

在座年龄最长的是北高加索军事指导员斯涅萨列夫，不大的身个，体格结实，戴着眼镜，大鼻子，短短的苍白头发，他和自己过去的官阶以及现在的地位，很谐调一致，严肃地隔着眼镜望着。

他出身于在太平而暗淡的亚历山大三世时期得势，而现在已经衰败了的俄罗斯名门的血统。他照着自己的方式爱着祖国，他从来不曾想一想，在祖国究竟有什么足以令他珍视，如果有人向他问起这层，他就略微一想，一定回答说，他爱祖国，就像一个军人应该爱他的国家一样。

日俄之战的耻辱（他在战争开始时是一个中校），动摇了他精神的平衡和对于国家制度的牢固、盲目的信仰。他读过几本"赤化"的小册子，所得的结论是自失体面的沙皇政权和人民之间的冲突是无论如何也不可免的。这结论平平静静地保留在他心里。

第一次世界大战时，他晋升为将军，那时他既没有表现出机智，也没有表现出天才。这次战争，是超乎他理解之外的。波兰的丧失，在加里西亚[1]的覆没，苏霍姆林诺夫[2]和伦年卡姆普夫[3]的叛变，高级指挥的无能，拉斯普庭[4]的丑闻，这些使他从军人的爱国主义，重新回到以往的革命不可避免的思想上来。他期待过革命，甚至在十月革命时，当他那小市民的想象力拒绝去理解一切的时候，他还是站在红军方面。他以为革命的热情、群众大会、红旗、推动群众离开原地方的旋涡平静下去的时候，一切都会恢复秩序的。

他认为科尔尼洛夫率领一小批军官和士官生出征北高加索是疯狂的冒险。可是当志愿军在草原上的耶戈雷茨村和麦奇金村势力巩固起来，

---

[1] 加里西亚会战（1914 年 8 月 18 日—9 月 21 日），第一次世界大战期间在加里西亚发生过卢布林·赫尔姆战役、加利奇·里沃夫战役、戈罗多克战役。最后俄军获得胜利，将奥军从加里西亚（西乌克兰）驱往喀尔巴阡山。
[2] 霍姆林诺夫（1848—1920），1915 年因与外国间谍有联系，被捕入狱，但由于拉斯普庭坚持，获释。十月革命后，逃往国外。——原注
[3] 伦年卡姆普夫（1854—1918），沙皇将军，镇压 1905—1907 年革命最残暴的刽子手之一。第一次世界大战初期造成俄军在东普鲁士失败的罪魁，十月革命后在塔甘罗格被处决。
[4] 拉斯普庭（1872—1916），活跃于尼古拉二世宫廷中的骗子手。出身托博尔斯克州的农民，青年时代当过盗马贼。拉斯普庭曾冒充"预言家"和"神医"而钻入宫廷，并对国家大事起很大影响。他的活动是沙皇俄国高级统治阶层极端腐朽的表现。拉斯普庭于 1916 年 12 月为保皇党集团所杀。

开始打击以拿破仑自居的总司令索罗金[1]的时候，当头领克拉斯诺夫在大庭广众之中说"正教之母俄罗斯"的时候，那种早已丧失的、最亲的、永恒的思想，又在斯涅萨列夫心里浮起来……他的思想和感情，又动摇起来了。

专心观察着他的诺索维奇，请他允许"开诚布公"谈一谈。诺索维奇对他说，他自己的怀疑和动摇，使他感到对方的怀疑和动摇。斯涅萨列夫听完诺索维奇的话，什么也没有回答，就让他走了。可是这夜的谈话，对他起了决定性的作用。布尔什维克、党代表、社会主义、衣衫褴褛的工人，所有这一切，对于斯涅萨列夫将军，确实是不相容的。

"同志们，你们真是些怪人！你们哪怕去参加一次工厂的大会也好啊，"莫斯卡廖夫绝望地用笑话来打破这冰冷的尴尬气氛说，"你们瞧瞧那儿的人吧！都沸腾了！钻出一个什么装卸工来，浑身衣服都大窟窿小眼的，饿着肚子，头上粘着草，你想怎么样呢，他满口都是世界革命什么的 这时难道能垂头丧气吗，同志们，对于我，三辈子都嫌少呢，我说良心话！我每天都想到我已故的母亲，她恰恰在我们这个时代生下我真是太好了。"

他又哈哈大笑起来。斯涅萨列夫说着，撕了一块干鲤鱼：

"这当然是一个大时代……可是我们作为军人很少想到这些事情……我们的任务很平常：就是狠狠打击敌人……莫斯卡廖夫同志，我们把这个时代奉献给您吧。"

诺索维奇即刻估量到这几句话会产生不愉快的影响，就连忙纠正道：

"莫斯卡廖夫同志，军人是具有坚定目标的人……目标定好，就开枪……可是，谢天谢地，至于去分析……这是文官的事……我们的目标，就是诚心诚意接受革命……这是军事指导员同志要说的话。"

---

[1] 索罗金，当时任北高加索军队指挥官。后发现叛变，被处决。——原注

莫斯卡廖夫严厉地、不赞同地摇了摇头：

"这是徒劳无益的，徒劳无益的，同志们……谁也不妨去读一点书……你瞧，目标应该放远一点啊……"于是他又宽宏大度地说，"不要紧，给我一些时间，我把你们大家都变成布尔什维克……可是我们的任务是什么呢？咱们的国家是野蛮的，不开化的，农民都是野兽。可是他们，这些小私有者有一亿人，他们都是土包子。显然，利用这样的可能性，同这样的老百姓来建设社会主义是绝不可能的事。这一点是我不同意的地方——这一点可以当面对列宁说：'不行，我们干不成的！……我们的肠子都会累断的！我是一个俄国人，是俄罗斯土生土长的……谁也没有我知道它知道得清楚……我们的老百姓都是些野兽。'可是，契诃夫却有一句名言：'如果好好儿教训，连兔子都能教会划火柴。'就是这！这就是咱们的任务！明白吗？利用人民的革命怒潮。这不但可能，而且应该。"

切贝绍夫像准备咬人似的，张开洁白的小牙问道：

"莫斯卡廖夫同志，全世界大火，这是明白的。可是最终目的是什么，长远的目标又是什么？您给我们解释解释吧。"

"同志们，革命——这是怒涛，是巨浪，"莫斯卡廖夫伸开手比画了一下，"我们处在浪尖上。可是每一个浪头，终究要落下去的。对于我们，最重要的是及时掌握政权，占领制高点……"诺索维奇站起来，窄窄的面孔上，带着一种意味深长的神色。他端起一杯热白干，一清二楚地说：

"诸位先生们……（他依旧清清楚楚毫不发窘地改口说）同志们……我举杯祝贺领导我们向制高点前进的我们的领袖莫斯卡廖夫同志。乌拉！"

大家都回答道："乌拉！"莫斯卡廖夫很满意，他总算有机会好好说说了。他对军事专家们的恐惧，烟消云散了：这些人究竟都是爽直的丘八。他们原不是有聪明才智的人，可是从清廉、忠贞、果敢等方面说来，他们却都是金刚。

一个迟到的青年客人进屋来。他身材不很高，略显消瘦，被太阳晒成了深紫色，长着两只乌黑的大眼睛，这是察里津执行委员会主席耶尔曼。

他匆匆向在座的人点头，走到莫斯卡廖夫跟前，对他耳语。

"谁?"莫斯卡廖夫大声问。

"斯大林。"

"什么时候?"

"大概明天。"

"那有什么呢，我们去迎接吧……你请坐吧……喝杯酒吧?"

"对不起，同志们，"耶尔曼用不会微笑的黑眼睛，向桌子环顾了一下说，"在格鲁吉亚锯木厂里，马上要开群众大会，情况不太好……"

他不打招呼就匆匆出去了……

3

在一捆捆木材堆中间，在撒着碎木片的"格鲁吉亚锯木厂"里（前马克西莫夫兄弟开办的锯木厂），太阳透过无风的空中的灰尘蒸晒着。成百上千到会的群众，情绪激愤。从早晨起，私人的店铺竟没有面包了。商人们解释道："亲爱的朋友们，我们自己一点也不晓得，三天都没有来面粉了，大概末日快到了吧……"在粮食局所设的小铺里，面包坏得连猪都不吃，就连那也转眼就没有了。

饥饿的群众，听着形形色色的演说者登到代替演说台的一摇三晃的小桌上讲话。到会的党员很少：大半都上前线去了。留下的都为能在大会上保持优势而竭尽全力。

可是，今天出人意料的是连那些从前保持沉默，以及第一次露面的人，都说起话来了。群情激愤，眼看就要冲上去，要挤坏人了。群众愿意听，愿意去理解、分析每个人的讲话……

一个大名鼎鼎的"狗崽子"——孟什维克马鲁辛，大嘴，矮身个，粗腿，啼笑皆非地皱着脸，站到桌子上说：

"我们鞠躬如仪地向共产党员同志们表示感谢，感谢今天的款待吧。他们干得可好了……乡下再不给我们运粮食来了……社会主义在事实上已经实现了，这已经证实……无论何处，大凡共产党掌权的地方，就没有粮食……我再也没有可补充的了。"

群众阴沉地沉默着。接着马鲁辛上去讲话的是一个基层共产党员，他是个锯木工人，带着害肺病的双颊，眼睛睁得很大。他那解开腰带的衬衫下边，是又饿又瘦的身体，头发蓬乱。

他自信地捏着拳头，睁大的眼睛，不是盯着站在他周围的同志们的脸上，而是盯着高处，盯着根本的真理。

"你们不懂吗？你们干吗不把他从桌上拉下来呢？……马鲁辛——这是劳动者的仇敌……他要你们到哪儿去呢？他在马克西莫夫兄弟那里当过办事员……这就是他反对共产主义的原因……可是你们还听他讲……他还想叫他的主子把你们的骨头都累断呢……他说了些什么话呢？面包没有……面包这东西……会有的，我们会有面包的！……我记得，我在码头上好几个钟头地望着白面包……我晓得面包的价钱……我们情愿不吃面包，但不愿为他的面包出卖革命……"

"说得对，说得对！"有人说，有人在点头。第三个演说人朝桌子跟前走去，他是老年人，还是中年人呢，很难分辨。秃头，蓄着蓬松的胡须。他爬上桌子，深深地鞠了一躬，戴上铁丝眼镜，从黑色的、满是灰尘的上衣口袋里，掏出一张叠着的纸，小心翼翼地展开，望着草稿，装腔作势地说：

"人为万物之灵……啊，我的天呀，人变成什么东西了啊！……他像骆驼似的，在工厂的煤烟里和地底下的煤灰里，流着汗，损坏着自己的肺脏，劳动着……可是少数富翁们却花天酒地、肥吃海唱……我们不需要那些少数的富翁们……我们不需要那些工厂、作坊和煤矿……这些只不过是损坏我们的肺脏，震动我们的神经罢了。难道我们为着这些熏得乌黑的烟筒还要再去流血吗？让咱们来把工厂分一分，各取所需，都回到乡村去，回到大自然去。咱们去从事耕种、养畜和园艺吧。咱们去做万物之灵吧，太平盛世将要来到，而血腥的战争自然而然就会停止了。"

那位古怪的演说家摘下眼镜，把它同那张草稿一起放到上衣口袋里，勉强从桌子上爬下来，大模大样地从人群里钻过去。大家都给他让路。他的话和他说话的样子，使听众吃惊。今天像古时候开市民大会似的，都自发地聚拢来了。

他们都知道前线失利，敌人逼近察里津了，面包也不能照常供应了。而当时最令人惊慌不安的是没有一个人感觉到在这大难临头的当口保卫城市的坚强铁腕何在。

可是，这儿还有各色各样的演说家，激起人们的想象。鬼晓得现在应该相信谁。有时三个人一齐登台，互相吵骂着，推搡着。

难堪的闷热，笼罩着堆满木材的伏尔加河岸，宽阔的河面上，像热油似地闪着苍白的光。一个演说家嚷着说，不能强征农民的粮食，农民自己晓得粮食值多少钱，而粮食专卖——就是饿死……另一个演说家挥着拳头，用沙哑的粗嗓门喊道："我们等什么呢？弟兄们，我们改选苏维埃吧，我们不让一个共产党员当选……那时候战争也就完结了，粮食也有了！"

耶尔曼出现在桌前，他的脸在抽动。跟他一起来的有一个身材高大、瘦骨嶙峋的老太婆。她穿着绿裤子和士兵的衬衫，随便梳过的苍白头发，从红军士兵的军帽下垂下来。这是"格鲁吉亚锯木厂"里无人不知的萨莎·特鲁布卡，是搬运小工，察里津苏维埃委员和执行委员。大家都对她喊道：

"萨莎，你干吗穿男人的裤子呀？"

她低声答道：

"我会告诉你们的，等一等吧……"

可是存好意的人不多：被那些演说鼓动起来的群众，都不平起来，于是更紧地向耶尔曼站的桌子跟前挤去。有人喊道：

"可管理好了……"

"又来劝我们来了吗……我们听够了！"

"去你的那一套玄妙的高论吧……拿面包来吧！……"

耶尔曼只用黯然无光的、愤怒的眼睛，对那些热得面色通红，蓬头乱发的搬运工人、运煤工和锯木工人望了一眼，望见他们破衬衫下肌肉凸起的、裸露的胸膛。他爱这些伏尔加河流域感情充沛的群众。他们热爱自由，胸怀磊落、殷勤好客。他们嘲笑安逸的生活。当他们起来反抗不公正的现象的时候，英勇无畏。他们对于生活要求很少，也要求很多。他们都是赤着脚，衣衫褴褛，因为他们身上所剩的，都是在愤激的时候不能拿去换酒喝的东西。他们怀着热情，体验了一切巨大的事件。他们到处都觉得不自在。在大会上，他们讨论了社会工作计划：修筑二十五俄里长的伏尔加河堤岸，给一切劳动者建筑休养所，开凿伏尔加河同顿河衔接的运河。他们很容易受热情的鼓舞，同时也容易怀疑和愤怒。

耶尔曼即刻明白敌人今天对这批爱好自由的群众，下过一番工夫了，他握着两只小拳头，严厉地高声说：

"你们嚷够了没有？还要再继续嚷吗？面包没有，可是，要是你们自己不去拿，将来也不会有。工人队伍在屈辱地退却，把直通察里津的道路对敌人开放了。农村的富农们，公然起来反对粮食队。一切反革命的混蛋——孟什维克和社会革命党人——准备鸣钟来欢迎克拉斯诺夫的将领们呢。你们听苏维埃政权的敌人演讲吗？为什么两万码头工人中，只编成了一支八百名的队伍？谁来保卫你们？谁会给你们面包呢？一个

人也不会有的！如果你们自己不愿意要，那谁也不会给你们的！"

耶尔曼犯了一个错误：他发火了。这惊动心魂的几天和失眠的几夜，他心里所焦虑的一切，都熔成群众所不理解的憎恨。他用一种装腔作势的、难听的声音嚷着，仿佛有一道突如其来的鸿沟，把他和群众隔开了，他在鸿沟的这一面，而群众在那一面……

愤怒的群众向他冲过去……如果他稍稍有一点防卫的表示，大家一定会把他拉下来撕成碎片……

萨莎爬到桌子上，站到他旁边。她对群众挥着手：

"静一点，静一点，不要挤吧，乡下佬们……"于是又对耶尔曼说，"你下去吧，我来对他们说……乡下佬们，靠拢一点，给人家让一条路过去。"

耶尔曼依旧留在讲台跟前，低着头，艰难地呼吸着。

萨莎把满是皱纹的嘴拭了一下，眒了一下无光的小眼睛。她那饱经风霜、满堆着皱纹的脸，温厚而直率。可是，大家都晓得她很机灵、聪明，而且能说会道。

"乡下佬们，乡下婆们，我用沿河一带的话来同你们谈谈。你们不懂那些咬文嚼字的话。……你们干吗向耶尔曼同志冲过来呢？他是坐办公室的。我是搞群众工作的，你们对我说吧？"

群众中发出声音说：

"一路货……"

于是另一个人说：

"别惹她，不然她要用骂娘老子的话来吓唬咱们呢……"

"我是要吓唬你们的，你们对我一点办法也没有，好孩子，"萨莎皱了皱眉，回答说，撇开两腿，以便在一摇三晃的桌子上站得更得劲些，"从前人都说，男人是针，女人是线，可是，现在女人是针，你们拖在我后边拉吧，你们别生气……"

群众笑起来。一个人怒冲冲地说：

"指挥官，你穿起男人的裤子……奸狡百滑的东西……"

萨莎接着说了一声："哈哈！"于是就开起玩笑来：

"我为什么穿男人裤子？因为漂亮呀！（一阵人声：'你转一转身子！''你蹲下去！''太窄了！''要挣破了！'在哈哈大笑声中，还说了些更不堪入耳的话。）我从前就不高兴穿裙子……你一登上讲台，即刻就有人对你说：'女人，你用不着乱钻……'我来到司令部，穿裙子人家不让进去……我保证说：'我不是女人……（于是又说了些不堪入耳的话。）我是一名战士同志，我在屯子里亲自消灭了两队白匪……我可讨厌透裙子了……'今天我一回到家，我儿子米什卡的军服在墙上挂着，我把它穿上，拿起手枪，就到这里来了……"

萨莎那两只完全不像老太婆的聪明、无光的小眼睛，从和蔼可亲的、满是皱纹的脸上，突然向听众望了一眼。

"笑话说够了，来谈正经事吧……我今天同我的妇女们谈过话。在各木料码头上，我们有六千名妇女……她们干活干得比你们好，钱也比你们男人领得多……"

"好了，好了，萨莎！……"

"你胡说，别瞎扯了……"

"比你们好，比你们好！……我的妇女们都是有组织的。游手好闲的比你们少，而且也都不喝酒……"

"你瞎扯，你这老妖魔，你自己也喝呢……"

"我自己是另一回事，我是政府，我自己有一份特别的口粮……（大家又都摇着头，笑起来说：'她真能说会道呵，无论什么她都答得上来。'）六千名妇女和你们这里年纪大些的大胡子老头子们，都留下来干活……其余的庄稼汉都得去支援革命……"

她这话说得平常而坚定，大家一下子就都静下来了。现在大家都开始怀着同感听她讲话，紧张地望着她那男性的、堆满皱纹的脸，连一个字也不愿放过。谁要想说一句笑话，立刻就会有人狠狠照他后脑勺上揍一下。

萨莎是自修学会识字的，在她走遍全俄的五十八年的生活中，她当过雇农、羊倌、厨娘和木料码头上的苦力。一九〇五年，她失去了三个亲弟兄，在第一次大战中，失去了两个儿子和丈夫，可是她没失掉蓬勃的朝气和力量。现在，她对上千群众讲话，就像同自己的亲儿子推心置腹谈话一样。她的话朴实、简练，她激动得像老太婆一样把嘴皱起来。

"不管怎么吵，谁也逃不脱这一场大难。乡下佬们，那么最好还是来为事业牺牲吧……咱们别让哥萨克人像宰鹅一样，把咱们的脑袋宰掉吧。大军已经由里哈附近开来帮助咱们了。明天最高委员斯大林就从莫斯科来了。可是，我们还在用指甲搔脑袋瓜呢。大家起来组织一个格鲁吉亚锯木厂团吧。你瞧，装着步枪的大卡车在那儿停着呢。去领枪吧，明天就上前线……"

被灰尘笼罩着的两辆装着枪支的卡车，往讲台跟前开去。"发枪吧！"人们粗声粗气喊叫着。人群中开始拥挤起来，自告奋勇的人们越来越多，越来越热烈，都朝第一辆卡车所装的枪堆上坐着的那个水兵跟前挤过去……

4

马车在石子路上的辚辚声，从清晨就把人们惊醒了。早晨的，可是已经酷热的太阳，刺得人眼睛发痛。莫斯卡廖夫驱赶着汗脸上爬的苍蝇。"在这样热得要死的天气里喝烧酒，简直是自找罪受！……"他从床上坐起来，对脚下的纸烟头望了一会儿，接着果断地爬起来，穿上蓝色马裤、紧皮靴、帆布托尔斯泰装。从玻璃水瓶里喝了几杯难喝的淡黄色的水。吸着烟，翻着床边小桌上放着的一堆报纸，他觉得报纸上、手上，以及世界上的一切，都好像蒙着一层细的干灰。

他找到五月三十一日的莫斯科《真理报》，皱着眉头，把授予斯大林委员全权的命令读了好几遍……用指甲搔着自己肥胖的、没有剃的下巴，不耐烦地摇着电话机的把手，叫自己的秘书："彼得·彼得罗维奇，莫斯科的火车什么时候到？大约过四十分钟吗？呵！……打电话通知大家，应当去接……已经打过电话了？那好，我马上就去……"

火车站是简陋的，木顶的，很矮，窗子都被打坏了。破烂的月台上、生锈的路轨上，满是垃圾……一阵风起来，这一切都会吹到人脸上的……

"哎呀呀，同志们，你们把这扫一扫也好。"莫斯卡廖夫向走到跟前的一名铁路管理员说。这位管理员也仿佛是第一次看见这一片荒凉的景象似的。

"是啊，真是脏透了……这问题应当提出来……"

来到月台上的有：大身个、小脑袋的柯瓦列夫斯基，诺索维奇，切贝绍夫。身体结实、红光满面、浑身滚圆的察里津后备军司令杜拉克也气喘吁吁地来到了。耶尔曼和执行委员会的委员们……各职工会的主席们也都来了……大约有二十四五个人。诺索维奇从背后走到莫斯卡廖夫跟前，谨慎小心地问道：

"咱们要不要叫一个军乐队来？"

"值得叫吗？有点太乡下气了吧……"

"是……"

莫斯科的火车到了。车头前边架着机枪。车上挂着两辆装甲车。

车尾挂着装有枕木和铁轨的敞车。第一个从车上跳到月台上的是行车司令官。他身体强壮、面色微黑，身穿黑皮衣，腰间带着盒子枪。他谁也不看，厉声呼叫车站站长。

其次，下车的是持枪的莫斯科工人，他们穿着各种各样的服装——衬衫、上衣、短皮衣，戴着鸭舌帽——统统都束着崭新的子弹带。

他们的面孔都是不愉快的，憔悴而严峻。他们默默地顺着车厢站着，把枪托底竖在柏油地上。

一个穿黑色军便服，纽扣一直扣到领口，穿着黑裤子，裤腿塞在靴筒里的人，出来站在客车车厢门口。他那又瘦又黑的面孔，严肃而镇静，胡子把嘴遮住了。他握住车门口的扶手，不慌不忙地下来。

莫斯卡廖夫用眼睛顺着车窗瞅来瞅去，一眼就看见了他。于是咧开嘴微笑着，伸手挥动起来，连忙迎上去。耶尔曼兴奋地走到跟前。诺索维奇谨慎小心地走到距离三步来远的地方，笔直地站着。

"都好吧，同志们。"斯大林清清楚楚地对他们说。他们的眼角上堆起愉快的，也许是讥笑的皱纹，他一视同仁地和所有的人寒暄了一番，不太热情，也不太冷淡。他用飞快的眼光把当时在站台上的人望了一眼，说："同志们，请到我的车上来吧。"

他转身登上车，不回顾，也不再邀请，就进到车厢里去了。当每个人都进到车厢里以后，斯大林抽着烟斗，在桌前踱来踱去，开始提出问题：关于本区粮食的贮存量、粮食队的工作、估计的产量、前线军队的数目、预备军、敌人的行动及其军力，向莫斯卡廖夫、耶尔曼、杜拉克、诺索维奇等，提了几十个简短而精确的问题……当那些被提问的人，正在冗长地解答这些问题的时候，斯大林插嘴说：

"我要数字，不需要解释……"

那些谈话的人都渐渐相信他一定对一切都了解，前线的情况、余粮的数字、一切混乱和缺陷，甚至连他们，连那些察里津的领导人所不知道的事情，他都了解到了……

谈话继续了很久，莫斯卡廖夫很想把话锋转到一般革命的题目上去，用他所善用的热情和豪言壮语来畅谈一番，叫莫斯科人看一看这儿也并不是土包子。可是，他无论如何总挣不脱紧紧套在他身上的精确分析问题的钢箍。斯大林的意图是什么，他总弄不清。

诺索维奇竖起耳朵聆听着，坐在那里，没有吸递给他的莫斯科香烟，他枯燥而准确地回答着，他觉得，斯大林微微眍着的下眼皮后边，那神速而锐利的眼光，有几次在凝视他。当问他对敌人最近的胜利该怎样解释的时候，诺索维奇谨慎小心地回答道："一个月以前，哥萨克所用的炮弹是自己制造的。我将来很乐意给您瞧一瞧那用罐头盒子做的炮弹，那是博物馆的珍品……现在他们得到了好的军需品和优良的大炮。问题取决于前线火力点的优势……"

"可是，你不认为我军失利的原因，是因为政治训练的不充分吗？"斯大林问道，"在火力点后面还有人呢。不管指挥官有多少火力点，如果他的士兵没有受过正规的训练，那他就一点也不能同革命精神焕发的战士对抗，即使这些革命战士的火力点很少。"

诺索维奇想仔细考虑回答，就拿起一支烟来，他觉得此刻斯大林已经不是在瞟着他，而是在仔细考察他了。

"我同意这是革命的新战术，"他尽力坚决地对斯大林的眼光回答说，"可是在敌人的炮火下，是很难改变士兵的精神状态的。在敌人的炮火下，他们对大炮比书本更相信得多了。在后方整编的时候，教育当然就是一切……"

斯大林脸上的皱纹，又从眼皮上跑到太阳穴上，他转过身来，背对着诺索维奇，倒着烟斗里的烟灰，随口说：

"不在炮火下去改变精神状态，到哪儿才能改变呢，正是要在那儿改变的啊……同志们，现在我请莫斯卡廖夫和耶尔曼同志留下。"

于是他同所有的人握手告别。当专车里只剩下莫斯卡廖夫和耶尔曼时，他坐到桌旁，用手把漆布上的烟灰拭去。

"这儿的线路上，有一列车转运的粮食。它在这里停了好久了吗？"

耶尔曼的脸像被人打了似地发起烧来。莫斯卡廖夫眯缝着眼睛，望着车窗回答道：

"两三天……"

"多一些，"斯大林说，"十一天了。为什么不运出去呢？"

202

莫斯卡廖夫把眉头一皱，用手指敲着漆布。

"第一，我们得到消息，说波沃利诺附近的铁路被哥萨克切断了……第二，在目前军事形势中，当我们真正处在有被围困可能的城市里的时候，我不能冒险不储备。昨天工人们掀起一场骚乱……"

他的鼻子呼呼地出着气，等着斯大林同他辩论。可是斯大林没有辩论。他又问：

"粮食在城市是自由买卖的吗？"

"是的……"

"这该怎么解释呢？"

莫斯卡廖夫出气更粗了，可是，他明白不必要争吵。

"斯大林同志，这是你对我们的特殊情况不大了解。本城有十万各色各样的居民，总而言之，都是小市民……有的人在挖菜园子，摸鸡，做小买卖……还有一万来难民……要是我对这些人统统都计口配粮，那明天他们就把苏维埃赶跑了……更糟糕的是部队要从前线回来的：他们每人在这里都有父母……"

斯大林转过头来，对沉默的、垂着眼睛的耶尔曼说：

"你也这样想吗？"

"不，我不这样想，"耶尔曼厉声回答说，"我以为城里的局势是不正常的……"

"你瞧，已经有两个不同的意见……"斯大林从公文夹里取出一份文件来，"这是我今天在路上收到的。"他把列宁签署的电报放到莫斯卡廖夫面前的桌上：

"……关于粮食，应该说，今天无论在彼得堡或莫斯科一点也没有配发。情况很糟。告诉我，能否采取一些紧急措施，因为除了您那里以外，没有其他的供应来源……"

"我的建议是，"斯大林说（这时，莫斯卡廖夫读电报，然后默默地把电报顺着桌面推给耶尔曼），"在执委会里提出停止不成体统的浪费粮食的问题。莫斯科、伊凡诺沃和彼得堡的无产阶级，每天领到八分之一磅面包。列宁同志来电说，连这一磅的八分之一也发不出来了。这就是说，不但这些城市处在危急之中，连革命也处在危急之中了。我们不能为了察里津一万来难民的方便，而牺牲革命所需要的粮食……"

"察里津实行计口配粮！"莫斯卡廖夫试图把桌子推开，可是没有推动。他笨重地站出来，踱了几步，扯了扯马裤，"我们引以为豪的是，在万分险恶的情况下，当一切反革命混蛋高喊'布尔什维克经济就是饥荒和毁灭'的时候，我们却把察里津变成了一个繁荣的城……工厂的生产几乎达到战前产量的百分之五十，这还是在前线呢。学校网也扩大了……几乎所有的劳动者都加入了职工会的组织……妇女运动也大大地提高了……发动社会工作的办法，正在筹划中……"

"你还把花园里的音乐忘记了呢，"耶尔曼用颤抖的声音，打断他的话说，"还有官员们跳舞的酒楼呢……投机商把盐价已经抬到每普特一百卢布了。"

"残渣！这都是残渣！"莫斯卡廖夫喊道，"我们要打垮他们！"他对不动声色地吸着烟斗的斯大林瞟了一眼，"问题要比这深刻得多……察里津的无产阶级，自己亲手来创造自己的前途……察里津的无产阶级相信我莫斯卡廖夫将领导他们取得最后胜利。我实行计口授粮，让他们饿着肚子，我把他们扔到俄罗斯的大锅里……因为伊凡诺沃的工人领八分之一磅面包……这一层他们不理解……"

莫斯卡廖夫一边说这些话，一边"考虑"所造成的印象，而这印象是对他不利的。耶尔曼的嘴咧成一个讨厌的怪相。斯大林镇静地让他说下去，可是这个人绝不像看来会被动摇的样子。他洞若观火、神秘莫测的眼睛，含着微笑，虽然他衣袋里装着特命全权的委任状，但是他并不动用它。大概谁要不同他一致行动，就把他扔到后边去。

这些题外的想法，自然没有影响到莫斯卡廖夫的言辞的热烈，可是，他看到印象已经越来越不佳，于是就小心翼翼地"下台阶"了。

"斯大林同志,我说这些话是想请您考虑摆在我们面前的复杂情况……我们和您在这里是处在特殊情况里。这里的无产阶级是同农村,同丰饶的粮食联系在一起的,这里的伏尔加河是全俄罗斯的谷仓……他们会明白吗?我担心,我担心……"

"既然怕狼,就不要进树林……莫斯卡廖夫同志,我不同意您担忧的事。"斯大林高兴地说,仿佛很满意一定的阶段已经过去了。

"如果对工人解释的话,他们会明白的。工人们非常明白粮食专卖与计口授粮,或许比在战壕里同敌人作战更为艰苦,可是,他们明白现在这就是革命的主要战线。如果好好地,清清楚楚地对他们解释的话,他们会承担这种牺牲的……"

莫斯卡廖夫笑着摇摇头。在桌旁坐下……

"斯大林同志,您把任务交给我们了……说实在的,您认为我们应该用什么方法,从哪里着手呢?"

"我建议,从召集全市党员大会着手。"

"什么时候?"

"明天。为什么要拖延……"

"议事日程我们来得及拟吗?"

"明天早晨七点来钟,你们两位都来吧……"

"早上七点?(莫斯卡廖夫把五个手指插到头发里。)那么,我现在就去……应当考虑考虑,准备材料。"他吞吞吐吐地带着疑问的神色,对斯大林望了一眼……

斯大林用烟斗嘴在桌子的漆布上划起线条来,仿佛在写字似的。

"关于实行粮食专卖和计口授粮的问题,为运输而奋斗,加强军事指挥,同反革命斗争,巩固党的组织和开展群众政治工作,反对腐化、混乱、无秩序……这议事日程大着呢……"

斯大林站起来,又同志般地、朴实地同莫斯卡廖夫和耶尔曼握了手。莫斯卡廖夫出来,在门口的梯台上停留了一下,可是没有转身,他不许任何人在他后边跟着，他狠狠地咳嗽了一声，笨重地从火车上下来，直到钻进汽车，才咕噜了一声："是——呵。"

这时，斯大林的火车已经开到备用线上，和城内的电话网接通了。斯大林开始工作了。他的两位沉默寡言的秘书，打电话叫党政机关的主席和秘书，准备材料、记录，迎接应召来见的人们……肃反委员会主席愉快得像早晨的太阳，钻到火车里，从另一道车门里出来的时候，却面色苍白、忧虑重重……铁路卫生委员会主席不等被召进车厢，就下令打扫车站和月台，为此还派了一辆汽车去接家庭妇女们。依照社会工作的条例，把她们和扫帚一起运来了，她们在一片恐惧和抱怨声中，弄得尘土飞扬，于是不得不放弃了这种清洁运动的方式。

各色各样的人们，整天顺着生锈的路轨，来拜会斯大林的车厢。本城、本区和前线的一切经过情况，都完完全全得到了。夜里，工人们陆续来了：那都是工厂委员会的代表和一些基层工作人员。

直到车站破篱墙那边，栅形高架桥那边，在简陋的屋顶那边，在黑黝黝的伏尔加河上，泛起绿光，无云的朝霞燃起的时候，斯大林车窗里的灯光，才一一熄灭了。

早晨一封急电，发往莫斯科克里姆林宫，列宁：

"我六日抵察里津。尽管经济生活的各个方面都很紊乱，但还是可能整顿好的。

"在察里津、阿斯特拉罕和萨拉托夫，粮食专卖和固定粮价被苏维埃取消，因而一片混乱，投机之风盛行。在察里津，现在已经做到实行配给制和固定价格。在阿斯特拉罕和萨拉托夫也应做到这一点，否则全部粮食都将从这些投机孔道流走。请中央执行委员会和人民委员会也出面，要求这些苏维埃禁止投机活动。

"铁路运输因许多委员会和革命委员会都热心过问而被完全破坏了。我不得不派专员去主持，他们不顾各委员会的抗议，已经着手整顿。专员们在各地发现许多机床，各委员会没有料想到会有这些机床。根据调查，在察里津—波沃利诺—巴拉绍夫—柯兹洛夫—梁赞—莫斯科线上，一天可以行驶八次以上的直达列车。

"目前在察里津忙着调集列车。这一个星期我们就宣布'粮食周'，把近百万普特粮食一次运往莫斯科。

"我已派信使去巴库，日内我就动身南下。商品交换特派员……因为盗窃公家货物，投机倒把，今天将要逮捕……"[1]

---

[1] 以上见《斯大林全集》第 4 卷第 105 页。

第十一章

1

"站住……什么人?"

"战士。"

"叫什么名字?"

"亚丽萍……"

一阵粗里粗气的大笑声。两个武装的人从黑暗里走出来。

"你上哪儿去?"

"呵,到湖边去。"

"你拿的什么东西?"

"衣服……"

他们打量着亚丽萍。

"你为什么不坚守岗位?"

"我们的部队担任预备队了。"

"叫我们瞧瞧……"

一个人伸出手摸了摸她腋下夹着的、卷得紧紧的小包。另一个面孔难以辨认的人用头点着她的步枪问：

"枪号多少?"

亚丽萍连忙闪开，咬着牙回答着。她对这两个人已经开始不高兴了。她摸着步枪枪托的颈部。那个问枪号的人威胁说：

"跟我们来。"

亚丽萍这时才明白过来，这两个人大概是"风暴"队的。他们的列车在矿工队列车前面。关于他们，流传着种种坏话，似乎说他们夜间把姑娘们拉到他们车里，好几个姑娘就这样失踪了。

"凭什么我要跟你们去?"

又是那个人，咬着牙意味深长地说：

"你马上就会知道缘故的……"

他们有两个人，而她只有一个人，她远远地离开了铁路，来到空寂的草原上，寻找小湖……正好夕阳西下，湖就在这个方向透过芦苇，映出一片红光。天很晚了……火车上的人煮晚饭的篝火，都早已熄灭了，只有蟋蟀在草原上唧唧地叫。亚丽萍去给伊凡洗衬衫。作为一个战士的她，大白天去给男人洗衣服，她觉得害羞，夜里去洗，谁也看不见。她顺着被星光照得发灰的静静的平原走着，想着自己，想着伊凡。她毕竟是个姑娘，一个十九岁的姑娘，这样虫声唧唧、艾香扑鼻、繁星满天的温暖的夜晚，在白天同哥萨克苦战之后，在整整一天愤怒的呐喊和恶骂之后，她觉得这样的夜，真是美极了：亚丽萍走着唱着……可是突然这两个匪徒……

亚丽萍终于明白他们对她的居心了，她气愤极了，骂起他们来。他们站在十步开外的地方，一个人低声对另一个人说了些什么。亚丽萍还没来得及把步枪从肩上卸下来，他们就伸着头向她扑过来了……

好在夜里她只穿一件束着腰带的衬衫，既没有穿长裤，也没有穿笨重的皮靴，她像猫似的，打了一个转身跳开去，用鼻孔吸着草原上的风，飞也似的跑掉了。她觉得背后似乎远远的有脚步声，她等着他们开枪……忽然意识到，在她背后追的只有一个人……可是另一个人在哪儿呢？这时她辨出背后离她很近的地方，有急促的鼻息声和轻飘飘的光脚板飞快的脚步声……

她往旁边一闪，回头望了一眼，一个人向后仰着头，抖着肩，紧跟在她背后尾追着。这人看也不看她，只顾跑，仿佛追逐一股热气。他跑得很起劲，很顽强，仿佛在梦中跑似的……一种只在梦中才有的恐怖，使她忽而向右，忽而向左……那人也轻而易举地重复她的动作，忽而向右，忽而向左……她觉得脑袋马上就要丢了……她紧紧捏住妨碍她奔跑的沉重的步枪……张着大嘴喘气……

干燥的、含着艾味的风，突然潮湿起来，散发出一股沼泽味，繁星的映影，在漆黑的一堵芦苇墙那边荡漾。亚丽萍跳到滑溜溜的细泥里，用光膝盖拨开菖蒲，溅起水花。她跳进齐腰深的水里，水漫过她的胸口、颈脖，她把枪举到头顶上，用右手划着水游起泳来。

那人依旧跟着她，但是在水里她远远地划到他前边去了。她背后拖着睡莲光滑的蔓茎，登到峭壁似的湖岸上。那人在湖心停下来望着她，他周围的水面平静了，映出繁星来，他的小脑袋兀立在水面上。

他用哑嗓子喊道：

"别开枪，别开枪，我是好意……你这混蛋，别开枪！"

亚丽萍眯起眼睛开了一枪，知道没有打中……她没有转身又跑起来……现在完全静下来了，她觉得很倒霉：在草原上跑着，逃避男人。她不痛快极了，结果打了一个跛脚。她小心地把步枪放下来，从头上脱下衬衫拧干，又穿上，于是像一个战士那样雄赳赳地走起来。

"可是小包呢？弄丢了！我的妈呀，现在怎么好呢：伊凡躺在车厢里，我叫他把衬衫脱下来，我说，早上就干了……我的天呀，现在他得光身子出门了!"

亚丽萍心里很难受,又把枪放下,坐到地上,嚼着一根草茎。"那两个人拦住我,我就该马上吓唬他们……我当时吓得一下子就窜了五里地……我的妈呀,明天队里大家都知道的话,连门都不让进呢!"

亚丽萍坐在那里发愁。她跑得浑身都在跳动。一颗黄色的大星,从隐约的地平线后边升起来,照着灰色的草原。到今天夜里为止,亚丽萍还没有做过一点让男人笑话的事情呢。她同别人一样服役,在守纪律这一层上,她甚至在队列前受到表扬,说她是模范。

自从伏罗希洛夫的列车冲过里哈起,已经过去两星期了。列车每天三俄里,五俄里,有时十俄里地向东方慢吞吞地爬行。列车周围布置了战线的各部队,不断进行战斗,击退迫近的哥萨克……哥萨克通常总是在拂晓开始骚扰红军,那时红军士兵们的睡眼还没有睁开,而且当时天还黑漆漆的,哥萨克骑在马上,可以躲避机枪的火力。

列车已经过了白卡里特瓦,在这里停了一星期,等顿涅茨河的桥梁一修复,就向莫罗佐夫村开来了。在这里,不但拂晓有战斗,而且白天也在作战。哥萨克有炮兵,他们在草原沟壑里的人数越聚越多了。

亚丽萍担任着双重的任务,又当战士,又当看护。那夜她和别的同志们把又魁梧又沉重的伊凡的身子,从战壕里抬出来。那时谁也不相信他还活着。到了火车上,他才醒过来。

伊凡当时被炮弹的碎片打伤了好几处。亚丽萍把他照顾好了,更确切一些说,这是因为他求生的愿望太迫切,因为他有两个人的力气。他的伤口现在平复了,他的伤只留下一种痉挛,鼻子歪了,脸蛋儿抽动。这痉挛绞着亚丽萍的心:风磨着火的那一夜,他带着伤,死里逃生。那时她似乎不觉得有什么可怕:红光闪闪的草原,一下不动的伊凡的身体,面前是手执马刀,飞奔前来的德国人。可是,在记忆里却留下了阴郁的恐怖。

亚丽萍抬起头来,望着那颗金黄色的星,这颗星把草原照得更亮了。亚丽萍凭着这颗星判断铁路在哪个方向……大概天快亮了。她向东方转过身去，那边的地平线已经清清楚楚地同夜晚的天空分开了。"天有点亮了，应当去找小包……如果找不到，最好一头栽到湖里去吧……"

穿湿衬衫很好，很凉爽。亚丽萍躺下，脸蛋儿枕到肘弯上，目不转睛地望着东方。一只蟋蟀在一堆艾丛下唧唧叫着，像举行婚礼时雇的吹鼓手似的：姑娘们把歌都唱完了，都已经去睡了，它却还在吱吱地演奏……亚丽萍心烦意乱地跳起来。大太阳从阴影交错的草原尽头升起来，照着她睁得圆圆的眼睛。远处的机枪嗒嗒作响。亚丽萍拾起步枪，用衬衣衣襟拭去枪筒和枪栓上的露水……"天啊，我穿着衬衫怎么好回去呢?"

她匆匆向翠绿色的芦苇丛走去，绕过小湖去找自己昨天从岸上跳下水去的足迹。她走着，仔细看着：小包应该丢在这里呢……一直伸延到地平线上的列车，停在距这里两俄里远的地方，可以看见篝火的烟：那里白天的生活开始了，煮稀饭和马铃薯，家畜从火车跟前放开，赶去喝水去了，车门口晾着尿布……

战士们由车厢里出来，清着嗓子，勒紧裤带。他们擦着枪。指挥员们喊着，召集部队，去替换那些在前边过夜的……

"我的妈呀，伊凡没饭吃，没衣服穿呢，"亚丽萍嘟囔着，"哎，只要把小包找到，扯个谎没什么……"

部队一班班成群地朝夜间亚丽萍搏斗过的小湖那个方向走了。在那个方向，在褐色的高地后面，传来一阵阵机枪声。哥萨克又袭来了。

亚丽萍眯着眼，认出自己的列车，车尾挂着三节敞车，中间的一节车上，一面镜子闪着光。列车周围，聚了好多人……仿佛有一道箍，紧紧地箍着她那剪短发的头似的："把点名也误了，我现在成了一个逃兵了，无法辩白了……"

亚丽萍坚决地点了点头，一直向车厢走去。人群排成散兵线，从那儿向草原爬去。"呀，我的妈呀！她心里轻松起来：人群，也就是他们的整个矿工队、女人、孩子，从列车跟前一直到湖边上，站成一字长龙，往火车头上装水。这么着，她可以赶得及跑上火车，把长裤穿上，给伊凡弄点什么吃的喝的，然后再去报告队长，说她睡过头了……我会被罚役三天，真好极了。"

亚丽萍正跑着，打了一个趔脚，地下放着一件挺好的上衣……"鬼玩意儿，这是他追我的时候脱下来的……"她想起那人怎样仰着头追她，一阵寒战从脊背上掠过……"伊凡穿得着呢！"她想着，拾起衣服，在不远的地方，她又发现了自己的小包……

亚丽萍爬上车厢，还不晓得伊凡会怎么骂她呢。她决定即刻把她拾到的东西——土匪的上衣——交给他，衣服口袋里有一件什么东西轻轻地响了一下。伊凡光着背，跷起两腿躺在硬铺上。当亚丽萍从黄色的、空寂无人的车里向他走去的时候，他用两肘支起身子，他那干瘦的面孔，仿佛浴着阳光……

"呵，你怎么了，亲爱的?"他刚说完就拉住她粗糙的小手。他转过身去，主要不愿叫她看见他的歪鼻子和抽动的脸……

亚丽萍的鼻子也痒起来，可是千万别哭吧……她粗声粗气地说：

"呵，怎么一回事，我把你的那包衣服丢在草原上了，我这个傻瓜整整找了一夜，就找到这个……"

她把土匪的上衣放到铺上，从上边的架子上取了两个冷马铃薯。

"你吃一点，再睡一会儿吧。我去给火车头装水……"

她从伊凡的头底下把自己的裤子抽出来，很快穿好，就跑去找队长去了……

那一字长龙阵有两俄里长，水桶、装咸肉用的大洋铁罐、瓦罐，各种各样的器皿一直到下边用抹布塞着的留声机的喇叭筒，都顺着这条人的锁链，手传手地传递着。前边的人在湖里打水，手传手地传着，后边的人把水递给司炉，他就把水倒到喷着汽的火车头里。

这样的锁链，也从其他的列车跟前伸开来。机枪像啄木鸟似的，从褐色的高地后面，断断续续响着。当隆隆的大炮声，远远传来的时候，人们不过抬一抬头而已。列车照旧进行着日常工作。开始用担架抬伤员。一个女人看见丈夫在担架上，就大叫起来，她面色苍白，把孩子都吓哭了。装着枕木和铁轨的马车，顺着列车旁尘土飞扬的道路，向东方驶去。白党哥萨克夜里又把铁路拆毁了。他们把铁轨一端的螺丝钉下了，用钢绳把铁轨绑起来，套上牛把铁轨拉弯，同枕木一起翻过来。走在列车前边的"乌龟"号铁甲列车，在敌人的射击下开行着，可是不敢开得很远，怕敌人把后路截断。

车头的水装满了，一字长龙阵散开了。湖里挤满了剪短发、皮肤黝黑的、洗澡的孩子们，响起一片尖叫声、溅水声、哈哈大笑声……妇女们洗着衣服。铁路旁腾起一缕缕青烟，那是用干粪生的篝火，在烧午饭呢。男人们懒洋洋地坐在火车下边路基的阴凉里。正当中午，暑气蒸人，缠人的大苍蝇，在静寂中飞舞……

火车头突然令人不安地鸣起笛来，汽笛声冲破酷热叫起来。这笛声是唤人们上车的。妇女们在翻滚的锅跟前挥着汤匙：

"你们等一等吧，鬼东西。我们怎么能把午饭扔下呢……司机，你等一等吧……"

赤条条的孩子们挥着小衫，从湖里跑回来，把家畜也从草原上飞快地赶回来。火车震动了一下，开动了，开出两俄里多路，于是又嚓嚓地停下来，一停就是好久。

每一俄里路都得用战斗去争取：有时把路轨拆毁了，有时哥萨克带着大炮，盘踞在附近的山谷里。各村里流传着夸大的谣言，说第五军运走财物：火车似乎有十万普特糖，有整车皮的盐和无数的各种衣服、铁器和一桶桶黄金。

这些财物使哥萨克眼红了。马蒙托夫和费茨赫拉乌罗夫将军，到各村里说，不能打游击把力量分散了，应该像狗一样专咬第五军的屁股，应当用决战一举把它全部消灭，那时这些财物足够全区享用。马蒙托夫把军力派到顿河流域，派到铁桥被炸毁的地方。第五军在那里的后路被切断了，处在四周被围的高地上，势必要遭到歼灭……

晚上，当列车又停下来的时候，亚丽萍送了些东西到伊凡的车里给他吃。他又把她的手握在自己放在肚子上的大手里。

"呵，告诉我，外面有些什么情况？"

"我向队长扯了个谎，说我睡过头了，他罚我做一天工。"

"哎呀呀，扯谎。一个战士应当勇敢地承认错误。"

"可是，我扯谎是不让弟兄们笑话我……不，战争一完，我就不干军队了……我干这一行太年轻了。"

"那不是因为你太年轻，而是因为你太漂亮了，"伊凡一本正经地说，（她懊恼地把剪短发的头摇了摇。）"我们究竟也是人呀……亚丽萍，我开始敬重你，这对我是一种安慰。当然，我那时就爱你了……现在特别……（他不十分用力地把她的手握了一下。）战斗、死亡、鲜血，这些把人和人焊接到一起了……我说的话对吗？"

"当然，"亚丽萍漫不经心地接着说，她又回想起里哈附近的那一夜……叹着气说：

"伊凡，我要去干活了……"

他低声笑起来，放开她的手：

"去吧……亚丽萍……你给我拿的谁的衣服？（她眨了眨眼，没有回答。）你瞧瞧衣袋里有什么东西。（他从头下边抽出一个金烟盒、一只表和一副金链子。）这当真是你拾的吗？"

"难道还是我抢来的吗？"

"我在衣袋里还找到一件更重要的东西呢……你去找队长，告诉他，请他即刻到我这儿来……"

2

莫罗佐夫村停了五千来辆没有套马的马车，马群在牧场上踱来踱去。所有的农舍里，都在议论。每家大门口都有一堆堆乡下佬和哥萨克在吸烟、谈话，篱笆门砰砰地响。一个傻里傻气的姑娘挑着水担，对那些陌生人瞟了一眼，那些大胡子、大个子，马上把她围起来，她已经笑着跑回去了，那一担空桶哗啦啦地响。井台上的吊水竿，吱吱乱响。一个部队的军官，骑在披着马衣，没有备鞍的一匹栗色骟马上，疾驰过去。马屁股又高又陡。军官的大胸脯高高的，显得强壮有力，一只肩上披着短皮衣，穿着皮底毡靴，可是他明亮、无情的眼光和毅然决然的言辞，显出他是一个天生的指挥官……一群筋疲力尽的战士，脚下扬着灰尘，武器在磕碰着，行进着……

队三千名顿河农民和外乡人的部队，到了莫罗佐夫村。这是从卡缅斯基村退却的时候，亚希姆召集起来的，他们穿过暴动的村庄，顺着土路到了东方。他沿途征募贫农和那些只有一匹马的外乡人和哥萨克，而他们为了逃避马蒙托夫的动员，也都带着马匹和车辆，来投奔他来了。他们应该同伏罗希洛夫的部队在莫罗佐夫村会师和领取枪械。今天清晨，铁甲列车"乌龟"号和司令部的列车开到了，喧闹的军用列车和装载辎重的列车，都一列接着一列开到了……

伏罗希洛夫的车厢里，召开了一次军事会议，所得到的都是最不利的消息。五月末，伏罗希洛夫派阿尔焦姆率领其他同志到察里津，去把察里津前线和自己的退却合并成一项任务。挂着三节车厢的阿尔焦姆的列车，沿途遭到敌人多次射击，到达了顿河，而且顺利地通过了铁桥。第二天，白党进攻其尔车站，把察里津的工人队，击退到顿河左岸，然后把顿河上的铁桥炸毁了。察里津的情况怎样，现在无从知悉，大概是很糟的。据莫罗佐夫村的人说，马蒙托夫的大军集中在下其尔村及被炸铁桥上游的卡拉齐村和五家村。火车站站长证实说，察里津部队退出了顿河，放弃了铁桥附近的洛戈夫村以及顿河左岸的叶尔莫辛、涅姆柯夫、伊里明等村庄，而且似乎退过了弯穆斯加车站，这么看来，现在白党到达察里津城下了。

第五军各部队的指挥官和那些现在已经不存在的顿涅茨·克里沃罗日共和国的人民委员们，都集中在伏罗希洛夫那里。他们的心情都非常沮丧。他们说部队每天作战，已筋疲力尽，而最艰苦的竟还在前面呢：也就是要击破被德国人武装起来的最强的敌人，冲到被炸毁的铁桥上。如果有察里津各工厂的协助也好些……可是察里津大概已经……只有傻瓜才会赤手空拳去修铁桥呢……即使去修，也得半年工夫，在一无所有的草原上，对大批难民，得去养活他们半年，在半年之中，时时得去击退哥萨克的进攻。这是不可能的事啊……

他们几乎只有一项建议：把装着辎重和载着难民的列车，留在莫罗佐夫村里。各部队自己冒险迁回到左岸。如果察里津还在的话，那么，就在察里津会师，万一情况不佳，就到高加索去，那儿的红军部队很多，可以作战。

他们都明确而断然地说着。伏罗希洛夫默默地垂着眼睛，面色通红。亚希姆把宽宽的大手放到马刀柄上，坐到旁边，他短小精悍，从他刮得精光、饱经风霜、结结实实的面貌看来，很像一只鹰。

除了巴尔霍明科一个劲打呵欠，鲁德涅夫忙于阅读一封字迹不清的信，以及担任后卫队，打了十天仗，浑身褴褛、污秽的卢加什，用手支颊，倒在角落里睡觉以外，每个人都发过言了。

"同志们，"伏罗希洛夫抬起头说，"我们马上都去同莫罗佐夫村的人开会……那里基本上也会提出同样的问题。我将在那里一起答复你们……但是目前刻不容缓的是……（鲁德涅夫孩子似的微微一笑，把信递给他。）我们一天没有一个统一的给养基地，就一天不会有纪律……我们应该马上把各列车上的物资统计一下。在这儿，在莫罗佐夫村，我

们应当建立一个全军统一的给养基地。统计特别委员会组织了，参加的
人有鲁德涅夫和梅仁同志。你们信得过这些同志吗?"

"我们信得过，我们信得过。"大家都说。"这封信交到军部来
了⋯⋯"他把信在桌上摊开，那信是用黑铅笔写在一页脏纸上的，"这
封信是从'风暴'队里一个无政府主义者的衣袋里找出来的。可是这封
信的署名是⋯⋯"

近视眼的鲁德涅夫弯下腰，"没有姓，伏罗希洛夫同志，只有落款
雷日⋯⋯"

"这与事实无关⋯⋯信是写给敖德萨的一位名叫什么任妮亚的⋯⋯"
鲁德涅夫又说:

"让我读吧，我已经辨清楚了。"伏罗希洛夫把信递给他，鲁德涅夫
把鼻子一皱，读起来:

"任卡，亲爱的⋯⋯我们在设防的火车上行驶，不知有多少岁月了。
我同无政府主义者来往，已经觉得不痛快了，他们一半都是惯匪，而且
都有花柳病。我们在路上已经干掉了他们六个人。我替你保存着一件鼬
皮大衣，那是我在哈尔科夫一个有钱人家里买的，还给你留了些别的东
西呢⋯⋯我思念你极了，愿意把一切都抛掉。可惜不能多带。我们有十
二桶金币和金块、旧皮货和八百米华达呢，这些都是在伊丽莎白格
勒[1]的犹太人手里买来的。我将来一到敖德萨，咱们就逛一逛吧，你
这狗东西，不过你别同别人逛吧，我一想到这一层，全身血就沸腾
了⋯⋯我们的部队对这玩意儿已经够了。昨天在联盟会议上一致决议:
要把伏罗希洛夫和整个司令部消灭。那时全军立即溃散，我们设防的列
车，愿意往哪儿开就往哪儿开。"

"这就是信里所讲的要点。"鲁德涅夫说着，对伏罗希洛夫瞟了一
眼。伏罗希洛夫用一只手遮住眼睛听着，从他闭着的嘴可以看出，他几

---

[1] 伊丽莎白格勒，基洛夫格勒的旧称。

218

乎忍不住了：这信里有嘲弄他的地方。他把眼睛拭了一下说：

"同志们，这个文件写得很漂亮……我建议委员会马上就开始工作……"

几千名外乡的农民、从前的士兵、哥萨克，把村苏维埃包围起来了，代表们和从十八个市镇来的、代表十八支部队的十八名指挥官，都响应亚希姆的号召，同第五军的指挥官们一起开会。

窗子开着，群众在炎热的烈日下，挥着步枪，有的挥着镰刀、斧头、长矛，声援自己代表们的发言，把灰尘都扬起来了。分歧的意见即刻出现了：莫罗佐夫村的人对跟着列车去察里津的话，连听都不愿意听……

"我们到那儿去干什么呢？"有些指挥官说，"这儿我们有自己的土地、自己的家产……我们并不是为了要把自己的房舍留给哥萨克才起来作战……我们要为自己的身家财产而战斗。"

"发枪吧！"窗外的群众吼着。

亚希姆坐在桌旁，皱着眉头，哭丧着脸，用马刀朝地板上敲了一下。

"骂上帝，骂信仰，骂娘老子，这个我都可以，弟兄们。事情不是骂可以解决的。让我们平心静气来谈一谈吧……如果咱们的部队加入第五军，枪是会发给的……"

一只肩上披着短皮衣的军官，对他狂喊道：

"第五军是什么东西，它来对我们下命令吗？"

大胡子老头们，都从窗口探进身来：

"弟兄们，你们不要跟红军将官去吧！"

亚希姆敲着马刀，脸色涨得通红，说：

"第五军是这样的，就是它有八千支枪，而我们有三千支，他们有机枪，我们只有禾叉同镰刀。"

更聪明一些的人回答他说：

"我们相信你，亚希姆……老奸巨猾，可我们并不比你简单。怎么呢，把我们编成一个师吧。可是，每一队里必须有两名指挥官，一名是伏罗希洛夫派的，另一名是我们派的……"

老头子们对着窗子说：

"哥萨克现下向我们提议和平，他们要同我们分土地……只要把枪发给我们吧！"

他们越往下说，莫罗佐夫村的人就坚持得越厉害。可是一个手上扎着绷带的人走到桌前，他满脸髭须，只显出一对凝神不动的眼睛。他靠在桌边，用别扭的俄国话低声说：

"我是塞尔维亚的共产党员……我在乌克兰做过工，我逃跑了。我跑了两个月，我想说一说我在乌克兰所看到的坏事情……德国人对地主说：你们回来吧。于是地主们都回来了。他们把所有的土地和所有打下的粮食都收回去了……可是这还不够，应当处罚农民。这些坏事我都看见了。一个地主和一个德国军官来到一家制糖厂，那儿放着好多桶。德国军官叫把那些应该受罚的农民带来……把他们绑到桶上，'盖达马克'们把他们的裤子扒下来，用探条抽。他们把农民的头发缠到刺刀上，拔下来。喊声真是可怕极了。一个农民拿了地主婆彼得罗芙斯卡娅一面镜子，那镜子往他那茅舍里抬不进去，他就把它放到牛圈里，牛在镜子里照见了自己，就用角把镜子抵破了。地主婆彼得罗芙斯卡娅一回来，就吩咐把这农民在他房前吊死，把打碎的镜子的镜框，挂到他的脖子上。另一个农民牵了一匹小马，后来他把马又牵来还给地主，并且请求地主宽恕他，地主吩咐把农民系到马尾巴上，自己就坐上汽车，把小马赶到草原里去了。我看见那个农民在小马后边跑，后来就跌倒了……我看见在一个村子里埋葬一个被打死的'盖达马克'。地主吩咐所有的农夫、农妇，跟着棺材大哭，为了叫他们高声大哭，'盖马达克'们就用鞭子抽他们。我本来可以把我看见的许许多多事情讲出来，但我想着这就足

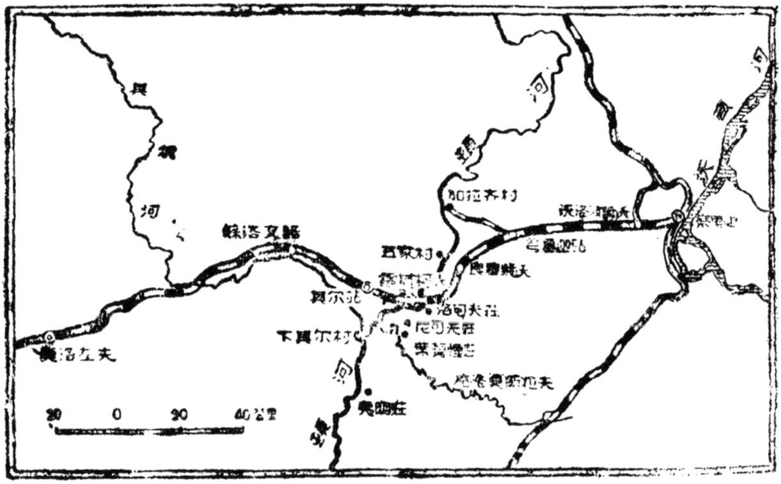
河
河
河
西家村
洛司夫庄
20 0 20 40公里

够了……德国人带给乌克兰的就是这些。如果你们不想组织起来，那么，他们也会把这些带给你们。列宁说：'我们的斗争方法——是组织，组织……'"

在静寂里，塞尔维亚人微弱的声音，屋里和窗外都能听见。他微笑了一下，胡子拉碴的黑脸上，忽然露出白糖似的牙齿来，他把手从桌上移开，就回到座位上去了。

这时，伏罗希洛夫站起来，把紧紧束着的皮带往下松了一点，转身对着窗口，好叫大家对他的话听得更清楚：

"……德国人在乌克兰占领了沙皇军队的军火库。现在他们把整列车的步枪、大炮和弹药，运到新切尔卡斯克，给哥萨克首领克拉斯诺夫。而他就拿这些武器去供给暴动的哥萨克。一年前，克拉斯诺夫的这些将领们，还在用那些大炮去打德国人，现在他们用那些大炮来打你们这些农民来了……他们秉承德国侵略者的意志……我们从哈尔科夫和卢甘斯克，把全部枪械都运走了，使它不能用来反对你们……小孩子都会明白，如果我们把我们的列车丢了，叫哥萨克得到了，那他们将要用咱们的枪炮来打乌克兰，打顿河流域和大俄罗斯的劳动群众……这就是说，咱们的第一项任务：就是把武器带走，把它交给革命工农政府……明白吗？可是如果我们能打到察里津，而且把我们的兵力同察里津的兵力汇合起来，那才有可能……有些人在这儿说，察里津已经投降了……比方说，我们相信这场虚惊……也好，我们就渡过顿河，打到波沃利诺，再远一点，到莫斯……"他看出说完这些话，大家都不安起来，就提高嗓门说："我们来服从革命的中央指挥部的命令吧，这样就证明我们不是什么糊里糊涂的联合，怕什么离乡背井……我们是为全体劳动者的土地与和平而奋斗的我们红军中的一部分。现在不是二三月时候的情况了……赤卫辉和游击队都在改编成团、营、连，师和军也在组编，这就是我们的任务，你们应该自觉地来做这件事……可是我们却争论起来。为什么呢？你们主张独立指挥，或者退一步说，你们赞成有两个指挥。你们是拥护社会革命党的指挥原则的……你们想留在莫罗佐夫村附近，想留在自己的家门口。你们有十八个镇，你们就梦想着来对付威廉的全部大军以及克拉斯诺夫的将领们……我是一个革命者，一个布尔什维克……我直截了当地对你们说吧：有人在煽动你们，社会革命党人和富农们唆使你们，叫你们马上向死路上走呢……我作为党员和军长，不能允许你们这样做……如果你们不同我们达成协议，我不但不发给你们枪械，而且要解除你们的武装……"

他停下来，静寂中，窗外有人说：

"狠狠给了一家伙……"

"我还应当对制造恐慌分子和投降主义者做一个回答。是的，我们的部队真是筋疲力尽了。是的，还有更困难的任务在我们前面：那就是到达顿河并修复桥梁……没有什么可隐讳的，情况是困难的。我看到的出路只有一条：由凌乱的乌合之众变为坚强的军团组织……由防御转为进攻！"

像暴雨似的，最初是零星的大点，接着就是倾盆的哗哗大雨，群众也像这样鼓着掌，赞同地喧哗起来……

下一个演说者还没来得及咳嗽完毕，把下巴支到衣领上，开始回答，频频的枪声就从车站那边传来了。亚希姆隔着窗子把头探出去说：

"喂，去瞧一瞧，那儿出什么事了？"

话在群众中传开，后边的人报告说：

"弟兄们在车站上打什么委员会。"

会议中断了。伏罗希洛夫、巴尔霍明科、亚希姆、卢加什、巴赫瓦洛夫，都骑上马，到车站去了。老远就听见人群的喧闹声和零星的枪声。有人在跑，另一些人爬到车顶上……

月台前面的轨道上，人们像蚂蚁似的乱动，几百张喉咙在喊叫。出事的地方，愤怒的人群一个个挥着手臂，挤得紧紧的，围成圈，围着一堆人："乌龟"号铁甲火车上的三个水兵和"风暴"队的十来个无政府主义者，揪着、拉着梅仁和鲁德涅夫，大概是拉去枪毙的，人民委员梅仁面色苍白，眼睛通红，亚述式的胡须散乱着，鲁德涅夫额上有三道指甲斜着搔破的伤痕，鲜血直流，他的军衬衫从领口上被撕开来，脸都歪了，他反抗着，也在拼命喊叫。

伏罗希洛夫、巴尔霍明科、卢加什、亚希姆，以及那些来得及跟他们来的指挥官们，用肩膀推着，挤到人丛里。

"怎么回事?"伏罗希洛夫大喊了一声……用手枪枪口对着水兵和无政府主义者的胸膛。

"怎么一回事?"卢加什咆哮着，用眼睛在围着的人群里，寻找自己队里的人……

这些都来得突然，来得猛烈，来得坚决。水兵们把鲁德涅夫和梅仁放了。一个矮小、强壮、火红色头发的无政府主义者，钻到人丛里，可是大汉包孔揪住他的长发和衣领，把他提起来抖了一下，又把他扔到人圈里去了……

梅仁咽了一口苦涩的唾沫，对伏罗希洛夫说：

"我们从'乌龟'号下手，决定去检查装着我军贵重财物的保险箱……在一部分军官中间，马上就发现了一种敌意。这三个人甚至用手枪恐吓我们，不让我们开保险箱……因为：在'乌龟'号跟前，在车厢里就是这些人，这些人，"他指着无政府主义者们，"他们公开宣传……不满情绪扩散开来……我们主张开箱……他们把我们从车里拉出来，拿枪毙来恐吓我们……"

"瞎扯，你这狗东西!"三个水兵里边的一个红脸麻子，长着扁鼻子的，用臂肘把捉住他的那些人一推，用含着怒火的绿眼睛盯着梅仁，"你这癞蛤蟆，我们海军为革命浴血苦战的时候，你上哪儿去了?"

另外两个人把手枪往旁边一推，帮腔说：

"别拿这些玩意儿来吓唬我们，我们懂得革命法纪……"

又掀起一小阵骚乱。人们匆忙地骂着。巴赫瓦洛夫沉甸甸的双颊颤动着，他喊着要大家让开路，好把被捕的人带出去……紧张的伏罗希洛夫，外表很镇静，向包孔伸出一只手，很快地说："赶快跑到营部去报警，叫他们都带着枪到这儿来……"骚动越来越厉害，人群越围越紧，人丛中有人直着嗓子喊起来：

"采用罗曼诺夫[1]的王法了……"

"把我们出卖了！……"

"他是什么人，发号施令吗？……把伏罗希洛夫带到这儿来！"

"让他回答……伏罗希洛夫，站出来……"

于是几张嘴同时大喊起来"无政府主义万岁！……"

骚动扩大了。个别的声音，已经辨不出来了。比所有的人都叫得高的是麻子水兵……看来，马上就要开枪了，人们又开始骚动，一张张嘴在乱喊乱叫……邱盖从人丛中挤过来，一撮头发从有飘带的帽子下边露出来，披到额上，他宽脸、卷须，白瓷似的圆眼睛毫无表情。他大摇大摆迈着水兵的步子，走到麻子水兵跟前，默默地用大拳头照他的太阳穴上狠狠打了一拳。麻子倒下了。人丛中喊着："打得好！"他的两个同伴马上就静下来，倒退着离开了邱盖。卢加什伸了伸暴着青筋的脖子。

"同志们，大家晓得：在我的营里有一千二百支枪和我们的全部炮兵……不会对这些混蛋客气的……"

共产主义营和卢甘斯克营的战士们，已经扳动步枪枪栓，沿着铁路跑来了。他们都久经锻炼，什么也不惧怕……这时有五十来人，从人丛中跑出来，低低地弓着腰，钻到火车底下……卢加什的部下把铁路和月台包围了。人群顺从地静下来，伏罗希洛夫说："同志们，同志们，都

---

[1] 指俄国罗曼诺夫王朝（1613—1917），他们用自己的政权保护农奴主贵族的阶级利益，残酷压迫俄罗斯人民。1917 年 2 月，资产阶级民主革命时期，这一王朝为工人与士兵推翻。

回到车上去吧，镇静……"然后对卢加什说："派部队来，特别要带着机枪，到无政府主义者那里去……把他们包围起来，尽力去分化他们……"

邱盖把白瓷似的脸转过来，对伏罗希洛夫和卢加什说：

"对，伏罗希洛夫同志，我去分化他们……到那里第一件事就是把那个老家伙抓住。总而言之，对那些土匪，我们应付得了……"

于是邱盖走了，他对战士们挥着手，叫着他们的名字：

"伊凡，米柯拉，马特维，普罗赫瓦契洛夫！……"

应当刻不容缓地继续挨车检查并登记财物，免得在混乱中把贵重东西搬走。把三个水兵和两名无政府主义者逮捕了，其余的都赶紧逃走了。月台上和铁路上都寂无人影了。梅仁将着散乱的胡须，环顾了一下：委员会的第二个委员鲁德涅夫上哪儿去了？……

鲁德涅夫坐在车站的钟下边，用手掩着脸，双肩在颤抖。不知是口吃呢，还是呜咽，他对弯下腰的伏罗希洛夫说：

"你晓得，我从来没想到……在我们的军队里会有这样的无耻之徒……有这样的流氓……没有一点革命天良的坏蛋；在我们军队里，你明白……"

邱盖一个人大摇大摆走到设防的车厢跟前，车厢上用铅丹写着："全世界资产阶级毁灭吧"。他把五指张开的宽手掌，举到胸口，顺着三级的踏板登到车上。

"把大炮收起来。"他镇静地说，用臂肘把那怀着可怕的、愁眉不展的神情望着他的中学生的手枪，推到一边，就进到放着长桌的车厢里。被这次事变激怒了的无政府主义者们，都挤在车的另一端，二十来只手枪都对准邱盖。

他活动着伸在前边的张开的手指，走到桌前，用脚把方凳往跟前踢了一下，坐下来……

"来吧，来坐下吧，"他对无政府主义者们说，"叫你们的克鲁泡特金[1]到这儿来吧。"

他那对毫无表情的白瓷似的眼睛，具有一种魔力。无政府主义者们还在里哈的时候，就见过邱盖。显然，他是给他们准备了一套什么把戏的。他们不管这种敌意与戒备，甚至对他给他们准备了一颗什么子弹，都很感兴趣。他们抱怨着，开始坐到桌前，每人面前都放一只手枪，或一颗手榴弹，只要邱盖稍微动一动，他们就会立刻抓起武器来的。

雅柯夫被推到前边来，在他对面坐下，把模糊不清的夹鼻眼镜，戴到扁鼻梁上。他张着鲜红的嘴唇，露出冷嘲的微笑：这个水兵会对他，对雅柯夫，说些什么呢？

"克鲁泡特金，克鲁泡特金，"邱盖对他说，"你自己就是最典型的资产阶级自发性……你干吗要插手我们的事呢？你干吗要来欺骗我们的弟兄呢？（雅柯夫把夹鼻眼镜往上戴了戴。邱盖不让他说话。）你瞧瞧吧，这儿都是些多么好的弟兄们，同这些弟兄们一道可以干世界革命呢，而你却把他们弄来当土匪……"

邱盖马上用手把桌子一拍，因为他说这几句话，引起了一阵带威胁性的抱怨声。

"静一点，我说！弟兄们，你们晓得我不常说话……可是，这次却不得不说了……没有什么可隐瞒的，你们中间有土匪分子。你们有两个人，我们今天要把他们干掉。还有这一个……（他用手对小个子的、强壮的雷日指了一下。）你们现在把这个人交给我吧，我们也要教训他一下……"

雷日跳起来，威胁着想离开桌子，但是别人又强迫他坐下，桌板咔

---

[1] 克鲁泡特金（1842—1920），俄国无政府主义者、地理学者及政论家。因从事革命活动，曾遭沙皇政府逮捕并流放。后由流放地逃往国外。1917年返回俄罗斯。十月革命后承认苏维埃政权。——原注

咔嚓嚓响起来，几只手枪在邱盖面前跳动了一下。可是他继续坐着，像一尊中国神像，连眼睛都不抬，他晓得怎样去对付这些人。听众的好奇心又占了上风。他们比较安生一点了。这时邱盖把雷日的那封信从衣兜里掏出来。（这是他到这里来的时候，从巴尔霍明科的公文夹里拿出来的。）他把信拿得离眼睛远远的，一个字一个字地读起来……所取得的效果，恰恰是他所期望的，这个集团马上就分化了：无政府主义者们都大吵起来，说这是侮辱、出卖、告密……土匪们都拥护雷日，可是他们的数目很少。雷日又从桌子后边站起来……邱盖让他们喊叫了一会儿。

"我还没说完呢，弟兄们，我问你们：军长看了这样的文件以后，应该怎么办呢？在战时照理应该把你们全都赶到火车上，用炮火把你们消灭得干干净净。你们明白我说的话吗？可是考虑到你们中间有些革命分子，军长不愿把这样的人才毁掉。给你们权利，叫你们本着一切的革命天良，自己检查一下。自己检查一下，把匪徒交给我们。这是你们唯一的出路。为了使你们容易检查起见，我把你们的克鲁泡特金带走。这个老家伙我们不会伤害他，我们将来把他放到草原上去。弟兄们，会开完了，我不容大家有任何的争辩……依照战时法令，我给你们十五分钟去考虑。"

邱盖站起来，转过身，背对着会场，向门口走去。有些人咆哮着向他扑去，他慢慢转过身来：

"把你们的手放下吧，我说，你们别碰我……你们的列车被包围了，列车已经在共产主义旅的炮火监视下了……"

当初疏忽的"风暴"队，这时才注意到谈话的时候，他们整列军车确实被机枪包围了。只有接受条件，或是去寻死。

"咱们走吧，走吧，老头儿，"邱盖把雅柯夫往门口推着说，"我们不会伤害你，只是把你隔离起来……在那里你可以随便读你的克鲁泡特金……"

3

军队在莫罗佐夫村待下来，进行整编、清查，整理军需，莫罗佐夫队编成了一个师，当地人被任命为指挥官。军事委员会得到补充，并且有了更明确的形式，进攻的计划也议定了：所有的步兵部队和古里克炮兵队，从铁道右侧绕道下其尔村沿土路进军，莫罗佐夫师的骑兵沿铁道左边进军，从北方掩护铁道。以"乌龟"号为前导的各列军车，推进到其尔车站。

莫罗佐夫师的各步兵团留在村里掩护后方，无论对莫罗佐夫人讲多少次，说不能分散兵力，他们仍然坚持这一点。只得同意了。军队出发了。这是六月初的时候。

最初几天，军队沿铁道推进。在火车上烧午饭：火车头拉汽笛，把一顶帽子挂到竿子上，在火车上晃一晃，部队就停下来，跑去吃饭。

矿工队的列车挂在最后，有时开到徒步队伍的前边，有时落在后边。有一次，吃午饭的时候，战士们都到了车上，炊事员和妇女们都端着锅和水桶，火车就在小站上停下来。卢加什和鲁德涅夫钻进后边的一辆车厢里，他们两人都筋疲力尽，满身尘土简直成了灰球，又饿又快活。他们乘一辆四轮马车巡视了前线，把马赶得太累了，就把马丢在屯子里，徒步赶火车。

他们在伊凡·戈拉对面亚丽萍的铺上坐下来，问了他的健康情况，他回答说，再过一个星期就归队了。

"过一个星期，我们就开始消灭马蒙托夫，要打得他人仰马翻。"卢加什往脚下吐了一口唾沫说。鲁德涅夫同平时一样，沉思了一下，老老实实、毫不夸张地说：

"无论如何，我们是要打到顿河的。"

亚丽萍看到世界知名的同志们，这样亲切地跟伊凡谈话，心里很满意，双颊都绯红了，她提来一铁桶热气腾腾的马铃薯，把自己当姑娘时用的印花布头巾从衣兜里掏出来，用牙齿把角上的结解开，抿着嘴唇，把一撮撮盐分给客人……客人们就剥着马铃薯皮，蘸着盐，吃起来……

"我记得你，"卢加什说，"你向我要过步枪……我那时真吃惊得要命：你晓得，战斗正激烈得不得了……这位美人儿来了：发给我枪吧！……她就像刈草场上的一把耙子似的。"

他大大地张开嘴，露出像狗牙似的结实的牙齿和热烘烘的喉咙里的小红舌头，接着就拼命地哈哈大笑起来。

"不要紧，她同咱们一样能干。"伊凡·戈拉说。他见卢加什已经对亚丽萍瞟了几眼，当然是偶然瞟两眼，可是目光非常集中，他心里有几分不安起来，"当然对她是不容易的，因为她还是孩子啊。"于是他把眉头一皱，重复说："她还是孩子啊。（他聚精会神地卷起纸烟来。）我眼看着她，看着咱们的弟兄们：革命真是一所大学校啊。你知道，在农村里，农民用绳子把一只筛子吊在仓房里，把小麦或燕麦倒进去。农民就转动筛子，摇着它，麦子就筛出来，乱七八糟的废物都留在上面，他就把这些抛掉……在咱们的部队里也是这样啊，也用筛子选人，每一个部队里都在筛选，把好的留下，把废物扬弃掉……"

鲁德涅夫也在卷烟，说：

"列宁同志比你说得更好呢。"

"列宁同志说什么？"

"他说得好极了……无产阶级同资产阶级肩靠肩一起生活，无疑的要染上它的坏习气……"

"呵，这是小事，"卢加什说，"老兄，无产阶级什么也传染不上的……"

"你等一等，"伊凡·戈拉用手指对他挥了一下，"这是不错的……难道我没有看见过吗？在我们普梯洛夫工厂里，星期天有些弟兄们就像

230

天鹅似的，天刚蒙蒙亮就游到小酒馆里喝白干去了……这不是资产阶级的传染病吗？"

鲁德涅夫继续说：

"孟什维克歪曲马克思，他们说似乎不需要革命，就可以悄悄地、轻松地进入社会主义。而列宁同志说：只有在革命的过程中——只有啊！——无产阶级才能摆脱旧的恶习，发扬美德，才有能力创造新社会。"

"这是对的，是这样。"卢加什说。伊凡·戈拉沉吟了一下回答说：

"对……他说得更圆满，对……"

他们就这样坐着讨论。矿工沃洛吉克把步枪塞到窄门里，跳到车上。他穿的裤子和衬衫，尽都破成窟窿，连补都没法补了……

"哥萨克！"他惊慌而又高兴地喊了一声，"有三百来人，像火山的熔岩一样涌过来了。"

卢加什像弹簧似地跳起来：

"别忙！有什么可高兴的！都各就各位！……鲁德涅夫把机枪架到后车门口，我马上……"

于是他在沃洛吉克前边跑着，挨车厢跑着，对战士们下命令：

"执枪！不准下车！不要把头探出窗外！没有命令不准开枪！叫哥萨克看不到周围有一个人，叫他们想着这是司令部的车或救护车，毫无顾虑地往跟前来……"

过了一分钟，卢加什跑回来，跳到后车门口。鲁德涅夫、伊凡·戈拉（穿着衬裤）和亚丽萍在那里架着一挺机枪，旁边还架着一挺机枪。卢加什对亚丽萍说：

"拿上子弹带，到车轮下边去。"

他带着另一挺机枪从车门口跳下去，在后车轮中间把机枪架起来，弓腰坐到火车底下。亚丽萍肚子贴着地，趴在他旁边。卢加什低声说：

"呵，如果那些混蛋家伙不听我的命令，等他们走近两百步以内再

开枪……"

"咱们的人早就等着这个机会，"亚丽萍也同样低声说，"他们会让敌人走近的。"

"瞧见了吗，亚丽萍？那不是他们！勇士！"

铁路右侧的地势凹凸不平。不大一会儿以前，当沃洛吉克（在放哨的时候）发现哥萨克，那时他们正从艾草丛生的斜坡上下来。现在三四百人像火山岩似地赶着马挥着亮闪闪的马刀，从凹地里飞驰出来，向火车扑去了。已经能听到沉重的马蹄声了……

"鲁德涅夫，鲁德涅夫，等一等，老兄，你等一等。"卢加什从火车底下说……

能清清楚楚看到大胡须的、紧张而黑红的面孔了……漂亮的黑军服，裤子上的宽条立正线，歪戴着没有鸭舌的帽子……张开的大嘴。鼓着鼻孔的马……

"乌拉，"传来一阵呐喊声，"乌——拉！"

"十！"卢加什野头野脑喊了一声。于是两挺机枪——车门口一挺，车下边一挺——急遽地响起来。马匹即刻狂跳着倒下去，打着趔脚，跳起来，又仰天倒下去……

哥萨克来势这样凶猛，以致后边的马匹既来不及转弯，也来不及停住，就一直冲进人马堆里，倾轧，翻滚，可是有个别骑兵依旧继续往火车跟前飞驰而来。矿工们从车门口跳下来，装上刺刀，奔跑着迎上去。有几个哥萨克想逃命，伏到马鬃上，跳上路基，可是在那里又碰上了机枪……矿工们向那些下了马的哥萨克扑去，想赤手空拳把他们捉住。走在前边的是宽肩膀的沃洛吉克和费吉克，他们握住步枪枪筒，像一阵风暴似地冲上去，把敌人一个个撂倒……

事情从发生到结束，只有几分钟光景。受伤的人在喊叫，垂死的人打着呼噜，马匹在挣扎。卢加什从火车底下爬出来，用手背把那被火烧伤的、充血的眼睛拭了拭，喊道：

"鲁德涅夫……你活着吗?"

"没什么,我们两人都好好的。"鲁德涅夫的嘴唇和掠着湿头发的、熏黑了的手,都在颤抖。伊凡·戈拉喘着气,艰难地在踏脚板上坐下来。

"怎么呢,现在弟兄们至少有衣服,有靴子穿了……不然,走起路来,让人一看,都是包脚布……亚丽萍,"他喊道,"亚丽萍……"

停了一会儿,她才从火车底下低声回答说:"马上就来……子弹带得收到一起……"

4

从雷其柯夫屯子到铁桥跟前有三俄里地。铁路在顿河边打了个弯,顺着高高的水堤通向前面去了,堤的左右两侧很深的地方有个湖,被柳树、胡桃树和弯弯曲曲的黑杨遮蔽着。傍晚时分,一辆没有挂车厢的机车,顺着水堤徐徐开来。车门口有几个人向北方,向沿着顿河绵延的高地,向拉契柯瓦山凝视着。

长长的火舌,又从那里喷吐出来,掠过云霞,几秒钟之后,炮弹就落到一个暗红色的湖里,爆炸开来,把水高高地激起来。

司机咬着牙关说:

"大概打死百十来万虾啊。"

机车继续顺着水堤缓缓地蜿蜒行进。南边顿河右岸的丘陵上,有一座很大的制革厂。热火朝天的工作,从今天起就在那里开始了,拆毁了的建筑物、木板和木柱,都运到河岸上,扎绑着木筏。空闲的人手全都投到这项工作里来了。

六十列军车现在已经停在其尔村和雷其柯夫屯子中间。从莫罗佐夫向顿河转移的计划,实现得比预期的还快,哥萨克人害怕在铁路左侧行进的亚希姆的骑兵和铁道右侧行进的步兵，不敢贸然到列车跟前来，当时只猛烈地袭击过一次苏罗维基诺车站。那天站上停着一列伤病员的红十字列车。为了报复这一列车的毁灭，为了几百人的牺牲，当时的哥萨克就被恰好开到的铁甲列车消灭了。这把他们想到铁路跟前来的愿望打消了。

第五军在顿河前面布置成一个半径十五俄里的弧形阵地，保护着列车。在西部，中心是黎森高地上的战壕[1]，左翼是沿其尔河及下其尔村前面蜿蜒起伏的平原，右翼就凭倚着拉契柯瓦山脚下的顿河。

包围下其尔村没有成功。在激烈的战斗中，哥萨克迫使第五军的侧翼退却到它现在所占领的阵地上。每天延续不断的战斗开始了。敌人明白列车都在被炸的桥前停下来，于是就集结兵力，用无聊的炮弹轰击着。

机车此刻几乎不动了。落日映照着顿河，河水依旧泛滥着，漫着水。铁桥的桥孔在前边若隐若现，机车停下了。伏罗希洛夫、巴赫瓦洛夫和手上裹着伤的巴尔霍明科（他在苏罗维基诺车站被袭击时受了伤），都从机车上跳下来。他们沿着路基又走了五十来步，飘散着一股潮气，蚊子拼命地嗡嗡叫，路基在这里突然断了，弯曲的铁轨末端向上翘着。

伏罗希洛夫蹲下来。在下边，在暮色中更显得可怕的深处，在微微露着的沙滩上，横着被炸毁的桥架的残骸。

"这里距水面的高度是五十四米，"巴赫瓦洛夫说，"我们真侥幸，被炸的是第一孔，如果他们把河上的桥中段炸毁了，那就一点办法也没有了……"

"那些混蛋东西，呵！……"伏罗希洛夫抱怨说，"我们只得在这里

---

[1] 现在有人在那里指给我看了"伏罗希洛夫战壕"。当地居民保护着它，不耕种那块地，他们说，应当在这里建一座纪念碑，纪念在那次伟大的伏罗希洛夫战役中牺牲的红军战士。——作者注

辛苦一下了。"

"除了木料以外，我们没有别的材料。我们得把整个桥孔栽上木柱……用木柱来建筑五十四米的桥基，这几乎是不可能的事。"

"呵，你说的可好，不可能！……好一个工程师！"

"问题在于材料，比如说，木柱的抗压力是有限度的……"

"材料也同样是服从革命的……这你说服不了我……"

虽然，巴赫瓦洛夫平时很忧郁，可是，现在却兴高采烈地笑起来。伏罗希洛夫向远远的河岸望了一眼，岸上迅速升起的浓浓的暮色里，还显露着白杨和茅屋顶的轮廓。篝火的火光，在距河更近的地方闪着。巴尔霍明科说：

"这是洛戈夫庄，那儿是咱们的人。这庄子下游是叶尔莫辛、涅姆柯夫、伊里明，都被马蒙托夫的部下占领了，可是洛戈夫庄顽强地固守着。"

"那儿是察里津的工人吗？"伏罗希洛夫问道。

"不是，是一支什么游击队。不大工夫以前，他们的指挥官来到桥上喊话，那时有风，我只听见说叫向你致敬，并且要子弹和烟草。"

"这么说，他们是战斗的弟兄了。从这里可以去到桥上吗？"

巴赫瓦洛夫把大家领到斜坡上，攀着枯根下到河滩。大堆的蚊子包围着他们，一条鱼在柳树后边哗哗地激起水花来。半破坏的桥架有一半埋在沙里，一部分被泛滥的洪水淹没了。他们驱着蚊子，在齐腰深的水里，顺着桥架来到铁桥石墩跟前。其他没有被炸的桥孔，就从这里开始。他们开始攀着铁扣，往五十四米高的桥墩上爬去。

这对一只手受伤的巴尔霍明科就更困难了。隔着桥板缝看着真是怕人啊，下边奔腾的顿河多么深啊。

"你想得用多长时间来修复它？"伏罗希洛夫问道。

"如果你在革命前问我，那我老实说，得半年，"巴赫瓦洛夫回答道，"当然，这种估计不合适。四个星期我们大概可以修复吧。"

"你不是吹牛吧?"

"不。"

"那么,拿布尔什维克的精神来干,两星期可以修好吗?"

"你算了吧,这有点近乎说笑话了。"

"你需要些什么东西呢?"

"首先,我需要三千辆马车运砖头、石块。我想把附近的全部砖房都拆掉。这没关系吧?"

"三千辆马车,我现在弄不来。"

"应当去弄!"

"你别发火,我们去弄。"伏罗希洛夫说。他们由桥上往对岸走着,谈着如何更顺利地去组织工作。他们认为,修桥成功的主要希望,不是像往日那样,根据预算表,把希望寄托到"劳动力"上,而是寄托到战斗的无产阶级身上,因为他们明白这项工作是拯救军车上物资的救星,是千千万万人的生命的救星,是察里津的救星,是这可怕的几个月里无产阶级革命的救星。

他们刚刚过桥,从三步来远的渠里发出一声带威胁性的喊叫:

"站住!什么人?"一个大汉在暮色中出现了,他的头用手帕包着,防蚊子叮。当那个大汉听说是什么人的时候,就端着步枪来到跟前。他看见军帽上的红星。

"都好吧?"他说,首先伸手同伏罗希洛夫握手,然后同其余的人握手,"好在我早已看见了你们,不然我说不定会开枪呢。"

"呵,你带我们到司令部去吧。"伏罗希洛夫说。

"那就是司令部,"那人指着不远的地方的篝火,"你们别跌到渠里了,那里我们栽的有木桩,你们走木板上过去,就到里雅布辛的打谷场了。"

红色哥萨克部队的司令部就扎在打谷场里,这支部队在屯子里抵抗马蒙托夫部下的进攻,已经是第二个月了。(虽然敌人是狡猾万分的。)此刻在准噶尔人的吊锅里熬着稀饭。三十来人在烟雾中坐着,避着蚊虫在休息,火光映照着他们的面孔,大半都是没有胡须的,火光映照着几顶帆布帐篷、去年的谷草垛和草顶小仓房木柱的一角。

当伏罗希洛夫、巴尔霍明科和巴赫瓦洛夫过了渠的时候,坐着的人都向他们转过身来。伏罗希洛夫快活地说:

"都好吧,同志们!"

"你好吧,欢迎,欢迎!"几个镇静的声音回答说。

"你们这儿的队长是谁?"

从吊锅里尝着稀饭的人,放下长把勺,用手指头捋了捋胡子,来到跟前。他身个短粗,胡须几乎从眼睛旁边长出来,像一把宽扫帚似的。(他肩上披着一件棉衣,戴一顶蹩脚的小帽。)

"我是队长。"

"你好,队长。"

"你好,军长同志。"

"你认识我吗?"

"谁会不认识你呢,伏罗希洛夫同志。"

"可是,我不认识你。"

"我是帕拉蒙·萨姆松诺维奇·库德罗夫,下其尔村的哥萨克,白党骂我,叫我饭桶帕拉蒙。"

"其他人也都是哥萨克吗?"

"其他人也是哥萨克,还有些是外乡人。不是所有的哥萨克人都投奔了马蒙托夫,伏罗希洛夫同志。我们这样的古怪人多着呢。"

"你们在这儿做什么呢?"

"我们自费为革命服务。到火车跟前去同咱们吃一点哥萨克的稀饭吧。"

他们向篝火走去。库德罗夫叫坐在木柱上的两个弟兄往旁边坐一坐，在烟雾里给军长腾出一个座位来。客人们都坐下，把湿脚伸到火上。伏罗希洛夫端详着那些健康的、眉目清秀的哥萨克青年的面孔，问道：

"呵，你们过得怎么样？"

库德罗夫马上答道：

"不错，伏罗希洛夫同志，过得不错——互相欺骗……"

大家都笑起来，怕得罪来客，所以笑声都不太高。库德罗夫坐到火跟前，翘起一只膝盖。他那长着宽胡须、长鼻子和聪明、机智的小眼睛的晒黑了的脸，露出渴望说话的神情……

"你到我们这里来，太好了，伏罗希洛夫同志。我们从早上就等候着：来不来呢？上星期我到察里津去领弹药。参谋长诺索维奇出来见我。他大发雷霆，对我骂道：'我不相信你们，你们这些红色哥萨克，滚你们的去吧！你们都是些臭家伙。'我对他解释说：'洛戈夫庄支持着整个战线呢。如果要不是我们守着这个庄子，那五家村的和卡拉齐的哥萨克人，怕早已同下其尔村的哥萨克会师了……'可是他不听。总而言之，我没弄到弹药。伏罗希洛夫同志，哥萨克是好记仇的。你瞧，我的鼻子有一点歪，这是在一九一六年，我们这个区的头领把我揍成这样的……这我记着……不，哥萨克并不都是一帮臭家伙……我们这些顿河流域的穷哥萨克们，也是处境艰难呢……昨天我的弟兄们在地里碰到一个哥萨克，那个人就说：'你最好到我们那儿去吧，我们的指挥官是一个上尉，可是你们的是饭桶帕拉蒙。'他们的上尉是波鲁辛，他夜间两次运松脂，把桥上铺的木板烧了，第三次他就把桥也炸了……这你们要感谢波鲁辛……与卡罗夫上校占领卡拉齐的时候，波鲁辛袭击了叶尔莫辛村庄，在那里捉了三十六个哥萨克，因为他们没去当兵。他把他们装到马车上，带到伊里明，就在那个庄子的小山沟里把他们枪决了。他们那些可怜虫，互相拥抱着，就横陈在那里了……这里坐的都是他们的弟兄、亲戚……这冤仇我们记着呢……你认识安尼克吗？"

"听说过这么个人。"伏罗希洛夫回答，仔细端详在座的战士们……

"以前的村民——保皇党们，在五家村市场上把安尼克打了一顿。亚希姆把他救出来，送到察里津的医院里去了。他在医院里养好了。他是一个坚强的哥萨克……"

"他怎么在庄子里买干草，你说说吧。"一个战士忍着笑说。

"你别作声……安尼克回到卡拉齐了，那儿有他的女人和儿子万卡，一个十四五岁的小伙子，很结实，很像父亲。犁地的时候，他同儿子夜间到地里去了。马卡罗夫恰好就在这夜袭击了卡拉齐，于是就喊里咔嚓把睡梦中的哥萨克赤卫队在院子里，在菜园里，砍死了一千多。当然，第一件事，他们是要到安尼克家里去找他。可是他和儿子都不在家。他们把他的女人拉出来问，你男人在哪里？你的狗崽子在哪里？……她对他们说……"

又是那个人的声音说：

"不，他女人什么也没有对他们说……"

"你别作声……他们折磨她，把她的肚子剖开来……他们把马拉走，把牛犊宰了……安尼克从这一夜起，就打游击去了。他吩咐万卡躲在庄子里，因为得犁地……万卡当时还有一匹马，就是那夜他们往地里去，带的那匹马。于是万卡悄悄犁地，有三个哥萨克从卡拉齐步行出奉。在顿河流域，我们一切都晓得，我们有自己的邮政啊。万卡一看见：这就是杀他母亲的那些哥萨克。他把犁一扔，就走到他们跟前，要借火吸一袋烟……"

"他不是要借火吸烟……"

"你别作声……那么，他的手一放到马背上，一下子就把那个哥萨克拖到地上，夺下他的马刀……等另外两个醒悟过来，他把那两个也砍死了。你晓得，他真结实，他把一个人一劈两半，把他们三个人都砍死在路上，把马卸了，就去找他老子去了。他老子的一队人马已经有五十来人了。"

"不到……"

"你别作声……这样他们就到白党的后方游开了。我叫安尼克到洛戈夫庄来了好几次。他说:'我在包围圈里闷极了……'可是,他是多么强壮啊,我告诉你说吧……他带着部队到一个庄子里,他们晓得这庄子是白党的。不给他们干草。他们进到一个哥萨克的院子里说:'卖给我们一些干草吧……'那人不睬他……安尼克说:'你把手插到我衣袋里,你一手能掏出多少钱,那是你的运气,我一抱能抱多少干草都是我的。'那个哥萨克很贪心,就同意了。他们到敞棚里去了。安尼克叉开两腿……"

听的人都笑得上不来气。库德罗夫朝他们动一动胡须,说:"……他弯下腰抱干草,他总想多抱一些。他抱了有半马车,一瞧,够沉的。可是抱走了……可是他的战士们说:'安尼克,你抱的干草里有人腿在发抖呢……'"

(听的人虽然听过这故事已经有百十来遍了,可还是哈哈大笑起来。笑声最高的是伏罗希洛夫。)

"呵,是的……于是他就把那一抱干草扔了,一个逃兵唉声叹气从干草里爬出来……他是谁?这是被征来当兵的、下其尔村的'好好儿',是斯捷潘……他是一个寡言寡语的庄稼汉。那不是,他在旁边坐着呢。他现在是我们的火头军……"

库德罗夫向伏罗希洛夫要了一支烟,又详细而有趣地讲了好多关于洛戈夫庄的顽强战斗。这时,斯捷潘走到篝火旁,从火上把吊锅取下来,把稀汤倒到碗里,同平时一样,不慌不忙地切了面包,把脂油放在锅里同稀饭搅起来,请客人吃晚饭。大家都围坐成一个圆圈。伏罗希洛夫把库德罗夫叫到一边说:

"必须连夜把巴尔霍明科派到察里津去,要安全到达,这是一件重要的事。"

"可以。我派战士们跟他一道去,所有的山谷他们都熟悉,他们会绕过白党,到明天早晨你的同志就到察里津了。"

"谢谢您的部队对革命的忠诚,"伏罗希洛夫说,"我给你们送弹药和烟草来。我们很快就来接替你们。我任命你同你的战士们做军部的联络队……"

"好吧,"库德罗夫沉吟了一下如何来理解和接受这项任命,说:"这是对的,这儿的地形你们不熟悉。可是,我们的战士在草原上,像夜猫子,什么都能看……"

5

一阵闷热的东风,把沿岸的灌木丛刮得沙沙作响。包孔带着两只水桶下到其尔河边,就看见两个赤条条的孩子:一个很小,蹲在齐脚脖深的水里,一边浇水,一边笑。一个大一点,淡色的头发,逗他笑着,从水里钻出来,溅着水花。他们的衣服和装着子弹的洋铁盒,放在河岸上。枪弹常常隔着其尔河嗖嗖地乱啸。

"你们在这儿干什么呢,小朋友!"包孔用可怕的、生铁似的嗓音,对他们嚷着。

小的孩子仍然蹲着,像受惊的猫头鹰,只把头转过来。大孩子从水里钻出来,拿起衬衫:

"伯伯,我们受热了,热得很,我们马上……"

"你们怎么没看见,在打仗,可是,你们在这儿玩……"

"伯伯,我们往战线上送子弹……我们已经送了不止一天了……"

小的孩子终于把脏手放到肚子上哭起来。包孔对他瞟了一眼,就往桶里打起水来,大的低声对小的说:

"哭吧,哭吧,讨厌鬼……"

"我要把你们两个一块抱走,"包孔往桶里打着水说,"我要把你们带走……回家去吧……"

"我们到哪去呢?"大孩子回答说,"我们住在草原上,在队伍里吃

242

饭呢。"

"你们是谁家的孩子?"

"我们是玛丽亚家的孩子。"

"你们跑去找妈妈去吧……"

小的孩子立刻不哭了,含着斥责神情的圆眼睛对包孔望了一眼。大孩子的嘴唇颤抖着……

"伯伯,"他说,"别骂我们吧……"

"我不骂你们,小朋友,草原上很危险,枪炮放得多厉害啊!"

"我们爬着送去吧。"

"爬也一样……放枪放炮的时候,应当躲起来……"

"好吧,伯伯,我们到时候躲起来……"

"枪炮没停,你们就坐在这河里吧,不然我要把你们……"

"好吧,伯伯……"

包孔提着水桶走了。晚上枪炮声沉寂了,战士们吃干粮当晚餐,都隐蔽在一座山丘卜吸烟。包孔对同志们讲他今天在河边看见两个小孩。亚丽萍也在这里,她皱着眉头,听着。

"包孔,我知道他们,这是玛丽亚的孩子。为什么他们住在草原上呢?玛丽亚在哪儿呢?"

"关于玛丽亚,他们一句也没提。"

亚丽萍出去找孩子找了一整夜,把河岸上的灌木丛都找遍了。家常便饭似的枪炮声,又在早晨开始了:远远地出现了一小队骑兵,把他们赶走了。亚丽萍同其他战士一样,坐在浅浅的战壕里,弓着腰,一颗子弹一颗子弹地向这些骑兵射击。草原上的敌人被肃清以后,她叹了口气,仔细检查枪机和剩下的子弹,好好地坐下来,半闭着眼睛,打起盹来。打盹的时候,她想到,该到哪去找阿廖什卡和米什卡呢?

"伯伯,"(天已经很晚了。)她在睡意蒙眬中听见有人说,"伯伯,子弹送来了……"

她转过身来，原来是他们！阿廖什卡的整个脸都绷着，甚至连牙床和牙齿都露出来了，米什卡的脸好一点，圆圆的，可是满脸都是搔破的伤痕。亚丽萍默默地把他们拉到战壕里。

米什卡偎在她膝上，像对母亲似的。阿廖什卡皱着脸，微笑了一下。亚丽萍斜着眼望了一下，同志们笑话不笑话她呢。可是左右的战士们，都漠然地打着盹。

"玛丽亚在哪儿?"

"妈妈被他们打死了。"阿廖什卡回答说。

亚丽萍即刻把步枪放到胸膛上，叫米什卡更安适地坐到膝盖上。

"谁把她打死了?"

"你记得你走的时候吗? 他们把斯捷潘抓去了，唉，把他打得多凶啊! 他们知道我那时骑马到车站去过。格列米亚切夫带着两个哥萨克跟在我后边，都喝醉酒了。妈妈把我藏到干草里。他们开始骂妈妈，米什卡统统都听见了，他坐在床底下呢。你是晓得妈妈的，她生气了，她真勇敢啊……她也回骂他们……他们把她拉到院子里。我在那里全都听见了……他们说：'把你的狗崽子交出来。'他们嚷嚷，妈妈也嚷嚷……妈狠狠吐了格列米亚切夫一脸! 她说：'你受着吧，沙皇的混蛋……'他抄起棍子……"

阿廖什卡的嘴唇颤动了，他转过身去。远远的山间，又出现了骑兵。亚丽萍抓起枪来：

"你们躺下，静静地躺着，一点也别怕……"

于是她认真瞄准，一颗子弹跟着一颗子弹射过去……

6

（用制革厂拆下来的材料）搭起一道浮桥。黎明的时候，共产主义队的狙击兵，把左岸柳树丛中的哥萨克哨兵打退了，亚希姆的骑兵过了顿河，袭击庄子去了。库德罗夫指挥侦察工作，指示最好从哪一方面走，从哪里进攻更得手。红色骑兵毫不留情地在街上飞驰，砍杀仓皇逃命的哥萨克，很快就占领了涅姆柯夫、叶尔莫辛和伊里明等村庄。亚希姆从那里向东，转向格罗莫斯拉夫大村子去了。

他安然无恙地进到村里，逮捕了被马蒙托夫部下恢复的书记和村长，也逮捕了把政权交给马蒙托夫的村苏维埃主席和文书，把他们弄到牧场上枪决了。他召集村民大会，同本村的"好好儿"开了六天会，说服他们去为革命而奋斗，不要像毫无心肝的败类似的坐观成败。

在这六天里，莫罗佐夫骑兵连的指挥官们——蝇子椒、扎图雷维契尔、涅比比沃，歪戴着羊皮帽子站到广场上底朝天的运水桶上，对那一眼望不到边的森林般的闹嚷嚷的群众演讲，竭力说服大会同意十七岁为服军役年龄。第六天通过了一项决议案：编一个格罗莫斯拉夫团，划归莫罗佐夫师管辖。

左岸各村庄的敌人被肃清和格罗莫斯拉大村被占领以后，白党对察里津的压力就即刻削弱了，他们只得放弃弯穆斯加。可是，下其尔方面他们的活动却一天天加强起来。

伏罗希洛夫的全部精力都用到修复铁路桥上。卢甘斯克和哈尔科夫的钢铁工人都在拆卸被炸毁的桥架。煤矿工人在第一和第二孔石墩中间的浅滩上挖坑。拉契柯瓦山下在开采石头。在其尔站和邻近的村庄，砖和木料的建筑物都被拆毁了。火车的车台上装载着石头、砖块、圆木、枕木、铁轨以及手边所有各种各样的铁。所有这些都装到火车上，运到顿河去了。工作日以继夜地进行着。

上自伏罗希洛夫，下至那些对马蒙托夫部队的压力愈来愈不堪忍受的战士们，所有的人们，都焦急地注视着修桥的工作。一星期过去了，第二个星期快完了，可是，在两个巨大的桥墩中间的沙滩上，还只在堆石头。缺乏工人，缺乏马匹，缺乏车辆……

一个炎热而无风的中午，发警报了。在西边，在黎森高地那边，卷起一阵巨大的尘雾。还没有听见枪声，可是一些骑兵从那里飞驰过来了，传来防线被突破的可怕消息。巴赫瓦洛夫的汽车呼呼地向灰尘卷起的地方驶去，伏罗希洛夫和鲁德涅夫坐上菲亚特牌汽车走了。妇女们仓皇奔走着，呼唤着孩子们，她们有的跑到火车上，有的跑到草原里。

后来看见有一眼望不到边的行李车和家畜，从黎森高地上下来。谁知这竟是被哥萨克从莫罗佐夫村赶出来的全体村民。白党在他们后边尾追。第五军迎击尾追敌人的大炮声，在地平线尽头隆隆作响。行李车、人群、牛羊都从黎森高地上下来，向其尔车站飞奔而去。

现在人手、车辆、马匹都足够用了。巴赫瓦洛夫高兴起来。一批工人向顿河去了。大桥眼看着架起来了。用木柱和枕木做成的桥梁骨架，在打好石基的坑里架起来，骨架用铁条钉紧，里边填上石头。全部危险性都潜伏在这木支架的高度上，要是垂直线稍微有一点差错，它一定会在火车的重压下垮下来的。可是，伏罗希洛夫说材料是服从革命的，这句话不是白说的，这座桥是革命的创造，这是一座通向未来的桥梁。在第三星期末尾，桥的骨架已经完全达到五十四米的高度了。

在自己家园周围打转转是不能取得胜利的，莫罗佐夫师疲惫的狙击兵，没有听取这个明白的道理，现在接替了每天作战弄得筋疲力尽的第五军的部队，弥补了自己的错误。白党现在毫不停息地用炮火轰击修桥工作。他们的炮位在五家村附近，在萨莫杜罗夫卡庄跟前的山谷里。炮弹落到桥跟前，落到沙滩上、湖里和草木丛里，死伤的工人不在少数，可是，他们总射不中桥梁本身。要想把这些炮兵从卢比什山谷里击退，只有发动深入的进攻。

巴尔霍明科和阿尔焦姆从察里津带回消息说，斯大林到了察里津，说那里坚决进行保卫的准备工作，斯大林命令第五军一天都不要耽误，去完成行军计划，把全部军列和作战部队都调至左岸。

右岸的进攻只得放弃了，虽然，这样做有使主动权落入白党手中的危险。事实上也这样发生了。在莫罗佐夫村人后边尾追的哥萨克，在马蒙托夫部队里掀起一阵惊慌，"你们这些其尔村、苏沃洛夫村的哥萨克们，你们都在晒太阳吗！因为这都在议论你们呢……这些'好好儿'的乌合之众，把你们吓坏了吗？我们打这些红军，就像打土拨鼠似的，从莫罗佐夫村一直打到这儿，在大桥未修复以前，要把他们消灭掉……"

六月十七日，伏罗希洛夫、巴尔霍明科和鲁德涅夫骑着马，突然来到共产主义营的防地。伏罗希洛夫在小山上停住马，从那儿可以看见下其尔村的花园。他对来到跟前的卢加什说：

"敌人有活动吗？"

"是的，好像有……"

"你等着大战吧。"

哥萨克骑兵的散兵线很快就出现了，他们在起伏的平原上驰骋，有时被村庄的果园掩蔽了。从小山上可以看出至少有七列骑兵。卢加什派传令兵去传达命令：尽量让敌人靠得更近些。他焦急地重复说："你瞧见了吗，伏罗希洛夫同志，他们会让他们靠近的，让他们走到距离四百步远的地方，战士们现在都很沉着了……"

古里克的炮队隆隆地响起来，机枪嗒嗒地吼着，步枪也呼呼地响起来了。哥萨克的马匹开始倒了……可是没有一个人掉转头去，从小山上樱桃树后边，一批批骑兵像浪涛似地涌过来。

"都喝醉了，老实说，都喝醉了！"伏罗希洛夫没有放下望远镜，大声说。

前排的骑兵已经跨过战壕，砍着，连人带马在地上翻滚……有几个骑兵向小山上驰来。前边的一个骑兵，骑着一匹红色的骏马，很肥胖，军帽溜到耳朵上，佩着上校的金肩章，他一边喊，苍白胡子碍得他喘不出气来，一边挥着马刀，向伏罗希洛夫扑过来。卢加什开了一枪——落空了！伏罗希洛夫驱着栗色马迎上去，马一下子扑上去，他挥起马刀向上校砍去。他奔到前边勒住马，上校伸开两只手臂躺在地上。

突破防线的并不多。有些人翻下马来，有些人骑在汗淋淋的马上逃走了，哥萨克的残部都溃退了。这场短促的血战，哥萨克付出了很高的代价。白党的村庄里阴沉起来。再度发动进攻的事，短期内连谈也谈不到了。

第十二章

1

专车的椅子上、桌上、地板上，到处散乱着布头、铁矿标本、铁器、公文夹、粮食堆、报纸、手稿。关着的车窗跟前，一张小矮桌，坐着一个女打字员，纤细的手指放在键盘上。窗外是打扫得干干净净的车站广场，路轨在远远的地方汇到一起了。她背后不高而平静的声音，仿佛使这满是黑色机油和钢轨交错的地带，充满了特别重要的意义。

斯大林口述道：

"为立即征收千万普特粮食和一万头家畜，并把这些运往莫斯科，务望拨给……七千五百万现款，尽可能拨给小额票面钞票，及价值三千六百万的各种货物：禾叉、斧子、铁钉、挂钉、螺母、窗玻璃、茶具及食具、刈禾机及其零件、纹钉、铁轮箍、简易收割机、碾米机、火柴、马具、皮靴、印花布、针织品、细棉布、普通棉织品、被单布、厚棉布、斜纹布、毛呢、羽缎、斜纹哔叽、海军呢、女用及军用毛呢、各种皮革、鞋面革、茶叶、镰刀、播种机、牛奶桶、犁、口袋、防雨布、套鞋、颜料、油漆、铁工及木工工具、锉刀、石炭酸、松节油、苏打……"

他一面翻速记稿，一面口述，这几天察里津活跃起来了。党员大会、职工大会、工厂委员会大会、有民众团体参加的特别会议、群众大会，陆续召开了。保卫察里津在这以前仿佛只是察里津一个地方的事情，现在却成了保卫全苏联的问题了。

成千上万的人从停在东南车站上的斯大林车厢里，接受了这个主要的任务。千百个党务机关和苏维埃机关，原来陷入杂乱无章的混乱状态，都开始摸索相互间的逻辑联系。烟雾弥漫的办公厅里，坐着比实际需要多五倍到十倍的千百名党员，现在都离开"等因奉此"的例行公文，投身到工厂和农村，做宣传工作去了。

严肃而明确地提出了新的课题：保卫察里津必须从沃罗涅日省北部直到萨利草原，进行全线进攻，必须严格执行粮食专卖，六月份必须供应莫斯科和彼得堡两百万普特粮食。

工厂和郊区召开了群众大会。工人们都明白自己肩负着整个国家命运的重担，到处都通过决议，支持整个共和国的任务。当这项重任主要表现为立即停止粮食自由买卖和以半磅面包为标准的粮食配给制的时候，工人们都回答道："赞成……"

城市在几天之内就改观了，仿佛狂饮之后，来了一个清醒的早晨。巡逻队在街上巡逻。市区公园里管弦乐队的扇形舞台空寂无人了，它对面的烤羊肉和肉丸子餐馆的门，用木板十字交叉地钉死了。在所有私营商店的橱窗里，只剩下鞋油、果酱、歪三扭四的罐子装的芥末，密密麻麻的苍蝇在满是灰尘的玻璃上爬来爬去，作为商品的面包绝迹了。

从北方的都会里逃来的那些"太太们"，狼狈地端详着发给苏维埃机关职员的领四分之一磅面包的新面包券。"非劳动分子"没有面包券……"我的天啊，我的天啊！在这次革命以前，谁认真想到过面包呢？"厨娘到面包铺里就买来了，医生们甚至奉劝人们少吃面包呢……面包似乎含有一种特殊重要的意义……可是没有面包怎么办？有些人决定逃避这场噩梦，有些人怀着复仇心理，等待着克拉斯诺夫军队的到来。

还有这样一些人，公园舞台上的华尔兹舞曲（虽然在两盏煤油灯下，在满是尘土的林荫道的简陋情况下），唤起了她们对青春的锐敏回忆，使她们对那永远逝去的日子，对那第一次跳舞会上穿过的拖地的白色长裙，起了无限依恋的情怀。这些人，在她们小小的心灵里，既找不到复仇的憎恨，也找不到逃亡的决心，只为布尔什维克剥夺了她们那最后的无害的娱乐而伤心地哭泣。

革命期间躲在小客栈里，或在六弦琴伴奏下，躺在肮脏吊铺上的乔装的沙皇时代的军官们，现在都翻过篱笆墙，钻到约定的房子里商议着：到人口过剩的新切尔卡斯克去投奔那令人不十分满意的大顿河军呢，或是穿上满身虱子的军服，到库班去找邓尼金呢，再不然，在这儿就地组织暴动，究竟怎么比较好呢？

投机商把敞领衬衣都藏起来，把自己的靴后跟挖空，把宝石和白金藏到里边，等待好时机。"自由主义"的活动分子、沙皇官吏以及那些像十七世纪逃避克里米亚酋长的袭击，处在被围困的谢尔普霍夫或科洛姆纳城的贵族和官吏似的，拖家带口，躲避农民的骚动，逃到这儿来的小地主们，这些市中心的居民都开始考虑，是否暂时到安静的苏维埃机关里干一点差事去呢？

可是，新的一天带来许多新的意外。在松木电杆上，在那千百年来俄国历史所创造出来的、在那下边只供无忧无虑的醉酒的乞丐睡觉的那些篱墙上，张贴着执行委员会雪白的新布告："一切非劳动居民，应即刻向分配地点登记，领取掘壕工具，编队前往本城附近草原挖掘战壕，从事此项劳动，将发给面包券。"

停在铁道上的车厢里，打字机继续嗒嗒作响。

"电报，"斯大林低声说，"莫斯科，最高军事委员会……请速拨六英寸口径炮兵数连及该口径所用之炮弹、三英寸口径炮兵数连及该口径所用之炮弹、一千万发俄国子弹、八辆装甲汽车。尤其重要的是，派两批有经验、忠于职守的航空人员，连同飞机和炸弹……"

当夜，诺索维奇和柯瓦列夫斯基奉召到专车上来述职。根据报表材料，北高加索军区全线（从沃罗涅日省南部边界到里海），配备步骑十万人。柯瓦列夫斯基用铅笔的末端，指着桌子上边的车壁上挂的一张地图，背诵着部队番号、战士人数，以及他们在前线的部署。诺索维奇皱着眉头，收拾报表。

斯大林像要活动活动两腿，顺着关起的百叶窗走着。每当报告的人稍一停顿，斯大林就点点头，表示他在注意听取报告。实际上（他昨天晚上看了这些材料），对于这个报告他早已一清二楚了：柯瓦列夫斯基的骗术很不高明，那十万大军只是在纸上呢。除了在前线的最南部，在库班——黑海沿岸一带卡尔宁的一大部分兵力以外，柯瓦列夫斯基明确而肯定地列举其余的师、旅、团等，都不过是些相互间很少联系，在自己村子附近进行战斗的游击队而已。察里津的四个司令部都企图指挥前线，于是纷纷向前线发布大量相互矛盾、争论不休的命令。

柯瓦列夫斯基看到沉默不语的斯大林，露出不快的神色，就连忙着重说：

"我把这些材料呈报到最高军事委员会，托洛茨基批准了军队防地及防御的总计划。"

诺索维奇即刻把托洛茨基签署的那道命令递给他："坚守阵线，如有可能，向前推进……"斯大林看完之后，笑了笑，把命令扔到桌上。

"坚守，推进，不让过来……说得真好听……"

柯瓦列夫斯基的报告中，最令人怀疑的是司令部对于察里津防线实际上非常危急的形势，却泰然处之：察里津附近总共只有六千步兵，卫成部队只有三千人。

"马蒙托夫有多少人马?"斯大林问。

柯瓦列夫斯基匆匆地向诺索维奇瞟了一眼,诺索维奇眼都不抬、平心静气地回答道:

"步骑四五万……"

斯大林拿起军械报表,在察里津前线计炮八门、机枪九十二挺、步枪九千八百支、马刀六百口、子弹九十六万两千发以及炮弹一千二百发……

"总共就这么多?"

"兵工厂里还多少有一点。"诺索维奇板着脸回答道。

黎明时,斯大林到兵工厂去了。他下到地下室里,细心地在两旁堆着松木箱和手榴弹的过道上走着。看守兵工厂的一个严肃的老头子,说不出这里军械的准确数字:这些军械是从各地弄来的,并没有统计,看来,都是破烂生锈、不能用的军械……

斯大林从兵工厂出来,就到火炮和机械制造厂去了。他在厂里走了一遍,工人们一认出是他,就在工厂院子里集合起来,他登到一辆卡车上说:

"同志们,共和国处在危急之中……我们应该坚决采取攻势。我们每一个人的天职,就是要鼓起十倍的力量,去争取胜利。连一个人都不应该漠不关心……同情是不够的……老老少少,人人都应该拿起枪来。工作时应该把装好子弹的步枪,放在你的机床旁边。全体无产阶级应当动员起来,武装起来。可是,要武装起来,就必须制造武器。我们需要铁甲列车、装甲汽车和大炮。我刚刚到兵工厂看到几千支破烂的、生锈的步枪,应当尽一切可能赶快把它修好……"

"让我们去进攻吧,斯大林同志!"工人们回答他说。

太阳无情地照射着钢轨交错的黑色大地。女打字员消瘦的手指,在键盘上飞快地跳着。斯大林继续口述道:

"……军事指挥的更多问题，必须尖锐地提出来……司令部之多（四个司令部），把前线弄得一塌糊涂。前线总的情况是一团漆黑。派到这里来的军事专家（饭桶），工作疲沓松懈得出奇。如不采取紧急而果断的措施，保护铁路线以及粮食运输之通行无阻，均不可能……"

行车司令进来，他像被火烤干了似的，一声不响把电报放到桌上。这是从开往莫斯科的列车上发来的，那列车共载二十五车皮粮食和三车皮干鱼。

"……哥萨克在费洛诺沃车站附近的路轨下埋设炸药，我方列车于午夜二时出轨。哥萨克方面立即向列车开枪。但因我方机枪火力，敌人被击退，一部被消灭。我们在此停留一日，夜间继续前进。于车站前第十三公里处，又因哥萨克进攻而受阻。战斗继续至晚七时止。此后又继续前进。在尚未到达波沃利诺时，发现铁轨被拆毁三公里。哥萨克将小站及列车包围。战斗自午夜一时起，至次晨十一时止。我们在此停留四昼夜，铁道修复后，又继续前进。我方死亡二人，轻伤七人。望能将粮食安全运抵莫斯……"

斯大林打电话把司令叫来。司令默默地站在门口。

"您今天发出多少列车？"

"三列运粮车。"

"您还能发出多少？"

"午夜以前，再发出三列。"

"加强保卫。每列火车挂一辆敞车，装载枕木和铁轨。"

"是！"

司令默然离去了。

斯大林让打字员出去，坐下来写信。他很关心高加索和中亚方面的情况。他给斯捷潘·沙乌缅写道：

"……我们关于外高加索问题的总政策，是要德国人正式承认格鲁吉亚、亚美尼亚、阿塞拜疆诸问题是俄国内部问题，这些问题，德国人不得参与处理。因此，德国人所承认的格鲁吉亚独立，我方不能予以承认……

"……请求你们务必尽一切可能，支援土尔克斯坦（武器和人力），英国人通过布哈拉和阿富汗，正竭力想在土尔克斯坦搞恶作剧……"

2

由雷其柯夫到下其尔村的整个扇形阵线，在六月二十日，炮声隆隆，烽烟弥漫。哥萨克骑兵疯狂进攻，企图突破位于扇形中央的其尔村，无穷无尽的一列列火车连绵不断地从这里徐徐向顿河驶去，已经到手边的这笔横财溜走了。马蒙托夫将军坐着崭新的德国汽车，在山岭上飞驰。他举着望远镜，高高的身材笔直地挺立着，身上的绸衬衫从马裤覆盆子色的腰带里脱出来，他透过尘埃，瞭望着战斗的全部经过。一切都无济于事了：红军在大炮和机枪的火力下，坚守阵地，用刺刀和手榴弹击退了骑兵的疯狂袭击。列车和辎重车继续向顿河驶去。

装着铁和各种材料的第一列火车，紧跟着走在机车前面的巴赫瓦洛夫背后，谨慎小心地从修复的桥孔上驶过。木结构的桥基，十二座三十砂仁高的栅式塔，一直伸到桥底，吱吱作响，摇晃着，优异地负荷着车头和列车的重量。下边露出水面的广阔沙滩上，站着几千名工人，这是苏维埃第一个奇迹的建设者。他们欢呼着，好多人挥着树枝。从桥上看来，他们像小木偶似的，他们的欢呼声也几乎听不见。

五家村方面的大炮，顽强而频繁地轰击着桥上行驶的火车和沙滩上的几千名工人。可是，今天他们的炮弹落得太远了。斯大林派去增援伏罗希洛夫的精锐的察里津部队，把哥萨克的炮兵从卢比什山谷击退了。

巴赫瓦洛夫走过修复的一段桥，火车头像手推着似的，汽缸突突地喷着气，跟在他背后缓缓地驶上铁桥。

伏罗希洛夫和他的随员都站在这里。他们露出惊喜的神色。

"承受住了！"伏罗希洛夫喊道。

"可总还是咔咔嚓嚓响呢。"鲁德涅夫说。

"咔咔嚓嚓响，真叫人担心。"巴尔霍明科说。"看来真怕人。"巴赫瓦洛夫脱下军帽，用衣袖拭了拭额颅。

"让它咔咔嚓嚓响去吧，"他平心静气地说，"伏罗希洛夫同志说，命令材料服从革命。它服从了，它不但能承受六十列军车，我们将来还要在这座桥上行驶快车呢……"

当他们谈笑着走到左岸的时候，一辆低圆顶的灰绿色装甲车从洛戈夫庄驶过来，开到铁路旁。一个穿黑皮衣的人从车上走下来。

"我要见军长本人！"他说着，掏出一封信。伏罗希洛夫快步从沙坡上下去到他身旁，他干巴巴地、准确地行了一个举手礼：

"斯大林同志派我来的。斯大林同志派来一辆铁甲车供您使用………"

3

新战线应当在左岸展开。列车过了顿河，向弯穆斯加驶去。司令部迁到那里去了。右岸的部队向其尔车站和顿河撤退，旧阵线缩短了，从右岸抽出的部队也调到那里了。

哥萨克也开始用渡船和划子，把骑兵和步兵向左岸输送，把这些兵力集中到卡拉齐附近，他们企图从那里攻打弯穆斯加。在这距察里津十五俄里的地方，在被洪水淹没的草原上，在平坦得像桌面似的艾草丛生的原野上，哥萨克骑兵活动起来自由得多了，红军的步兵却更加困难。

第五军部队迅速占领了草原的村庄，在卡拉齐前边展开了。伏罗希洛夫视察新阵地去了。当他、卢加什和莫罗佐夫团团长吉赛尔都坐上装甲汽车的时候，鲁德涅夫跑过来说：

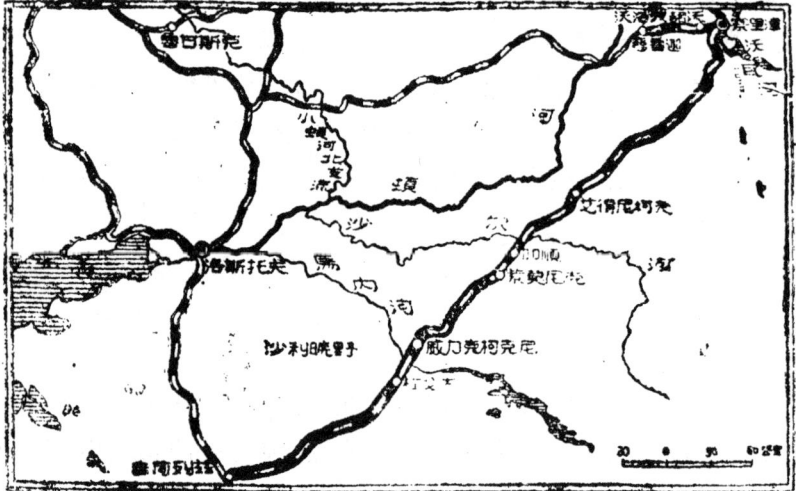

"伏罗希洛夫同志，我派卫兵跟你一道去。"

"糊涂！用不着。"

"我请求你。汽车这东西靠不住。有好汽油倒还罢了，这种混合油是靠不住的……我派哥萨克卫队跟你去，战士们都是本地人，所有的山谷，他们都会指给你。我个人请求你。"

伏罗希洛夫耸了耸肩，把钢车门扑通一声关上。装甲车噗噗地响了两声，喷出一股含酒精和煤油味的浓雾，就往草原驶去了。十八名年轻力壮、勇敢无畏的红色哥萨克，在高高的马鞍上俯着身子，跟在后边驰去。

刚下过雨，空气里水分很重，车轮和马蹄下扬起泥块。汽车驰去的方向，一道道暗蓝色的雨柱，透过雷雨的乌云倾泻下来。

卢加什从开着的装甲车的窗孔里，指点着部队的部署。驶过莫罗佐夫团的战壕，就拐过弯，沿着前线驶去。乌云向草原倾泻着暴雨，朝顿河那边浮去。潮湿的远方，现出一堆堆禾垛。

装甲车减低了速度，向岸上芦苇丛生的池塘边的庄子开去。这里刚刚下过一场倾盆大雨，篱垣里的樱桃园还带着沉甸甸的雨滴，街道上都是水洼。家家院门和房子的百叶窗都紧闭着，庄里的人显然都走空了。过了一道小桥，转过弯，就看见街道拦腰堆满了马车、圆木和沙袋。吉赛尔团长说：

"鬼东西，这是他们连夜堵起来的！……昨天我们的侦察员发现这庄子的人都走空了，我们也是这样估计的……"

伏罗希洛夫叫车停住，说："命令卫兵留在后面。"

卢加什把小门稍稍打开，对走过来的一个哥萨克说：

"军长命令你们停在半俄里远的地方。"

"一直朝前开。"伏罗希洛夫说。

装甲车越过路障，那里也空无一人，只有两只呆母鸡从车轮底下往外扑。从这儿起，道路开始在篱垣中间蜿蜒。卢加什皱着眉头，咬着指甲。吉赛尔总还在重复他那句话："我的战士们不扯谎……"司机崔巴琴柯是卢甘斯克的五金工人，他不以为然地扭着头，左右转动着方向盘，路越来越坏了，装甲车的轮轴都陷在满是黑水的车辙里。

"开吧，开吧。"伏罗希洛夫反复说。

前边出现了一个大水洼，装甲车一冲进去就不动了，马达不响了。

"抛锚了。"崔巴琴柯说着，去开车门。伏罗希洛夫用力按住他的肩膀说：

"好好坐着吧。"

"伏罗希洛夫同志，这儿一个人也没有。"吉赛尔皱着眉，用力打开车门……"难道他们大白天会躲在果园里。现在他们都在山谷里，在草原上呢。"

伏罗希洛夫厉声说：

"别出去……"

可是，吉赛尔已经打开车门，探出半截身子。篱垣后边发出枪声。

他连哼都没有哼一声，就头朝前从装甲车上滚下来。卢加什连忙把车门关上。第二排子弹又打到钢甲上。

伏罗希洛夫说：

"开机枪……"

卢加什答道：

"没有用，他们躲在死角里……"

枪声不停地响；枪机的扳动声，人们的咆哮声，都听得清清楚楚。子弹打不透钢板，可是由于几乎从正面打来的枪弹，使内面的钢碴，从钢甲上乱飞。

"当心眼睛！"伏罗希洛夫喊道，他的脸颊流血了。

袭击的人见装甲车不回枪，而且牢牢地陷在泥里，一张张大胡子的面孔，都从篱垣后边伸出来，他们谩骂着，咬着牙，瞄准钢甲前部的窄缝。他们都壮起胆子呼啸着，把篱垣推倒，把装甲车包围起来，他们不下五十人，都疯狂地用枪托打着钢甲：

"反基督教的家伙！布尔什维克！出来，贱种！"

他们都涌到车跟前，摇着车，爬到圆顶上，鼓着勇气，把步枪往枪眼里塞。可是，又害怕里边的手枪射击，于是就住了手。大家商量起来：

"我们架起干柴，把他们活活烧死……"

"干吗要干柴呢！拿手榴弹来。"

卢加什说：

"情况很糟糕。"

"没关系，"伏罗希洛夫回答道，"他们是会过光景的庄稼汉，他们干吗要把好好的一辆装甲车炸毁呢。让他们争论去吧。我们的卫队马上会打他们，或是向团里汇报……"

的确，哥萨克马上就对这辆挺好的装甲车可惜起来。有几个人跑去牵牛去了，其余的人又骂起来，放起枪来。卢加什对着枪眼喊道：

"喂，哥萨克，别糊涂了！反正你们不能把我们怎么样。我们后面有两百名卫队，趁他们现在还没来消灭你们，你们赶快回到果园里去吧。"

于是哥萨克们都张开大牙齿、厚嘴唇的嘴，哈哈大笑，拍着大腿蹲下去……"呵——呵——呵……哈——哈——哈！……我们现在叫你们瞧瞧你们的卫兵在哪里：总共十八个人，都被我们干掉了，都并排躺在地上呢……"

"我们把你们弄到卡拉齐去见头目，他会想办法把你们从装甲车里弄出来……"

他们赶来十二头牛，拿来一根很粗的绳子，一头拴到前边的轮轴上，另一头拴到牛套的挂钩上，用杠子从后边把装甲车支起来："喂，来吧，喂，再来一下！"然后喝着牛，"吁，吁，吁！……"装甲车笨重地从泥里开出来。

伏罗希洛夫说：

"坚持到最后一分钟。"

"好，"卢加什说，"你有子弹吗？"

"有。"

哥萨克喝着牛，呼喊着，哈哈大笑，把装甲车从泥潭里拉出来，拖到干路上。司机崔巴琴柯安安稳稳地坐着，缓缓地开着车。过了泥潭，是一个很陡的高地。哥萨克跑到汽车前边，帮着牛。崔巴琴柯隔着前边的瞭望孔望着，开着车。过了高地，哥萨克喘着气，牛站住了。崔巴琴柯没有转身说：

"机枪射击！"

他开动马达，气缸引着了，马达嘟嘟地吼起来。受惊的牛飞奔起来，绳子挣断了。卢加什从圆顶里开起机枪来。哥萨克都扑到沟里去了。装甲车由他们跟前驶过，喷着烟，吐着子弹。

他们绕过村庄，拐到草原上，回到原路。在村外的果园附近，他们看见一匹备鞍的马，马像受了惊似的，微微抬起腕骨折断的前蹄站着，第二匹和第三匹马在路旁乱打滚。在这些篱垣附近被包围而牺牲的十八名年轻卫兵，有的栽倒在地，有的仰面朝天，长眠在前边的艾地里了。

4

斯大林的专车，任何人都不让进去。铁道上站着卫兵。行车司令站在月台上踱来踱去，无论谁来求见特派员，他都答道：

"我什么也不知道……"

伏罗希洛夫、鲁德涅夫和巴尔霍明科坐在车上。桌上放着铁茶壶、玻璃杯和小片面包。三个人都在吸莫斯科的纸烟。这次谈话很长，伏罗希洛夫谈从哈尔科夫到卢甘斯克行军的情况，鲁德涅夫和巴尔霍明科热心补充遗漏的细节。

斯大林的膝盖靠在墙上挂的地图下边的长凳上，手指转动着一只小圆规，说：

"富裕农民在十月曾为苏维埃政权斗争，现在却回过头反对起我们来了。富裕农民之所以转过来反对我们，是因为他们仇恨粮食垄断、固定价格、征集和反投机斗争……

"结果是……（他用圆规在地图上波沃利诺附近指了一下。）在我们的北战场，米罗诺夫部队瓦解了，他的几个骑兵团向克拉斯诺夫投降了。哥萨克对富裕的农民展开宣传。在波沃利诺和费洛诺夫附近，三次包围米罗诺夫，末了，把他完全打垮了。

"在人数上、装备上，克拉斯诺夫现在比我们强得多，这是应当承认的。他进行自己的宣传，而我们的四个司令部，却什么宣传都不做，而且让克拉斯诺夫把动摇的群众从我们手里夺走。克拉斯诺夫有供给很好的集团军，我们却没有。

"根据这几天的消息，邓尼金的志愿军——关于这一层我们的军事专家们却顽固地坚持说，毫无所闻——已经放弃了麦奇金村、耶戈雷茨村，而且在顿河与库班之间的军事行动，开展得很顺利。邓尼金无疑要攻打托尔果夫和吉霍列茨克铁路枢纽站，企图把卡尔宁及沿海的索罗金的部队同我们切断。

"除克拉斯诺夫以外，我们又遇到了新的敌人：就是受协约国接济、训练有素、阶级仇恨极深的士官志愿军。这是危险的敌人。他威胁着我们南方最重要的粮食、煤油产地。

"我们的军队还没有摆脱小部队作战的方法，而且有意不摆脱这一点。假装没看见部队的混乱，容忍这种愚蠢现象，如果不是单纯叛变，那就是投降。我们应当下决心在最短期间把各部队编成一个大的单位，隶属于忠于革命的统一指挥下，我们应当建立正规军……

"我们的可能性有：第一，伏罗希洛夫同志，你所领导的工人、矿工和农民部队，他们是经过很好锻炼的。亚希姆的顿涅茨-莫罗佐夫队、察里津的工人，他们能够、愿意，而且将会拼命去作战，如果我们能够把他们同社会革命党人和孟什维克的反革命宣传隔离开来。米罗诺夫的哥萨克部队，我们已经派宣传员到他们那儿去了，他们那里一定会把坚强的贫农核心提炼出来。在那儿，在北部还有基克维泽的部队。在今天的条件下，他们是没有战斗力的：他们受了典型的小部队训练，缺乏配合作战的精神，可是，这一部分人是极好的材料。其次，是察里津的五千名战俘，大部分都是匈牙利人，宣传部已经下手对他们做工作了。塞尔维亚队，这是从乌克兰转战到我们这儿来的。最后，在萨利草原有好多外乡人和最贫苦的哥萨克部队：舍甫柯普里亚索夫、克鲁格里亚柯夫、华西里耶夫等部队，在柯切里尼柯沃（全部由铁路工人组成），用这些部队，可以锻炼出一个铁的师团来。

"我们可以用这些建立军团的骨干。我们得去摧毁军官的反抗，他们会向莫斯科控告，会往我们脸上抹黑。我们也许会同最高军事委员会发生冲突。可是，在那里我们也要把他们摧毁，列宁同志会帮助我们的。"

"红军的新军团是第十军，不是吗？您担任这项工作吧，伏罗希洛夫同志。"

伏罗希洛夫脸红了。他把两手从桌上拿下来，笔直地挺着身子。巴尔霍明科低声说：

"正确的决定。"

六月二十五日，在前线——在战壕里、在各列车上、在一切辎重车、在弯穆斯加车站前的田野里的士兵大会上，都在宣读命令："凡前第三军及第五军残部、察里津前线旧部队，以及由莫罗佐夫和顿涅茨区所编成的部队，均归并为一个集团军，并任命前第五军军长克里门特·叶弗列莫维奇·伏罗希洛夫同志为该集团军军长。上述各部队，今后命名为'伏罗希洛夫同志集团军'。"签署命令的是人民委员斯大林。

5

　　"不，不，不，诸位先生，躺下吧……躺得随便一点……我相信对岸在观察我们呢。"

　　"这是哪儿的话，阁下……我们连洗澡也不能洗了……"

　　"是，是，是……他们现在对人人都要怀疑……我很不喜欢昨天晚上的谈话……"

　　察里津对面的沙滩上躺着三个赤裸裸的人：诺索维奇，身个细高，不匀称，凹陷的胸膛上挂着金链子和十字架的柯瓦列夫斯基，肩膀滚圆，骨盆像女人的似的切贝绍夫。离他两步远的地方，背对着太阳坐着副官克列姆涅夫、萨德柯夫斯基、陆军上尉洛赫马托夫和上校苏霍亭。军区司令部的全班人马都到了。

　　可是，诺索维奇怕对岸观察他们而引起疑虑，大概是没有根据的。察里津对面的整个沙滩上，乱哄哄的都是人。伏尔加河中间泛着黄色的蓝色的平滑水面上，停泊着许多小船，就像在空中悬着似的。

　　一个酷热、无风的星期日。

　　司令部选定了一片幽静的沙洲洗澡。他们在等待工程师阿列克谢耶夫，他应当给他们带来一个重要消息。

　　"特派员向你问了些什么？"柯瓦列夫斯基问道。

　　"他对很小的事情也非常感兴趣……他叫我到车上去谈作战问题……他非常和蔼可亲，请我吃茶，可是，对我的话却连一个字也不相信……"

　　诺索维奇把两手放到后脑勺下，开始详详细细述说昨天同对司令部的每一件公文都感兴趣的特派员的谈话。斯大林翻阅着诺索维奇带来的命令，对其他司令部的质询、抗议、例行公事的书面答复和察里津其他司令部的全部命令、质询、抗议及例行公事的书面答复的副稿，他指出用这种衙门式的工作方法指挥作战太臃肿。他随便从公文夹里抽出一道给部队指挥官下的命令，研究这项命令经过办公桌到达目的地走过的曲折路程，等命令到达时，已经完全丧失时效，或者引起部队指挥官愤怒的答复而已。他拿起另一份公文，讲了它的内容，这个公文只会引起各司令部之间的争执。

他要求诺索维奇对这种很不适当的活动，详细解释一下。"当然，我反驳说，司令部之所以成为司令部，完全是上帝自己的意志，我在这里供职，也是受托洛茨基本人的委任，本着自己的能力和才智干的。但是，提到托洛茨基，他并不信服，他开始提出非常细致的问题，使你即刻觉得：好家伙呀，他会不会看穿了我的把戏呢？同莫斯卡廖夫共事可要简单多了……"

切贝绍夫捏了一把干沙，从这只手往那只手里来回撒着，不怀好意地说：

"我觉得您的把戏对布尔什维克过于精细了。要是我，肯定会干得更大刀阔斧……"

诺索维奇把一条腿伸到沙地上，又伸出另一条，把患风湿症而肿起来的膝盖翘起来。他就像春天在火车的升降台上一样，对这位花花公子，这位不知为什么讲话趾高气扬的近卫军非常反感。他想着："我倒想看一看，把你拉到篱笆墙跟前枪决的时候，看你面色会苍白到什么地步吧……"

诺索维奇没有搭理他，因为这样暑热的天气，他不愿意谈那些官话连篇的复杂制度和他在司令部及前线所展开的争论。有时在公文上运用一句很妙的话，就能唆使这一个司令部去攻击另一个司令部，引起一场愤慨的风暴，使工作陷于瘫痪，或者像他自己爱用的一句话那样："一个精辟的字眼，它的危害要比六英寸口径的迫击炮的准确射击还要大……"他没有搭理，还因为切贝绍夫有些话是对的。诺索维奇曾收到莫斯科萨文柯夫的指示，第二天又收到"经受种种考虑，仍对俄国人民怀着真挚的感情"的某大国大使馆参赞的指示。这些指示他并没有完全执行。也许他对斗争过于厌倦了，也许只是因为胆怯？

一只双桨的旧木船向沙洲划过来。头剃得精光的两个青年，从船上跳下来，工程师阿列克谢耶夫也不慌不忙地下来。虽然天气很热，他还是穿着西装和背心。他的两个儿子飞快地把衣服一脱，跳到水里去了。他来到躺在沙滩上的司令部人员跟前坐下，他的脸色很严肃，几乎带着胜利者的神情。

"诸位先生，"他慢吞吞地低声说，"诸位先生，志愿军把卡尔宁的部队完全打垮了，占领了吉霍列茨克，日内就要占领托尔果夫车站。邓尼金向整个俄罗斯胜利进军了……"

司令部人员都沉默不语，但是，从他们那副在沙滩上凝然不动的样子看来，这消息显然把他们都震动了。诺索维奇终于哑着嗓子问道.

"这消息你从哪得来的？司令部什么还不知道呢……"

"我收到一封绕道巴库来的密电。"阿列克谢耶夫说。

"巴库日内也一定要陷落。巴库将要落到英国人手里这一事实，在精神和物质上，将大大削弱布尔什维克……"

"他妈的，真够可以了！"柯瓦列夫斯基说着，翻过身来，肚子贴着沙滩。

"诸位先生，应当下手干了……应当虾手干了，诸位先生，"阿列克谢耶夫几乎歇斯底里地说，"我们的实力有多大呢？"

诺索维奇答道：

"士官的组织'前线士兵同盟'，就算二百五十名……塞尔维亚团，有一千名。可是，塞尔维亚人还没有完全准备好。当地的社会革命党人正对他们做工作呢，可是，谁晓得他们工作进行得怎么样，他们没有向我报告……'工商联合会'——社会革命党人和孟什维克，也在那儿活动了……我们能招募多少这样的店员军人，却很难说……目前的兵力就这些了……格鲁吉亚锯木厂的锯木工人，我们本可以算他几成，可是，斯大林宣布，社会革命党人和孟什维克是人民公敌，他们在格鲁吉亚锯木厂的工作就大大削弱了……无论如何，我们可以算他一千五百人。"

"可是钱呢?"切贝绍夫问。

阿列克谢耶夫兴奋地说：

"交通人民委员会派我到巴库去弄石油，供给我以下的东西：四挺机枪、四十支步枪、三百枚手榴弹和一千卢布。所有这些全都归我们支配……"

"好吧，"诺索维奇说，"那好极了，托上帝的福。我们不会等待很久了。我们的阵线……"

"这'我们的'是指谁呢?"切贝绍夫厉声说。

"红军上校，你别胡缠吧……红军阵线瓦解到如此地步，即使有十个特派员，也不能使它恢复战斗力……克拉斯诺夫从七月半开始总攻。志愿军届时也要开到察里津附近……"

"怎么着，你把武装暴动的日期也定到……"

"定到七月底……"

一个副官转过身来，一字一板地说：

"参谋长同志，有一船人向这儿划过来了。"

于是所有的人又都随随便便躺到沙滩上。从旁边划来的木船上有人喊道：

"喂，公民们，把见不得人的东西盖起来吧!……"

6

斯大林在车厢里对伏罗希洛夫说的话，完全应验了：邓尼金的部队在六月底对察里津到吉霍列茨克的铁路干线，发动了几次猛攻，切断了卡尔宁的五万大军。因此，现在所有的注意力都吸引到南方战场上了。

斯大林给列宁写信说：

"如果我们的军事'专家们'（饭桶！）不蒙头睡觉，游手好闲，线路就不会被切断；如果线路恢复，那也不是亏了军事专家，而是由于反对了他们……

"……北高加索军区司令部，竟完全不能适应同反革命斗争的条件，这样，使情况复杂化了。这不但因为我们的'专家'们在思想上不能坚决同反革命作战，而且也因为这些只会'绘图'和制定、改编方案的'司令部工作人员们'，对军事行动是绝对冷淡的……总之，他们觉得自己是局外人……

"……当卡尔宁的防线和给养地，北方和产粮区隔绝的时候，我对此漠不关心，我认为自己是不应该的……

"我将就地改正这些和许多别的缺点，我正采取一些办法，并且将不顾一切形式上的困难，采取了一些办法，必要时，将突破一切困难，扫除一切破坏工作的官员和指挥员。因此，我当然对一切上级机关，负完全责任……

"……急赴前线，只写要事。"

铁甲列车在一个很深的凹地前停下来了，这里的铁路又被炸毁了，而且是不久前被炸的：有一根枕木还在冒烟。侦察队爬上路基，晒焦的草原荒无人迹。一座水塔在两俄里外的地方兀立着，车站建筑物的屋顶在阳光下闪闪发光。侦察队来到车站，车站已经被放弃了，窗子被打破，电报机和电话机都破坏了。车站院子里的地窖门口，躺着一个光脚的人，脑袋已经被砍开来。

车站很荒凉，很小，实际上，那里没有什么可抢的，这样的袭击是很奇怪的，尤其奇怪的是，自从铁甲列车秘密开出察里津以来，已经驶过了三个被毁的车站了，仿佛算准了铁甲列车的到达时间似的。

"显然，消息沿着铁路传出去了。"伏罗希洛夫说着，同斯大林一起朝火车头走去。修路工人把路轨卸下来，撤去损坏的枕木，把预备的材料从敞车上卸下来。这儿得干两个来小时。伏罗希洛夫向回来的侦察员问了问，就提议步行到车站去，凹地上热极了。

他把一支马枪挂到肩上，斯大林拿了一根胡桃木手杖。他们两人顺着铁路走了。凹地向右边转弯，铁甲列车看不见了。开阔的草原上吹来一阵热风，可总是令人愉快的风啊。地平线起伏不平。一座风磨在远方的白垩山冈上若隐若现。伏罗希洛夫指着风磨说："就是从那儿袭击的……"猛禽在苍白的天空里飞翔。

斯大林看着一只鸥鹰离他们很近，近得连坚定振翅的啸声都能听见。鸥鹰向地面冲来，几乎抓住了在匈奴骑士的不高的古墓上，在自己洞口的土拨鼠。土拨鼠把毛刷子似的尾巴一摆，就赶快钻到洞里去了。鸥鹰大模大样，像完全不想吃肉似的，向高空的热浪飞去。

斯大林用手杖敲着靴筒笑起来。

"我们将来要学会制造这样的飞机，"他说，"最卓越的飞行，最充分的控制力量。如果人们能解放他们的力量，他们会飞得更好……我们会飞得更好。"

他的下睫毛微微张开来。他走着，不看鸥鹰，也不看艾丛中的土拨鼠。伏罗希洛夫谈到进攻计划，为了使开往莫斯科的运粮火车不致受阻，这个计划不等军队改编，就必须执行。

他以为志愿军在吉霍列茨克村的铁路干线上，既然获得重大的战果，就不会向察里津进军，而会转向南方，因为他的后方有：叶卡德琳诺达尔的守备队（在三月间曾击溃科尔尼洛夫的义勇军）、新罗西斯克的黑海水兵，而在侧翼，在亚速海附近，则有索罗金的军队。

邓尼金一定会首先离开铁路干线，只留些掩护部队，而去同索罗金的军队接触的，那时我们只用留在南战场上的兵力，就可以肃清而且恢复通往吉霍列茨克的铁路，并且从那里将运粮列车开出。

斯大林说：

"就是我们改编了军队，并且征调有七年军龄的人，就在那时，敌人在数量上也比我们优越，我们应该制定新战术。我们的师团不应该臃肿，应该灵活机动，多配备机枪和大炮。这次战争的希望，都寄托在骑兵身上。步兵师团应该配备很大的骑兵部队，使之独立作战。我们必须掌握优越的技术，用铁甲列车及装甲汽车，组成正面阵线的屏障。我们需要空军，我们应该建立空军……"

他们来到被放弃的车站上。水塔幸而还未遭破坏。他们打开龙头，心满意足地把上半身洗了洗，饱饱地喝了一顿。伏罗希洛夫搬来一张梯子，靠到车站平房的墙上，爬上屋顶，好从那里用望远镜仔细观察一下地形。斯大林留在下面。

伏罗希洛大刚登上屋顶，举起拿着望远镜的手，就传来一阵豌豆撒到铁屋顶上似的响声……

"下来！快些！"斯大林喊道。

传来一阵枪声，子弹打到车站的木板墙上。伏罗希洛夫从屋顶上跳下来，但是他依然看见这枪是从一俄里外的古墓后边射来的。当他们掩蔽起来的时候，他说：

"对不起，斯大林同志，实在……（他的神色很不安。斯大林笑着说：'常有的事……'）我们可以在这儿等铁甲列车……可是，我怕哥萨克或许会想到用骑兵来袭击我们……我们最好还是回去吧……"

"走吧……"

伏罗希洛夫把马枪从肩上卸下来。于是他们绕过车站走了，同铁路保持着一段距离。这里不容易挨子弹，可是，还有一些子弹，从他们头上嗖嗖响着飞过去。斯大林依然镇静地走着，手杖叮叮作响。伏罗希洛夫惊慌地忽而望着他，忽而望着旁边远远的古墓。突然间，在那儿，在山脊上，腾起一股黄烟，传来炮弹的啸声和隆隆隆的炮声。

"蠢货！"伏罗希洛夫喊了一声，"用大炮照个别的小目标轰起来了，真是蠢货！……"

他们走着，并不加快脚步。过了一会儿，炮弹在他们后边把土卷起来。从这里看不见停铁甲列车的凹地，距这里还很远。又一发炮弹在他们前边爆炸了。

"哥萨克的炮打得不算太坏。"伏罗希洛夫说。

铁甲列车上的重炮，终于从凹地里回炮了，啸声很可怕，古墓后边的哥萨克小炮又响了一声就沉寂了。侦察队登到凹地的顶上，排成散兵线向古墓跑去。

斯大林停下脚步，背风擦火柴，用烟斗吸起烟来。

在路上，斯大林给列宁同志打电报说：

"我认为军事指导员斯涅萨列夫对肃清柯切里尼柯沃到吉霍列茨克一线的工作，极尽怠工之能事。因此，我决定亲赴前线视察情况，率同军长伏罗希洛夫，乘铁甲列车，携带技术部队出发。

"同哥萨克作战半日，使我们得以肃清铁路及在十五俄里长的铁路线上修复路轨四处。这些我们都顺利完成，而斯涅萨列夫竟出乎意外，也亲赴前线，可是，他距我们的火车，相隔两站，并运用巧妙手段，尽力破坏工作。这样，我们就这样，从加舜车站到达柯切里尼柯沃以南的季莫夫尼克车站。

"两周来在前线视察结果，相信如能将驻扎在加舜附近而受斯涅萨列夫命令束缚的一万二千名部队，跟着铁甲列车推进，则于短期内绝对可将铁路沿线肃清。

"因此，我与伏罗希洛夫决定采取若干和斯涅萨列夫命令相反的措施。我们的决定已经实行，铁路也将被肃清，因为炮弹和枪弹均有，而军队也愿意作战。

"列宁同志，现有两个请求：第一，请将斯涅萨列夫免职，因为他无能，没有本事或不愿同反革命，同自己的乡亲——哥萨克作战。他同德国人作战或许是好手，可是在同反革命作战，他实在是一个严重的障碍，而且铁路到现在还没有肃清的原因，大半，或甚至主要是因为斯涅萨列夫阻碍的结果。第二，请速派八辆装甲汽车。这可以调剂我方步兵量的不足和组织的薄弱。"

7

马车向白色的帐篷急驰，一个青年，穿着肩膀破了的衬衫，戴着库班的优质羊皮帽，伸开挽着缰绳的两手，仿佛要从座位上跌下来似的，赶着四匹瘦马。这儿是平得像海面似的萨利草原，长满灰色的、荡漾如波浪的羽茅草。

马车辚辚地驰过沟上的一道新桥，碧绿的水色，透过芦苇隐约可见。这些草原上驰名的红色骑兵队的帐篷，就扎在对岸。从这儿通到野营的路旁，栽了些矮树，好让战士们乘凉，但是不久前栽的树都干枯了。

野营的四周围着围墙。用羽茅草装饰的篱笆门口架着两门大炮。卫兵用枪刺拦着去路。

"军长！"巴尔霍明科向伏罗希洛夫点了一下头，说。马车飞快地向野营驰去，驰过了拴马场里的马，驰过了帐篷和小土屋，屋门前用干马粪生的篝火都冒着烟。战士们从四面八方向新来的人跑过来。巴尔霍明科在马车上站起来，用可怕的声音喊道：

"同志们！军长来了！我们来开大会吧！"

人们都赞同地乱嚷起来，向广场涌去，那广场是辟作操练、运动和开会用的。伏罗希洛夫一问到指挥员在什么地方，就有几个声音愉快地回答说：

"指挥员在帐篷里……"

"他不大舒服……"

"是害疮了吗……"

"有人骑马找队副去了，他在草原上练马呢……"

伏罗希洛夫和巴尔霍明科进到帐篷里。指挥员睡在铺在地下的马衣上，他穿着鞑靼人的花长衫。他的一边凳子上放着各种马具——马鞍和马勒，一根树枝上挂着镶银的、弯弯的马刀，另一边用木柱搭的板棚上，一层层至少放着几百个紧紧塞着的瓶子，大概是从什么药房弄来的。帐篷里很闷人。

"杜明科同志！"伏罗希洛夫喊了他一声。睡着的人使劲用鼻子哼了哼，抬起光头，用发红的眼睛对来人昏昏沉沉地看了一会儿。

"杜明科同志，前线总司令在同你说话，起来吧……"

"我起不来。"杜明科慢慢地用结实的哑嗓子说，把光脚缩到大衫下边。他刮得精光的发烧的脸，用力皱了一下，"军长同志，对不起，我不舒服……喂，战士们，拿几个垫子来给军长和副官坐……"

他本想再说点什么，可是支着身子的那只胳膊支持不住了，于是他嘴里嘟囔着，又躺到马衣上了。

"全都明白了，"伏罗希洛夫说，"他这些瓶子里装的是酒精，走吧……"

几百名身上发着草原烟气的青年战士，都集合在操场上，围成一个圆圈。前排的人都坐在地上，后排的人都挤得紧紧地站着。这里都是从农村来的哥萨克和农民，从二月起，当红军占领罗斯托夫以后，逃亡的哥萨克将军波波夫，就用血和皮鞭，在那些草原上恢复了哥萨克首领的政权。

战士身穿破衣，但这并不损害他们少年有为、散漫果敢的风度。他们知道手执马枪，跃马冲锋，也通晓左右两面使用马刀，不会的人，也都在这里学会了。

当伏罗希洛夫和巴尔霍明科进到圈子里，大家都对他们喊道：

"请等一等，别开始吧！"

传来一阵疯狂的马蹄声。一个人骑马飞驰而来，他翻身下马，战士们都闪开……他轻轻地、大摇大摆走到跟前。他身上的一切，紧束着皮带的衬衫、膝部镶着皮子的马裤、当他停步时碰到马靴而发出响声的马刀，以及那深深戴到耳朵上的揉绉了的军帽，这一切的一切啊，都显出骑兵的英武雄姿。他又瘦又黑，长着浓密的大胡子。

他走到伏罗希洛夫跟前，一丝不苟地举起手来，手还没有送到脸颊跟前，就又马上放下了。

"队副谢苗·布琼尼。"他说着，用冷静的眼睛直视着。

伏罗希洛夫同他握了手，请他召集一次大会。布琼尼后退一步喊道：

"战士们，前线总司令伏罗希洛夫要对大家讲话，他就是那位在血战中锻炼出来的、光荣的第五军军长，就是他突破了德国军队和哥萨克匪军的包围，把这支部队带到察里津来的。他要对你们讲话……"

"请讲吧！"战士们喊着。

伏罗希洛夫开始说："在这儿，在萨利草原，在顿河上游，以及全俄罗斯，劳动人民为了替自己工作和生活，而不是为了养活寄生虫，同资本家和地主们进行着同样的斗争。

"资本家和地主的战线，从彼得堡起一直伸展到巴库。谁要是只想在自己的家门口同他们作战，会吃苦头的……大家应当一致起来打他们，应当在那些最致命的地方打他们。因此，必须把全体劳动者组织成统一的红军，隶属于统一的革命指挥……

"我到这儿来就是为了这个，就是要把你们这些光荣的红色部队编成一个铁的师团……（他列举了这些部队的名称，各部队的人数及武装。）我们怎么着手呢？战士们，我们从建树丰功伟绩着手吧……马尔顿诺夫卡村已经被克拉希里尼柯夫将军的兽性的白匪包围三十五天了。

有三千名战士的马尔顿诺夫卡村的人，宁愿战斗到最后一个人也不愿投降……如果我们不去援救，他们就要牺牲了。如果把他们救出来，那我们的师团里将有一个身经百战的马尔顿诺夫团……"

他的话说得明了而有说服力。在圈子里的地下坐着的战士们都站了起来。那些站着的人都挤得更紧。从他们眉头深锁的面孔和冒火的眼睛看来，总司令的讲话已经把他们打动了。

"带我们去吧！"战士们喊道，"我们同意。率领我们到马尔顿诺夫卡去吧。"

布琼尼举起手来，大家都肃静了，他详细说明如何检查马匹，没有钉好的马蹄再钉一钉，把马饮一饮，怎样备鞍，以及行军时，应当携带些什么东西。

战士们跑到拴马场上、草原上、军队的打铁间和小土屋里。不到半小时，布琼尼对司号员命令道：

"吹上马号！"

部队把卫兵和辎重留在营地，就出发了。战士们排成双行，在草原的路上远远地伸展开来。在前边的军旗旁，在一匹顿河的红马上，在凸鼻、干瘦、结实得像它的主人似的红马背上的是布琼尼，他稳稳地骑在马鞍上，锁着眉头，神态自若。伏罗希洛夫和巴尔霍明科丢下马车，换上乘骑，同他们并马而行。他们后边，在纵队前边，是司号员、鼓手和领唱人，他们是草原上的男高音歌手。

当部队放慢了步调，让马匹休息一下的时候，领唱人唱着带拖腔的、洪亮的哥萨克歌曲，整个部队用坚实的嗓音接着唱起来。领唱人提高了嗓门，合唱持续了很久，仿佛整个草原都在倾听……可是，听众只有空中的鹞鹰和钻在洞里的土拨鼠……伏罗希洛夫走到队伍跟前，也眉飞色舞地唱起来。

布琼尼用马刺把马一蹬，这匹顿河马把梳得光光的马尾用力向上一甩，就迈着大步跑开了。歌声沉寂了，尘土在飞驰的纵队上空腾起来。

他们不生火，马不解鞍地过了一夜。不待破晓，部队就排成战斗序列，向马尔顿诺夫卡前进了。夜里派出的侦察队把敌人在村子周围的部署情况汇报了一番。伏罗希洛夫、布琼尼和各骑兵连连长开了一个会，决定先袭击白党司令部，冲进村，在那里同马尔顿诺夫卡的人再突围并粉碎包围的敌人……

天就要亮了，星星稀疏起来。部队展开成四列纵队，飞速前进。布琼尼告诉总司令，请他在第二纵队里，不要飞驰到第一纵队去。当时村子还看不见，可是，风已经把居民的炊烟、牛粪干和面包气都吹来了。东方露出鱼肚白色，无云的晨曦扩散开来，天亮了，布琼尼心神不安地望着天空。

"加快！"

前边出现了篝火微红的火光。走在旁边的侦察兵，对布琼尼指了指朦胧的晨曦里两棵树的轮廓，那儿就是司令部和克拉希里尼柯夫骑兵团的营地。哥萨克当然像野猪似的都在睡觉，不曾料到会从草原上袭击他们……侦察兵弄错了。布琼尼辨出有行动，骑兵们向一堆树旁边集结。那一定是白军也认为马尔顿诺夫卡村人这时当然也在战壕里酣睡呢。

布琼尼把马狠狠一勒，马打了一个趔脚，几乎要立起来，他把马刀从鞘里往出一拔："跟我来！"于是踢了一下马。前边的纵队喊着，吼着，像草原哥萨克那样呼啸着，挥着马刀，跟在他后边冲去。红军包抄散兵线，迈着沉重的步伐向前涌去，黑压压的树背后，右边的水潭里，映出一道火红的霞光……

一挺机枪从树后喷出火光，子弹嗖嗖作响，草原轰鸣起来……模模糊糊的大队敌人出来应战了……

巴尔霍明科想去抓住伏罗希洛夫的马勒，可是伏罗希洛夫从他手里把缰绳夺过来，把昂奋的马驱向前去。敌人像一堵黑墙似的，飞快地冲过来。伏罗希洛夫知道决定骑兵战斗命运的，就是这几秒钟：谁能先占上风呢？他看见立在马镫上，举起马刀，走在前边准备应战的布琼尼。

现在可以清清楚楚望见敌人一道散兵线接着一道散兵线出现了：整团人都向他们冲过来。布琼尼挺直身子骑在飞驰的战马上，用马刀向飞奔过来的大胡子哥萨克砍去，那人把头一抱就……他即刻又向两个敌人冲去，把马刀向左右一挥，一个哥萨克倒在马鬃上，另一个被砍断的脖颈涌出黑血来。敌人倒退着，掉头走了。只有几个人被打下马来，但是都被踢翻，被践踏，然后消失在势不可当的散兵线的包抄之中了。

哥萨克掉转身逃命，年轻的红色哥萨克在他们背后追赶着，飞刀乱砍。怒吼的骑兵和大汗淋漓的战马的狂流把伏罗希洛夫卷过来，他又看见那匹露着牙、头带白斑的顿河战马，短小精悍的身影和他的马刀上水汪汪的闪光……一切都像飓风似地闪过……伏罗希洛夫勒住马。受伤的人在喊叫。一阵枪声在右侧的池塘后边响起来。他在柳树下停住，马向橘黄色的水里伸着脖子。巴尔霍明科骑马飞驰过来……

"整团人都被砍光了……胜利了！"

"我们的人不要冒险深入才好……"

"不会的，布琼尼老练着呢。"

"你派人到马尔顿诺夫卡村人那里去了没有？"

"派两个人去了……"

"马上总进攻……"

8

察里津保卫战就这样开始了。

停在东南车站的斯大林专车是一个核心，它顺着城市蜿蜒的道路，推动着一个有组织的意志，把它传达到各机关、工厂、码头，传达到整个前线，军事委员们在前线编组的团、旅、师的大会上，讲解广大的全区的革命任务，宣传员和粮食队在全区各城镇、各村庄召开大会，动员贫农和中农，摧毁富农的反抗。成千上万的运粮马车向察里津推进，大群的家畜在通往伏尔加河码头的路上走着……

每天都有一列列火车开往莫斯科去。在察里津、契尔内沟、卡梅申、巴拉绍夫等地的码头上，用驳船装家畜、鱼类、粮食，运往上游的下诺夫哥罗德。北方的城市现在可以源源不断地得到口粮了，饿死的威胁解除了。

可是，全部危险却在前面呢。连短促的喘息机会，反革命都不给你。从七月底起，克拉斯诺夫的将领们，就对察里津开始总攻了。德国的"泰伯"式飞机，往察里津投下大批传单，那是马蒙托夫的宣言：

"察里津市公民们和误入歧途的俄罗斯军队的子弟们：我最后向你们提议，在统一而伟大的俄罗斯、正教的俄罗斯、信仰上帝的俄罗斯过和平而安定的生活。你们的末日近了，为了你们的一切罪行，上帝对你们的惩戒也不远了。

"告诉我吧，你们为什么去送死呢，你们的妻子儿女为什么去送死呢，富裕的城市为什么要变成废墟呢？你们为什么去送死？为了一文不值的三百个克伦斯基的假卢布吗？可是你们吃些什么呢？你们连面包都不够吃啊……

"我以永生上帝的名义祈求你们：你们记住你们是俄国人，你们不要再让你们的同胞流血吧。我建议你们在八月十五日以前投降，把你们的城市交给我们顿河军。如果你们不流血而投降，把你们的枪支弹药交给我，我答应保全你们的性命。我等候到八月十五日。逾期杀无赦。"

萨莎·特鲁布卡在格鲁吉亚锯木厂召开大会，宣读了这张传单。

"谁愿意答复马蒙托夫将军？"她读完以后，照自己的手枪匣上拍了一下，问道，"我认为答复是多余的，一切都很明白，这匣子里就是我对将军们的答复……庄稼人，我请大家来表决：大家毫无例外，全部上前线。格鲁吉亚锯木厂全体去。滚圆木，锯木头，我们过后再干，我们把马蒙托夫锯了以后再回来干。"

格鲁吉亚锯木厂的工人们通过决议，全体上前线。法国机械厂工人通过决议，全体上前线。兵工厂工人通过决议，为前线而全体动员，并且分日夜三班，加紧生产钢板，加快制造铁甲列车。

母亲、妻子、姊妹、儿童，都带着小包、粮食袋盛着酸牛奶的罐子，跟在工人队的后边，上前线去了……不许送行的人们到阵地上去，于是这些妇孺久久地站在小丘望着她们笨头笨脑的丈夫和弟兄，在田野里排成两行，持着枪，重复着"一——二"，"一——二"，开步走，转弯，散开，卧倒，射击，稍稍训练一下，就远远地开到草原上，用自己的生命保卫工人的自由去了。

振奋而沉默的妇孺们，把包着面包、黄瓜、葱等等的小包，留给士兵看守着，就回到城里顶替男人们担任保卫工作去了。

有不少青年女子到前线去当看护、战士，有些受过教育的妇女，去担任宣传工作，在战壕里朗读现在梅仁在察里津出版的大报《革命士兵》。

一天很晚的时候，在一个驻扎着新编的瓦尔瓦罗波里矿工团团部的山谷里，亚丽萍正是到篝火旁这样一个姑娘身边。亚丽萍穿得挺好，穿着保护色的军衬衫，腰里紧紧地束着皮带，戴着新军帽，帽上缀着红军的红星帽徽。

她的面色忧郁，像要把这姑娘的咽喉咬断似的，这姑娘把自己的全部东西都摊在篝火旁的草地上：几份报纸和小册子，一只墨水瓶和几张纸。亚丽萍紧锁眉头，美丽的鼻孔抽动着，垂着睫毛。

"同志，我想同您谈一谈，"她对这位姑娘说，"您能不能在两星期内教会我识字？我这可不是开玩笑……"她背过脸去低声说，"我可能失掉自己的幸福……两个星期之内不会打大仗，有的是工夫……要知道，我负责教养两个孩子。他们应当长大，应当读书，可我是一个不识字的人……除了他们以外，还有一个人，他是党员，列宁很了解他，伏罗希洛夫也认识他……我看出，我不识字，他很快就会感到是个负担……他是连长，这应当明白……同志，我给您两星期期限……"

亚丽萍那样地对那位城市姑娘望了一眼，那姑娘立刻就同意了，而且为了不白白浪费时间，就在篝火旁上起第一课来。

七月里，用火车上的弹药装备起来的伏罗希洛夫部队扩大了战线，占领了卡拉齐和右岸拥有大批粮食的下其尔村。

大家都明白，这次推进是不可靠的，只有把马蒙托夫的主力击破，到那时才能巩固。全部军队和后方，都在准备迎接收获季节的到来。

在最高军事委员会里，按照列宁的坚决要求，终于把军事指导员斯涅萨列夫调回莫斯科了，可是，托洛茨基愤愤地在那儿替他辩护。这是一次大胜利。斯大林得到这个消息，就召开了一个军事会议。当时军队组织方面应该更进一步取消察里津的四个司令部，代之以统一的军事委员会。斯大林把这个决议用电报打到莫斯科，提出五人任军事委员会委员：他本人、莫斯卡廖夫、伏罗希洛夫、司令部政治委员和一位精明强干、旧军队中最谦逊的军事专家特里托夫斯基。

最高军事委员会没有同意这项决议，经过几天沉默之后，才答复说，同意在察里津组织军事委员会，不过认为应由三名委员组成：即斯大林、莫斯卡廖夫和军事专家柯瓦列夫斯基。

这样的决定当然是托洛茨基方面的叛变行为。于是斯大林不争辩，也不反驳，更进一步采取了一个组织步骤：下令非常委员会主席把诺索维奇、柯瓦列夫斯基、切贝绍夫以及他们的整个司令部加以逮捕和审问。这正是马蒙托夫的炮兵用飓风似的炮火围攻前线和穿着挺讲究的柏林黑呢服装的哥萨克兵团像乌云似地拥到红军战壕的那几天。

柯瓦列夫斯基、切贝绍夫、苏霍亭、洛赫马托夫、克列姆涅夫，几小时后，工程师阿列克谢耶夫和他的两个儿子都被捕了，他们受到审讯，供认后就被枪决了。托洛茨基在诺索维奇将军被捕以后，把他救出来，派往巴拉绍夫去了。他在那儿又干了两个月的坏事。不久，他怕再度被捕，就穿过志愿军的防线，向邓尼金疏通去了。

伏罗希洛夫被任命为军事委员会的第三名委员，代替了柯瓦列夫斯基。

马蒙托夫集中兵力直接进攻察里津，循着一个月以前伏罗希洛夫的列车所走的铁路干线，单刀直入地袭击起来。

战斗到第二个周末，共产主义师和莫罗佐夫-顿涅茨克师就筋疲力尽了，后备军不足。伏罗希洛夫的列车带来的炮弹和子弹都用光了。最高军事委员会在收到要求火速拨发武器、军火的电报时，最后却答复说，只有先说明需要武器的士兵的确实人数、察里津现有军需品数量及已耗费的卢布金额，才能从莫斯科拨发军火。

斯大林已派巴尔霍明科到莫斯科最高军事委员会弄武器和军火，并立刻押运至察里津。

下其尔村只得放弃了。红军退到顿河左岸。铁桥落到敌人手中了。卡拉齐也放弃了。满载伤员的火车，日夜开往察里津。共产主义师最精锐的各团，在弯穆斯加附近损失了一半以上。卢加什受重伤。历尽千辛万苦、浴血奋战的红军，现在只有仰仗铁甲列车了，它用飓风似的火力击退了扑上来的马蒙托夫庞大的后备队。可是炮弹缺乏了。敌人用疯狂的骑兵冲锋，排山倒海似地向城市冲过来。

察里津的门窗玻璃，都被炮声震得哗啦啦响。全市居民都仓促在近郊挖掘最后一道防线。斯大林在战壕里。有一封电报给他送到那儿，电报上要求道：火速组织南方战线革命委员会，委员绝对不得干涉作战事宜，司令部应驻扎在柯兹洛夫[1]。

同时，军事委员会在市郊一座小屋开会，拍电报给列宁和中央委员会：

"上述托洛茨基电令，未悉最高军事委员会是否知道？托洛茨基电令，将使全线崩溃，和南方全部革命事业遭到毁灭性的威胁，故南方战

---

[1] 柯兹洛夫在察里津以北四百千米。——作者注

线军事委员会不能执行。"

斯大林没有离开战壕，他在那里指挥预备军的派遣，弹药的输送，用刚刚铸成的重炮武装起来的铁甲列车的调动。伏罗希洛夫跳到战壕里，他乘装甲汽车从火线回来，浑身都是泥土和机油。他默默不语地望着斯大林，嘴唇发颤。

"鲁德涅夫牺牲了，"他说着，默默地肃立了一分钟，"子弹没有了……我们只有用刺刀来抵抗……损失很大……呵，我要到火线上去了……"

他出了战壕，坐上那辆来取机枪子弹的装甲汽车，飞驰而去。

当马蒙托夫军觉得再做最后一次努力就可以冲进城市的时候，去同他们应战的是在近郊工人区编成的生力军新尼柯尔斯克团。斯大林对他们讲了几句话，他们就一枪不发地开拔了。铁甲列车做前导，用飓风似的炮火肃清道路。新尼柯尔斯克团来到敌人的战壕前，就用枪刺冲起来。想不到有生力军来袭击的马蒙托夫的步兵，动摇起来，溃退了。自己的哥萨克骑兵连碰到他们，就扑上去对这些溃兵砍起来。可是连这些骑兵连也被铁甲列车的炮火和城市附近的炮兵的火力，扫荡得干干净净。白党军队冲向城市的努力被摧毁了，像被火烫了似的，离开察里津逃走了。马蒙托夫派了预备军来。格罗莫斯拉夫团疯狂地从侧翼向他们进攻。白军开始退过弯穆斯加。这时莫罗佐夫骑兵团对他们发动进攻，把清晨还觉得是胜利，到晚上就遭到覆灭的马蒙托夫军队的核心，抛到顿河里去了。

"察里津地区苏维埃军队的进攻已经获胜……敌人被彻底击溃，退过顿河。察里津局势稳固。进攻在继续中。人民委员斯大林。"[1]

---

[1] 见《斯大林全集》第4卷第116页。

"俄苏文学经典译著·长篇小说" 书目

沙宁　　[苏联] 阿尔志跋绥夫　著 / 郑振铎　译

罗亭　　[俄国] 屠格涅夫　著 / 陆蠡　译

少年　　[俄国] 陀思妥耶夫斯基　著 / 耿济之　译

死屋手记　　[俄国] 陀思妥耶夫斯基　著 / 耿济之　译

罪与罚　　[俄国] 陀思妥耶夫斯基　著 / 汪炳琨　译

卡拉马佐夫兄弟　　[俄国] 陀思妥耶夫斯基　著 / 耿济之　译

白痴　　[俄国] 陀思妥耶夫斯基　著 / 耿济之　译

铁流　　[苏联] 绥拉菲莫维奇　著 / 曹靖华　译

父与子　　[俄国] 屠格涅夫　著 / 耿济之　译

处女地　　[俄国] 屠格涅夫　著 / 巴金　译

前夜　　[俄国] 屠格涅夫　著 / 丽尼　译

虹　　[苏联] 瓦西列夫斯卡娅　著 / 曹靖华　译

保卫察里津　　[俄国] 阿·托尔斯泰　著 / 曹靖华　译

静静的顿河　　[苏联] 肖洛霍夫　著 / 金人　译

死魂灵　　[俄国] 果戈里　著 / 鲁迅　译

城与年　　[苏联] 斐定　著 / 曹靖华　译

钢铁是怎样炼成的　　[苏联] 奥斯特洛夫斯基　著 / 梅益　译

诸神复活　　[俄国] 梅勒什可夫斯基　著 / 郑超麟　译

战争与和平　　[俄国] 列夫·托尔斯泰　著 / 郭沫若　高植　译

人民是不朽的　　[苏联] 格罗斯曼　著 / 茅盾　译

孤独　　[苏联] 维尔塔　著 / 冯夷　译

爱的分野　　[苏联] 罗曼诺夫　著 / 蒋光慈　陈情　译

地下室手记　　　〔俄国〕陀思妥耶夫斯基 著 / 洪灵菲 译

赌徒　　〔俄国〕陀思妥耶夫斯基 著 / 洪灵菲 译

盗用公款的人们　　　〔苏联〕卡泰耶夫 著 / 小莹 译

在人间　　〔苏联〕高尔基 著 / 王季愚 译

我的大学　　〔苏联〕高尔基 著 / 杜畏之　蕚心 译

赤恋　　〔苏联〕柯伦泰 著 / 温生民 译

夏伯阳　　〔苏联〕富曼诺夫 著 / 郭定一 译

被开垦的处女地　　　〔苏联〕肖洛霍夫 著 / 立波 译

大学生私生活　　　〔苏联〕顾米列夫斯基 著 / 周起应　立波 译

奥尼金　　〔俄国〕普希金 著 / 甦夫 译

盲乐师　　〔俄国〕柯罗连科 著 / 张亚权 译

家事　　〔苏联〕高尔基 著 / 耿济之 译

我的童年　　〔苏联〕高尔基 著 / 姚蓬子 译

贵族之家　　　〔俄国〕屠格涅夫 著 / 丽尼 译

毁灭　　〔苏联〕法捷耶夫 著 / 鲁迅 译

十月　　〔苏联〕A. 雅各武莱夫 著 / 鲁迅 译

安娜·卡列尼娜　　　〔俄国〕列夫·托尔斯泰 著 / 周笕　罗稷南 译

克里·萨木金的一生　　　〔苏联〕高尔基 著 / 罗稷南 译

对马　　〔苏联〕普里波伊 著 / 梅益 译

暴风雨所诞生的　　　〔苏联〕奥斯特洛夫斯基 著 / 王语今　孙广英 译

猎人日记　　〔俄国〕屠格涅夫 著 / 耿济之 译

上尉的女儿　　〔俄国〕普希金 著 / 孙用 译

被侮辱与被损害的　　　〔俄国〕陀思妥耶夫斯基 著 / 李霁野 译

复活　　〔俄国〕列夫·托尔斯泰 著 / 高植 译

幼年·少年·青年　　　〔俄国〕列夫·托尔斯泰 著 / 高植 译

烟　　〔俄国〕屠格涅夫 著 / 陆蠡 译

母亲　　〔苏联〕高尔基 著 / 沈端先 译